GENEVA LEE

GAME OF
Destiny

GENEVA LEE

GAME OF Destiny

Roman

Band 3

Deutsch von Charlotte Seydel

blanvalet

Die Originalausgabe erschien 2016 unter dem Titel
»All Fall Down« bei Ivy Estate, Kansas City.

FSC
www.fsc.org
MIX
Papier aus verantwortungsvollen Quellen
FSC® C014496

Verlagsgruppe Random House FSC® N001967

1. Auflage

Redaktion: Susann Rehlein
Umschlaggestaltung: © Johannes Wiebel | punchdesign,
unter Verwendung von Motiven von Shutterstock.com (© Lauritta)
und PatternPictures/pixabay.com
WR · Herstellung: sam
Satz: Uhl + Massopust, Aalen
Druck und Bindung: GGP Media GmbH, Pößneck
ISBN 978-3-7341-0481-7

www.blanvalet-verlag.de

Für Josh,
der es kommen sah

Später

Nach den Ferien sind wir an der Belle Mère Prep zurück. Manche haben den Sommer in Europa verbracht, andere ein paar neue sexuelle Eroberungen gemacht. Ich bringe einen Leibwächter mit. Das ist doch besser als nichts.

Sollen sie mich in den Fluren ruhig anstarren. Wer kann es ihnen verdenken? Schließlich habe ich den Großteil des Sommers als Hauptverdächtige in einer Mordermittlung zugebracht. Meine Mitschüler glotzen mich an, als ich mich hinsetze. Zweifellos versuchen sie zu erkennen, ob sich schon ein Babybäuchlein abzeichnet. Das würde das Ganze noch toppen.

Das habe ich dem TMZ zu verdanken, diesem Klatschblatt.

Doch während sie gaffen, muss ich immerzu an jene denken, die heute Morgen nicht da sind, um ihr letztes Schuljahr zu beginnen. Ihre Abwesenheit beunruhigt mich genauso wie ein unerklärlicher Schatten in einem leeren Zimmer. Manche sind weg. Eine hat das Ende des Sommers nicht mehr erlebt.

Lebendig oder tot – jetzt sind sie Gespenster, und ich bin es ihnen schuldig, aus ganzem Herzen zu leben.

Kapitel eins

✦ ✦ ✦

Manchmal sind Entscheidungen gefragt. Beispielsweise, wenn man eine Tür öffnet und davor jemand steht, mit dem man absolut nicht gerechnet hat. Soll man die Tür wieder zuschlagen oder so tun, als wäre man erfreut? Ein netter Mensch würde die Ertappte vielleicht gnädig davonkommen lassen. Doch dass ich nett bin, muss ich mir nicht vorwerfen lassen. Jedenfalls nicht von Monroe West.

»Monroe.« Als sie ins Zimmer tritt, spreche ich sie mit dem Namen an, unter dem ich sie kenne. Dann korrigiere ich mich: »Ich meine, May. Wie ich sehe, hast du deinen Traumjob gefunden.«

May West. Das hat was. Ich frage mich, ob sie sich etwas dabei gedacht hat oder ob sie versehentlich ein so berühmtes Pseudonym gewählt hat. Ihr normalerweise glattes Haar fällt ihr in Wellen über die Schultern, und sie hat so viel Lidschatten aufgetragen, dass ein Pornostar vor Neid erblassen würde. Sie sieht nicht mehr wie eine Siebzehnjährige aus gutem Hause aus, sondern würde auch als verlebte fünfundzwanzigjährige Showtänzerin durchgehen. Stünde sie nicht direkt vor mir, hätte ich meine Mitschülerin, die Schwester meines Freundes und – wenn ich das so sagen darf – völlig durchgeknallte Zicke, womöglich gar nicht erkannt. In letzter Zeit waren wir uns ein kleines bisschen näher gekommen, aber irgendetwas sagt mir, dass diese unerwartete Begegnung uns weit zurückwerfen wird.

Monroe zupft an dem paillettenbesetzten silberfarbenen Schlauch, der vorgibt, ein Kleid zu sein, und sieht mich wütend an. Eins muss man ihr lassen: Die Angst, die ich kurz in ihren Augen aufblitzen sah, als ich die Tür öffnete, ist nun hinter einer bösartigen Maske verschwunden. Trotz des gewagten Kleides wirkt sie im Zimmer dieses Fünfsternehotels nicht deplatziert. Andererseits ist in diesem Zimmer des West Casino Hotel alles mehr Schein als Sein: Das fängt mit dem schimmernden Glanz der Tapeten an und reicht bis zu der prall gefüllten Minibar. Diese Schwäche scheinen die Hotels von Nathaniel West und seine Familie gemeinsam zu haben.

»Wie viel?«, fragt sie mit zusammengebissenen Zähnen.

»Ich dachte, ich müsste *dich* bezahlen.« Ich schließe die Tür und lehne mich dagegen. Als sie begreift, dass ihr der Ausgang versperrt ist, bekommt sie schmale Augen.

»Spar dir die Witze«, zischt sie. »Was willst du, damit du die Klappe hältst?«

Ich atme hörbar aus. »Ein Pony. Das verlorene Atlantis. Und vielleicht noch eine Reise zum Zauberer von Oz.«

Ich mache mir nichts vor. Wäre die Situation umgekehrt, würde die böse Hexe des Westens, alias mein Herzchen Monroe, die Nachricht von meinem Sündenfall an der Belle Mère Prep breittreten. Aber ich will ihr nicht schaden, darum bin ich nicht hier. Dass ich hier bin, hat nur einen einzigen Grund: der *Dealer*.

Vor ein paar Tagen war ein mysteriöses neues Foto in der Timeline vom *Dealer* aufgetaucht. Ich hatte nicht erwartet, dass die Spur zu einer Escort-Agentur führen würde. Als ich begriffen hatte, ließ ich es darauf ankommen und tat, als würde ich mich dort für einen Job interessieren. Der Trick funktionierte, und es gelang mir, einen Termin mit May einzutragen. Ihr Name war der einzige Hinweis, mit dem der *Dealer* seinen Post versehen hatte.

Doch weshalb führte er mich her? Was haben Monroes außerschulische Aktivitäten mit der Nacht zu tun, in der Nathaniel West umkam? Ich dachte, der Zweck dieses Instagram-Accounts sei es, den Mörder zu offenbaren. Jetzt bin ich mir nicht mehr so sicher. Vielleicht legt es der *Dealer* auch nur darauf an, jeden Einzelnen von uns auf schlimmste Weise zu blamieren.

Monroe kommt auf mich zu und bohrt mir ihren Zeigefinger in die Brust. »Wie hast du es überhaupt herausbekommen?«

Ich weiche zur Seite aus und gehe zur Minibar. Dort greife ich mir zwei kleine Fläschchen West Tennessee Whisky. Eines werfe ich ihr zu. Auch wenn sie cool tut, ist mir klar, dass sie eine flüssige Stärkung genauso gut vertragen kann wie ich.

Als sie das Etikett sieht, rollt sie mit den Augen und stolziert zur Bar. »Ich bevorzuge Gin.«

»Gehört West Tennessee Whisky nicht eurer Familie?«, frage ich, drehe den Verschluss ab und leere den Inhalt mit einem einzigen Schluck. Er läuft mir heiß die Kehle hinunter und entfacht ein Feuer in meinem Magen.

»Ja, aber meiner Familie gehört sowieso alles.« Ihre Stimme klingt brüchig, doch das spült sie mit dem Whisky hinunter. Dann sucht sie noch ein Fläschchen Beefeater Gin heraus.

»Was machst du nur?«, frage ich, und plötzlich ist es kein Verhör mehr. Ich will keine Informationen aus ihr herausquetschen. Stattdessen möchte ich sie am liebsten schütteln. Ich empfinde nicht gerade Zuneigung für Monroe West, aber ich weiß, was sie ihrer Familie damit antut. Ich mag ihre Mutter, und in ihren Bruder bin ich verliebt. Die beiden mussten dieses Jahr ohnehin so viel durchmachen, das hier könnte den Zusammenhalt ihrer Familie endgültig zerstören.

»Was geht dich das an?«

Das klingt nicht gerade wie ein Hilfeschrei. »Der *Dealer* hat mich hergeschickt, und das heißt, dass dir jeder, der seine Posts verfolgt, hier die Tür hätte öffnen können.«

Es ist nur eine Frage der Zeit, bis die Polizei und das FBI von dem Account Wind bekommen. Dann gibt es richtig Ärger. Zurzeit folgen dem mysteriösen Feed nur eine Handvoll Leute, und jeder von uns hat gute Gründe, sich für die Identität unseres netten Nachbarschafts-Stalkers zu interessieren. Der *Dealer* hat nicht gerade unsere Sternstunden gepostet, weshalb die Bilder auch noch keiner geteilt hat – bis jetzt.

»Was hat er gegen dich in der Hand?«, fragt sie, und ihre

Augen blitzen, als sei ihr plötzlich etwas Wichtiges klar geworden.

Monroe ist wohl doch nicht so dumm, wie sie aussieht. Ich hatte schon immer den Verdacht, dass ihr Auftreten als blonde, hohlköpfige Erbin nur Show ist und sie mehr begreift, als sie zugibt – jetzt bin ich mir sicher. Dass ich hier gelandet bin, habe ich auch nicht allein meiner Neugier zu verdanken. Ich zucke die Schultern.

»Vielleicht hat er den Beweis, nach dem Mackey sucht«, sagt sie und nimmt sich noch ein Fläschchen, stürzt es diesmal jedoch nicht mit einem Schluck hinunter, sondern nippt nachdenklich daran und mustert mich, wahrscheinlich sucht sie in meinem Verhalten nach einem Hinweis, der ihren Verdacht bestätigt.

»Tut mir leid, dich enttäuschen zu müssen, aber er hat nichts gegen mich in der Hand«, sage ich. Keines der Fotos in dem Feed schien direkt auf mich abzuzielen, doch viele nahmen jemanden aus meiner Umgebung aufs Korn. Für das FBI sind allerdings die Leute in meinem Umfeld schon so gut wie ein Schuldbeweis. Schlechter Umgang. Plötzlich fällt mir etwas ein. »Ich weiß, was ich für mein Schweigen haben möchte.«

»Ja?«, bellt sie. Ich könnte schwören, dass ihre Augen für den Bruchteil einer Sekunde rot glühen wie bei einem Dämon, aber vielleicht bilde ich mir das auch nur ein.

»Die Wahrheit.« Wenn Monroe von mir verlangt, über meine Entdeckung Stillschweigen zu bewahren, muss sie mir zuerst sagen, warum sie das hier überhaupt tut.

»Wahrheit ist heutzutage Mangelware.« Sie lässt sich in

einen Sessel fallen und starrt durch das große Fenster hinaus auf die glitzernden Lichter der Stadt. Selbst am Tage setzt Vegas sein schönstes Gesicht auf, um Touristen mit der Aussicht auf Glück und Reichtum zu locken. Monroes Blick bekommt etwas Abwesendes, als hätte die Stadt sie ebenso in ihren Bann gezogen wie all die anderen.

»Warum?« Ich lasse nicht locker. »Du hast doch alles. Warum wirfst du das weg?«

»Glaubst du, ich würde es wegwerfen?« Sie reißt den Kopf herum und starrt mich wütend an. »Weißt du, was Vegas ist? Ein Platz für Träumer. Hier kann man leicht aus der Spur geraten. Frag deinen Daddy.«

»Frag doch deinen«, kontere ich kühl.

Sie verzieht kurz das Gesicht, doch dann lacht sie hohl, wirft sich das Haar über die Schulter und fährt fort: »Entweder geht man unter, oder man macht etwas aus sich.«

Ich bin mir ziemlich sicher, dass Monroe ihre Wahl bereits getroffen hat, aber das behalte ich für mich. Wenn ich sie weiterhin provoziere, werde ich nie die Antworten erhalten, auf die ich aus bin.

»Mein Vater ist aus eigener Kraft stinkreich geworden. Alle erwarten von mir, dass ich den Rest meines Lebens im Wellnesscenter oder beim Shoppen verbringe. Ich brauche nicht zu arbeiten.« Sie blickt kurz zu mir herüber, um sich zu vergewissern, dass ich ihr zuhöre. Ich nicke, damit sie weiterredet. »Aber ich will keine von diesen Erbschleicherinnen werden, die auf Kosten anderer leben. Gott weiß, dass es davon schon genug auf der Welt gibt.«

»Willst du lieber eine Nutte sein?« Die Frage ist mir so

rausgerutscht, und ich kneife die Lippen zusammen. Mein Hang zum Sarkasmus ist wirklich ein Problem.

»Ich bin keine Nutte«, sagt sie und wirft mir einen vernichtenden Blick zu.

»Escort«, korrigiere ich mich und hänge noch ein »Tut mir leid« an.

»Mein Vater hat sein Vermögen mit Spielern verdient. Er hat Geld mit Geld gemacht. Jameson wird sein Reich übernehmen. Keine Arbeit. Keine Herausforderung. Es gehört ihm einfach.«

»Ich bezweifle, dass er das auch so sieht.« Als sie meinen Freund erwähnt, erwacht mein Beschützerinstinkt.

»Natürlich nicht. Wie die meisten Männer kann er sich den Luxus leisten, sich über seine Lebensumstände zu beklagen und gleichzeitig alle Vorteile zu genießen, die sie bieten.« Sie zeigt mit dem Finger auf mich, dann auf sich: »Wir beide können das nicht.«

Bin ich jetzt auf einmal ihre Schicksalsgenossin? Tja, Wunder gibt es immer wieder. Allerdings kann ich mir nicht vorstellen, dass unser Zwei-Mädels-Frühstücksclub noch einmal stattfinden wird, nachdem wir diesen Raum verlassen haben.

»In Vegas gibt es jede Menge Geld. Es ist fast schon eine Schande, Geld mit Geld zu verdienen.«

»Dann willst du also Geld mit Sex verdienen?«, rate ich.

»Ich werde mit Sex ein Imperium aufbauen«, korrigiert sie mich. »Die jüngste Bordellchefin in der Geschichte von Vegas. Ich habe das Geschäft von den Besten gelernt, und seien wir ehrlich: Ich bin gebildet.«

Ich denke an den Englischunterricht zurück. Vermutlich

muss man sich nicht groß mit klassischer Literatur auskennen, um eine Escort-Agentur leiten zu können.

»Um die Konkurrenz brauche ich mir keine Sorgen zu machen.« Die Aussage ist ganz klar ein Köder.

Und ich beiße an: »Wieso nicht?«

»Weil alle Angst davor haben werden, dass ich auspacke. Weil sie mich eingestellt haben, als ich noch minderjährig war. Ich werde mich als geschäftliche Naturbegabung präsentieren«, beendet sie ihren Vortrag.

Sich als Volltrottel zu präsentieren gelingt ihr jedenfalls schon ganz gut, denke ich.

Monroe betrachtet mich einen Moment, mit Sicherheit fragt sie sich, was ich jetzt von ihr denke. »Wenn das mit Jameson nicht klappt, hätte ich vielleicht einen Job für dich.«

»Ich glaube, wir zwei sollten lieber keine Geschäfte miteinander machen.« Dass Monroe nicht nur meine Highschool-Feindin, sondern auch noch meine Zuhälterin sein soll, ist doch ein bisschen viel auf einmal.

»Du weißt ja, wo du mich findest«, sagt sie unbeeindruckt. »Und wenn du mich jetzt bitte entschuldigen würdest, ich habe wichtigere Dinge zu erledigen. Und du … hast sicher auch noch etwas vor.«

Mit deinem Bruder zum Beispiel.

Als sie gegangen ist, lege ich mich aufs Bett und starre an die Decke. Wie die Teile eines geheimnisvollen Puzzles treten einzelne Schemen aus der Dunkelheit hervor. Eine Frage habe ich Monroe zu stellen vergessen: Welches Interesse könnte der *Dealer* daran haben, sie zu outen? Ich frage mich, ob ich etwas übersehen habe. Ich suche auf meinem Handy nach einer Antwort, doch da ist nichts. Als ich Instagram öffne, ist das Foto verschwunden. Sieht aus, als hätte der *Dealer* meine Botschaft verstanden und endlich reagiert. Das müsste sich eigentlich wie ein Sieg anfühlen, doch stattdessen habe ich das Gefühl, mir eine riesige Zielscheibe auf den Rücken gemalt zu haben.

Meine Sandalen klackern über den Marmorfußboden der Lobby des West Resort. Weiter hinten klingeln die einarmigen Banditen, und selbst hier schmecke ich noch den abgestandenen Zigarettenrauch aus der Casino-Etage. Es ist genau wie in jedem anderen Hotel-Casino in dieser Stadt. Vielleicht ein bisschen netter als in den meisten. Warum ist in einer Stadt, in der überall die Sünde lauert, eigentlich ausgerechnet dieses Hotel in letzter Zeit vermehrt zum Tatort von Verbrechen geworden?

Hier hat das Rätsel für mich begonnen. Hat hier auch für den Mörder alles seinen Anfang genommen? Kaum zu glauben, dass jene tödliche Party, durch die ich in diese Welt hineingeraten bin, schon Monate zurückliegt. Dabei hatte ich gar nicht hingehen wollen, doch meine beste Freundin Josie, die unbedingt zu den angesagten Leuten gehören will, hatte mich überredet, sie auf Monroe Wests Party zu begleiten. Es wurde der letzte Tag unseres ersten Jahres in der Oberstufe gefeiert, und ich war natürlich nicht eingeladen.

Wir schmuggelten uns auf die Party, und ich musste lügen, würde ich behaupten, dass ich mich nicht über Monroes Gesicht gefreut habe, als sie mich erwischte. Wir waren noch nie beste Freundinnen gewesen, schon gar nicht, nachdem Monroe vor der halben Jahrgangsstufe mit meinem damaligen Freund herumgevögelt hatte. Seitdem befanden wir uns im permanenten Kriegszustand, und auf ihrer Party aufzukreuzen kam einer Kampfansage gleich. Nach unserer Konfrontation wollte ich gehen, doch anstatt Josie einzusammeln, lernte ich jemanden kennen. Ich hatte ihn noch nie gesehen, aber etwas an ihm zog mich unwiderstehlich an. Wir verbrachten die Nacht zusammen – nicht im biblischen Sinn, aber ziemlich knapp davor. Am nächsten Morgen war er verschwunden.

Als ob es nicht schon schlimm genug gewesen wäre, allein am Pool meiner besten Feindin aufzuwachen, musste ich mich auch noch von meinem Exfreund Jonas und seinem schmierigen besten Freund Hugo nach Hause fahren lassen. Eigentlich wollte ich diese Nacht nur schnell vergessen, doch dann erfuhr ich aus den Nachrichten, dass man Nathaniel West ermordet hatte. Die Hauptverdächtigen? Alle, die auf der Party seiner Tochter waren. Ich wäre vielleicht mit einer einfachen Befragung davongekommen, doch dann fand ich heraus, dass der Typ, mit dem ich in jener Nacht herumgemacht hatte, Jameson West war – Erbe des West-Imperiums und Sohn des Mordopfers. Ganz offensichtlich habe ich einen zweifelhaften Männergeschmack – wenn auch nicht so merkwürdig wie der Geschmack meiner besten Freundin Josie, die auf ältere Männer steht. Diese Schwäche hatte sie dazu gebracht, in jener Nacht mit irgendeinem Typen in seinem Hotelzimmer zu verschwinden, wodurch ich in die Verlegenheit kam, mir ein Alibi verschaffen zu müssen.

Jameson galt als Hauptverdächtiger – und zwar zunächst auch mir. Insbesondere, nachdem er anfing, überall dort aufzutauchen, wo ich mich gerade aufhielt. Obwohl er sich wie ein Stalker aufführte, wollte ich mehr über ihn wissen. Ich hätte nie damit gerechnet, dass ich mich in ihn verlieben würde.

Jetzt weiß ich, dass er unschuldig ist, aber in den Augen des FBI sind wir beide nach wie vor verdächtig. Als dann ein mysteriöser Instagram-Account von einem gewissen *The Dealer* mit peinlichen Fotos all jener Belle-Mère-Prep-Schüler auftauchte, die auf der Liste der Verdächtigen ganz oben standen, begann ich, auf eigene Faust nachzuforschen. Ich will Frieden. Ich will unsere Namen reinwaschen, und das kann ich nur, wenn ich herausfinde, wer Nathaniel West umgebracht hat.

Doch seit heute Nachmittag gibt es etwas, das mir noch schwerer auf der Seele liegt. Dank der zuständigen Nervensäge vom FBI, Detective Mackey, mache ich mir jetzt Sorgen, ob ich überhaupt mit Jameson zusammen sein darf. Dass meine Schwester einen anderen Vater hatte als ich, habe ich bereits herausgefunden – eine Tatsache, die meine Eltern sogar noch über ihren Tod hinaus vor mir geheim gehalten haben. Doch dass auch ich einen anderen Vater haben könnte als gedacht, war mir nicht in den Sinn gekommen. Falls Mackey nicht lügt – und als rechtschaffener Polizistin ist ihr das garantiert untersagt –, muss ich jetzt mehr als ein Geheimnis lüften. Ob es für Fernsehdetektivin Nancy Drew im Streifen »Das Geheimnis des Kindsvaters« (mit mir in einer der Hauptrollen) ein Happy End geben kann, wird sich erst noch herausstellen.

Es stimmt nicht. Ich bin nicht Nathaniel Wests Tochter.

Diesen Gedanken wiederhole ich innerlich wie ein New-Age-Mantra. Ich muss fest daran glauben, denn sonst wird aus dem flauen Gefühl in meinem Magen ein Abgrund, der mich verschlingt.

Die Frage arbeitet noch in mir, als ich die Drehtür erreiche, doch bevor ich hindurchgehen kann, packt mich jemand an der Schulter und wirbelt mich herum. In Gedanken noch ganz bei dem Verbrechen, stoße ich einen spitzen Schrei aus, den Jameson West mit seinen Lippen erstickt.

Ich reiße mich von ihm los und versuche, das Bedürfnis zu unterdrücken, mich an ihn zu schmiegen.

In seinem Anzug sieht er älter aus, als er in Wirklichkeit ist. Wenn man genau hinsieht, entdeckt man sogar einen feinen Bartschatten auf seinen Wangen. Ohne lange nachzudenken, streiche ich mit den Fingerspitzen darüber. Er seufzt. Dann reibt er sich mit der Hand über die Stoppeln und schüttelt den Kopf. »Ich habe mich heute Morgen erst rasiert, Herzogin.«

»Damit siehst du so mächtig aus.«

Eine seiner Brauen nimmt die Form eines Fragezeichens an. »Es macht mich alt.«

Nach dem unerwarteten Tod seines Vaters hat Jameson die Leitung des Familienunternehmens übernommen. Er hatte sich gerade erst mit seinem Vater gestritten, weil er das College geschmissen hatte, und war bestimmt nicht darauf eingestellt, einen Fortune-500-Laden zu leiten, eines der weltweit umsatzstärksten Unternehmen. Vielleicht lässt ihn die Verantwortung, die neuerdings auf ihm lastet, vorzeitig altern, und ihm zu sagen, was ich seit heute weiß, wäre da sicher nicht gerade hilfreich.

Ich suche in seinem Gesicht nach der Wahrheit, sehe jedoch nur seine markanten Gesichtszüge und einen undurchdringlichen Blick. Sein widerspenstiges kupferfarbenes Haar ist gebändigt. Heute spielt er die Rolle des Geschäftsmannes: distanziert, unnahbar und berechnend. Und im Moment bin offensichtlich ich diejenige, die er analysiert. Ich weiche vor ihm zurück.

»Was ist mit dir los?« Sein misstrauischer Ton macht mich nur noch nervöser.

»Nichts«, lüge ich – zu schnell, um glaubwürdig zu klingen. »Ich habe nur nicht mit dir gerechnet.«

»Ich auch nicht mit dir«, sagt er gedehnt. »Wolltest du zu mir? Oder was machst du hier?«

»Warum sollte ich ausgerechnet hierherkommen, wenn ich dich sehen will?« Ich bräuchte jetzt dringend ein Mittel gegen den verbalen Durchfall, den meine Paranoia auslöst.

»Weil ich hier arbeite, Herzogin. Ich habe die Neuerungen bezüglich der Sicherheitssysteme kontrolliert.« Er wartet, dass bei mir der Groschen fällt, aber irgendwie bin ich gerade völlig neben der Spur. »Ich hab dir eine SMS geschickt.«

»Mein Handy spinnt heute ein bisschen.« Lügen und Paranoia sind ganz schlechte Redner. Völlig unglaubwürdig.

»Ich habe ein paar Minuten Zeit. Wie wäre es, wenn ich dir mal die Büros zeige?«

Als er meine Hand nehmen will, weiche ich noch weiter zurück. Kurz wirkt er verletzt, doch er zwingt sich zu einem angespannten Lächeln.

»Tut mir leid. Josie ist krank, ich muss mich beeilen, und wenn wir zwei erst einmal anfangen …«

Er lässt mich davonkommen – gnädig, könnte ich hinzufügen – und enthält sich jeglichen weiteren Kommentars, doch kurz bevor sich die Drehtür zwischen uns schiebt, ruft er mir noch eine letzte Frage hinterher: »Was wolltest du hier?«

Ich komme auf der anderen Seite heraus, und wir blicken einander durch die Scheibe hindurch an. Ich könnte jetzt wieder hineingehen und ihm alles erklären, doch ihn überhaupt zu sehen ist schon schlimm genug. Vielleicht ist das unser Schicksal: Wir sehen einander, dürfen uns aber niemals berühren.

Kapitel zwei

Als ich vor Josies Häuschen stehe, sehe ich den winzigen Zweizimmerkasten auf einmal als das, was er ist. Ich war heute schon einmal hier, um Abbitte zu leisten, da war es mir noch nicht aufgefallen. Doch jetzt steht meine ganze Welt kopf – vielleicht sehe ich deshalb alles in einem anderen Licht. Die letzten paar Monate bin ich zwischen Milliardären herumgegeistert wie in einer schlechten Folge von »MTV-Cribs« (eigentlich sind alle Folgen schlecht, wer will schon sehen, wie Stars wohnen), doch nun bin ich wieder hier, und es zählt nur noch eins: Ich fühle mich, als wäre ich endlich zu Hause. Ich kam mir vor wie eine Hochstaplerin, und es ist an der Zeit, innezuhalten und zu den Leuten zurückzufinden, die mich kennen und lieben.

Trotz meiner neugefundenen Entschlossenheit klopfe ich

ziemlich zaghaft an die Tür. Marion, Josies Mutter, öffnet mit erstaunter Miene.

»Seit wann klopfst du denn?«, fragt sie. Und das ist es, sie hat recht: Ich bin zu Hause. Hier gehöre ich hin, das sind meine Leute. Sie ist frisch geschminkt und hat das Haar zu einem festen Knoten nach hinten gebunden. Es dauert einen Moment, dann fällt mir ein, dass Freitagabend ist. »Tut mir leid, Süße, aber ich bin auf dem Sprung. Ich muss in dreißig Minuten in der Garderobe sein.«

So sieht das Leben von Showgirls in Las Vegas am Wochenende aus. Die nächsten paar Tage ist sie damit beschäftigt, die Annäherungsversuche allzu selbstbewusster Geschäftsmänner und schmieriger Teilnehmer von Junggesellenabschieden abzublocken. Diese Leute fallen für zwei Tage in Las Vegas ein, dann ziehen sie wieder ab und hinterlassen nichts als einen Haufen Rechnungen.

»Eigentlich wollte ich zu Josie«, sage ich.

Sie zieht die Augenbrauen zusammen. »Sie ist krank, und du weißt ja, wie sie dann ist.«

»Und ob ich weiß, wie meine beste Freundin drauf ist, wenn sie krank ist.«

Krankenhäuser wurden für Leute wie Josie Deckard erfunden, die es schafft, aus jeder Erkältung eine Schwindsucht zu machen. Seit ich sie kenne, geht sie geradezu in Quarantäne, sobald auch nur ihre Nase zu laufen droht. Früher war es mir dann gestattet, ein paar Opfergaben in Form von Disneyfilmen an ihrer Tür zu hinterlegen, eintreten durfte ich allerdings nie. Selbst Marion musste ihre ganze Überredungskunst einsetzen, um in ihr Zimmer zu dürfen. Doch heute muss sich ihre Hypochondrie auf den Rücksitz verziehen, weil ich auf meinen Rechten als bester Freundin bestehe. Ich zögere. Falls ich Marion meine traurige Geschichte erzähle, würde sie mir sofort die Couch anbieten, die mir sowieso schon sicher ist. Aber diese Entscheidung darf ich nicht ihr überlassen. Dazu ist zwischen Josie und mir noch zu vieles ungeklärt.

»Ich riskiere es«, sage ich laut. Ganz gleich, wie gut es sich anfühlt, hier zu sein, ich brauche Josies Segen, um in meine zweite Heimat zurückzukehren.

Marion küsst mich auf die Wange, und das vertraute Zeichen ihrer Zuneigung lindert meine Nervosität ein wenig. Ihre Haut streicht über meine. Sie ist warm und weich, so wie sich die Wange einer Mutter anfühlen sollte. Diese Überzeugung beruht ausschließlich auf den Erfahrungen, die ich in den vergangenen Jahren mit ihr als Ersatzmutter machen durfte. Meine eigene Mutter bevorzugt europäische Luftküsse, bei Fremden genauso wie bei ihren eigenen Kindern. Der deutliche Kontrast zwischen Josies Mom und meiner eigenen war mir noch nie so bewusst wie in diesem Augenblick. »Mach die Tür hinter mir zu«, sagt sie mit einem Lächeln.

Ich nicke und spüre einen dicken Kloß in meinem Hals. Hätte ich doch besser hier meinen Sommer verbracht! Zwischen meinen Einsätzen im Pfandleihhaus meines Vaters hätte ich Netflix-Serien gucken, jede Sekunde meines zukünftigen Abschlussjahres an der Belle Mère Prep verplanen und ein wachsames Auge auf Josies Liebesaffären haben können. Stattdessen drückte man mir plötzlich und ohne Vorwarnung die Rolle des bösen Schickeria-Mädchens auf. Jetzt ist es an der Zeit, diese Rolle abzulegen und wieder auf den Boden der Tatsachen zurückzukehren.

Ich winke Marion hinterher, drehe den Griff der Eingangstür, hole tief Luft und marschiere den kurzen Weg durch den Flur zu Josies Zimmer. Dort versuche ich, mich nicht abschrecken zu lassen, und klopfe. Totenstille empfängt mich, und nach einer Ewigkeit sagt eine erstickte Stimme: »Geh weg.«

Es läuft in etwa so, wie ich es mir vorgestellt habe.

Ich versuche es mit dem Türknauf, bin jedoch nicht überrascht, dass abgeschlossen ist. Doch weil dieses Haus, wie so vieles in Las Vegas, aus den 1970er Jahren stammt, brauche ich nur eine Haarnadel, um mich mit meiner besten Freundin auseinandersetzen zu können. Ich ziehe mir eine aus dem Haar und fummele damit so lange in dem kleinen Loch neben dem Knopf herum, bis das Schloss aufspringt. Die Erbauer dieser Häuser dachten bestimmt, sie würden den Eltern einen Gefallen tun. So können sie ihren Kindern Autonomie vorgaukeln, doch in Wirklichkeit reicht ein Metallteilchen im Wert von einem Cent, um die Tür zu öffnen.

»Wird schon«, murmele ich leise vor mich hin und stoße die Tür auf. Josie liegt unter ihren Decken vergraben und hat ein Kissen auf dem Gesicht.

Augenblicklich sitzt sie kerzengerade im Bett, ihre Baumwollfestung sackt um sie herum zusammen, und sie starrt mich an.

»Mir geht's nicht gut«, zischt sie.

Ich zucke die Schultern.

»Die Welt erlebt eine Wirtschaftskrise, ein Reality-Star bewirbt sich um die Präsidentschaft, und wir hängen in einer

Stadt fest, in der man immer noch glaubt, Passivrauchen sei unschädlich. Niemandem geht's gut«, erwidere ich. Ich stemme die Hände in die Hüften und warte, was sie mir als Erstes an den Kopf werfen wird, doch stattdessen wirft sie sich zurück aufs Bett.

Ich nehme mir einen Moment Zeit und sehe mich im Zimmer um. Viel hat sich nicht verändert. Überall liegen Haufen von Klamotten herum, auf dem Schreibtisch Hefte und Zeitschriftenstapel. Sie hat nichts umgestaltet, nichts umgestellt und auch keinen Hobbyraum aus ihrem Mädchenzimmer gemacht. Alles ist immer noch so, wie es sein sollte, doch auf den zweiten Blick entdecke ich ein paar Auffälligkeiten. Die Kleiderstapel sind höher, als sie sein sollten. Die Zeitschriften auf ihrem Schreibtisch sind auch nach dem langen Sommer, den sie eigentlich am Rand eines Swimmingpools verbringen wollte, noch unberührt. Am meisten beunruhigt mich jedoch, dass der Fernseher nicht eingeschaltet ist. Dabei weiß doch jeder, vom Kleinkind bis zum Greis, dass bei Krankheit heutzutage nur noch Netflix helfen kann.

»Du bist gar nicht krank«, stelle ich fest. »Du versteckst dich. Ich will gar nicht erst lange herumreden. Hast du dich verleugnen lassen, als ich heute vorbeigekommen bin?«

Es sieht Josie überhaupt nicht ähnlich, in einer solchen Situation den Kopf einzuziehen und sich zu verstecken.

»Da ist aber jemand ganz schön eingebildet. Das kommt vermutlich dabei heraus, wenn man mit einem West zusammen ist.«

Sie spricht den Namen aus wie ein Schimpfwort, und ich würde lügen, wenn ich behauptete, dass mich diese Provokation kaltlässt. Ich gehe um ihr Bett herum und suche nach Hinweisen.

»Ja, ich bin in die Geheimgesellschaft der Houser eingeführt worden«, erwidere ich und fülle meine Worte mit der richtigen Menge Verachtung. Wir beide gehörten nie zu den Housern. Dieser Ehrentitel ist der Elite von Belle Mère vorbehalten – den Kindern der Ober-Oberschicht von Las Vegas. Die schmeißen die Show, und wir andern hoffen auf ein Plätzchen im Zuschauerraum. »Meine Kacke stinkt nicht mehr, und ich kenne ihren speziellen Handschlag.«

Sie sieht mich nur böse an, deshalb setze ich meine Analyse fort.

Eine Weile lässt sie mich reden und schaut mich nur ungläubig an. »Oh mein Gott, hör endlich auf«, sagt sie schließlich. »Du hast ja recht. Ich sterbe nicht, du Geier. Falls du vorhattest, dich über meine Leiche herzumachen, musst du dir ein anderes Opfer suchen.«

»Das ist süß von dir. Aber deshalb bin ich nicht hier. Ich muss dich um einen Gefallen bitten.«

»Das ist also deine Art, jemanden um etwas zu bitten?«

Na schön, da hat sie vielleicht nicht ganz unrecht. Zu den wenigen guten Ratschlägen, die mir meine Mutter gegeben hat, gehört, dass man mit Honig Fliegen fängt. Ich habe diese Strategie noch nicht ausgiebig erprobt, vielleicht auch, weil meine Mutter sich nie bequemt hat, mit gutem Beispiel voranzugehen. Außerdem sind Josie und ich über die gezuckerten Plattitüden aufgesetzter Freundschaftsbezeugungen längst hinaus. Trotzdem hat sie recht. Wir müssen unseren Streit beilegen, bevor ich wieder nach Hause kommen kann.

Doch zunächst mache ich ihr natürlich erst einmal Vorwürfe: »Was ist los mit dir, Josie? Du bist schon seit Wochen so komisch. Und jetzt versteckst du dich auch noch im Bett und tust, als wärst du krank? Und das nicht nur mir gegenüber, sondern auch noch gegenüber deiner Mutter.«

Es tritt eine Stille ein, die geradezu biblische Längen erreicht. Dann richtet Josie sich auf. Jetzt, wo sie mich nicht mehr so böse anblickt, sehe ich, dass ihre Augen gerötet sind. Josie Deckard hat geweint. Dass Teenie-Mädchen in ihre Kissen schluchzen, mag nichts Ungewöhnliches sein, aber meine beste Freundin passt nicht in dieses Klischee. Hat sie nie.

»Was hast du so getrieben in der Zwischenzeit?«, fragt sie mich leise.

Die Frage ist nicht so leicht zu beantworten, wie es vielleicht aussieht, und sie verdient keine knappe Antwort oder nichtssagende Höflichkeitsfloskel. Also packe ich alles aus. »Ich stehe unter Mordverdacht, ich habe mich verliebt, meine ganze Familie zerstört, unglaublich blöden Mist gemacht und festgestellt, dass alles umsonst war.«

Aber das ist erst der Anfang, das ist uns beiden klar. Dann setze ich mich auf ihre Bettkante und informiere sie ausgiebig über den Stand der Dinge. Manches lasse ich aus, wahrscheinlich auch Wichtiges, aber das Wesentliche bringe ich rüber. Als ich fertig bin, ist mir eine große Last von den Schultern genommen. Ich hatte ganz vergessen, wie schwer es ist, Geheimnisse mit sich herumzuschleppen. Dass ich sie jemandem anvertrauen kann, erleichtert mich enorm.

»Und was ist mit dir?«, frage ich. »Ich bin nicht die Einzige, die diesen Sommer nicht erreichbar war.«

Josie und ich waren in den letzten paar Jahren während der Sommerferien oft voneinander getrennt gewesen. Entweder musste ich nach Palm Springs zu meiner Mutter, oder ich hing bei meinem Dad im Pfandleihhaus fest. Josie musste zu Hause bleiben oder irgendeinen Job annehmen, um zum Unterhalt beizutragen, da niemand für sie zahlt. Aber wir haben immer telefoniert. Später gesimst oder geskypt. Und immer haben wir es ab und zu möglich gemacht, zusammen zu übernachten, gemeinsam essen zu gehen oder auch dann und wann mal eine Kleinigkeit in einem Laden mitgehen zu lassen. Aber diesen Sommer hat es zwischen uns kaum für ein Emoji gereicht.

Josie lässt meine Frage unbeantwortet. Stattdessen steht sie auf. Es dauert lange, so als müsste sie ihren Gliedmaßen erst befehlen, sich zu bewegen, und ihren Körper dazu überreden, einen Schritt nach dem anderen zu machen. Sie öffnet die Schreibtischschublade, kramt ein paar Minuten darin herum und hebt schließlich den doppelten Boden heraus. Das war jahrelang unser Geheimversteck für Dinge wie ein Päckchen Zigaretten, Schnaps oder Kondome – in der Phase, als wir älter sein wollten, als wir aussahen. Sachen, von denen alle Eltern wissen, die wir aber trotzdem verbergen wollten.

Auf das, was sie jetzt aus der Schublade herauszieht und mir hinhält, bin ich überhaupt nicht vorbereitet. Weil ich so gut wie keine Erfahrung mit der Sache habe, starre ich viel zu lange auf das Schwarz-Weiß-Foto in meiner Hand. Das Papier ist dünn und das Bild verzerrt, aber ich kann lesen.

In der Ecke steht ihr Name. Ich kann gerade noch begreifen, dass die Zahlen Wochen und Tage bedeuten. Doch sosehr ich mich auch anstrenge – das unscharfe weiße Geflimmer in der Mitte des Bildes ergibt für mich keinen Sinn.

»Ist das …« Ich stocke mitten im Satz und verschlucke die Worte. Wenn ich sie nicht ausspreche, ist es vielleicht nicht wahr.

»Ein Ultraschallbild«, sagt sie. Ihre Stimme scheint sich von ihrem Körper zu lösen, als sie ganz sachlich weiterredet. »Die Klinik, in der ich war, zwingt einen dazu, eins zu machen, bevor man sich entscheidet. Selbst wenn man sich schon entschieden hat. Das hat sich bestimmt irgend so ein Politiker als Strafe ausgedacht.«

Sie redet weiter, als könnte sie die Spannung, die in der Luft liegt, mit ihren Tiraden zerstreuen. Sie erzählt, wie sie in die Klinik gegangen ist. Weiße Wände, Gestank.

»Oh mein Gott«, keuche ich und höre ihr schon gar nicht mehr zu. »Hast du …? Bist du …?«

»Bin ich«, sagt sie.

»Warum?«, platzt es aus mir heraus. Plötzlich ergibt alles einen Sinn: ihre Distanziertheit, ihre Reizbarkeit. Aber dass ich jetzt alles weiß, macht die Sache auch nicht besser. Es fühlt sich eher an, als würde ich aus einem Albtraum erwachen und merken, dass ich gar nicht geschlafen habe. Dass es kein Traum war. Sie reißt mir das Bild aus der Hand und stopft es zurück in die Schublade, als wäre die Situation anders, wenn sie es versteckt. »Es wird so viel davon geredet, aber keiner sagt einem, wie viel Geld so etwas kostet. Ich habe den ganzen Sommer über gespart. Es reicht immer noch nicht und …« Sie führt den Satz nicht zu Ende, doch das braucht sie auch nicht. Allein die Vorstellung, das alles durchzumachen, ist furchtbar, auch wenn ich es nicht selbst über mich ergehen lassen muss.

»Ich kann dir helfen.« Das ist nicht nur ein Angebot, sondern eine Aufforderung. Sie wird meine Hilfe annehmen, ob sie will oder nicht. »Ich hätte dir doch geholfen. Warum hast du mir nichts davon gesagt?«

»Es ist kompliziert.«

»Weiß der Vater davon?«

»Er hat keine Ahnung«, sagt sie mit trotzig bebenden Nasenflügeln.

Ich halte es für das Beste, nicht weiter nachzubohren. Wenn sie bereit ist, mir mehr zu erzählen, wird sie es tun.

»All die Jahre über war sie immer so paranoid«, sagt Josie geistesabwesend. »Und dann gehe ich los und tue genau das, was meiner Mutter das Herz brechen wird.«

»Sie muss es nicht erfahren«, flüstere ich.

Sie blinzelt, als würde sie sich wieder erinnern, dass ich da bin, dann sieht sie mich an. »Em, ich schaffe das nicht allein.«

»Das brauchst du auch nicht«, verspreche ich.

Kapitel drei

✦ ✦ ✦

Die nächsten paar Tage tun wir, als hätten wir keine Probleme, und sehen stattdessen so viele schlechte Fernsehsendungen, wie wir vertragen können. Nachdem wir einander das Herz ausgeschüttet haben, ist es leichter, sich einfach nur berieseln zu lassen, als weiter über unsere nächsten Schritte nachzudenken. Ich brauche eine Pause. Eine Pause von den Nachforschungen, den Vorwürfen und dem Misstrauen. Ich kann mir nicht annähernd vorstellen, wie dringend erst Josie eine Pause braucht. Ich gebe mir Mühe, sie nicht anzustarren, wenn die Realität in mein Bewusstsein dringt und die Handlung auf dem Fernsehschirm überlagert.

Josie wirkt unverändert. Vielleicht liegt es daran, dass sie seit ungefähr drei Tagen ihre Pyjamahose nicht gewechselt hat, aber es ist wirklich noch nichts zu erkennen. Sollte man es ihr nicht irgendwie ansehen können? So funktioniert das, wenn man schwanger wird? Dann könnten wir also alle ständig schwanger sein, ohne es zu merken?

»Glotz mich nicht immer so an«, mault sie schließlich eines Nachmittags. »Es wird mir nicht plötzlich aus dem Bauch platzen, ein Lied singen und tanzen.«

»Tut mir leid«, sage ich schuldbewusst. »Es ist nur so verrückt.«

Sie stöhnt und schüttelt den Kopf, während sie die neuesten Social-Media-Einträge durchgeht.

»Weißt du, was verrückt ist? Dass dein Leibwächter auf der anderen Straßenseite vor unserem Haus parkt.«

Okay, da hat sie recht.

»Lass uns so tun, als wären wir wieder zwölf«, schlage ich vor, »als unser größtes Problem war, dass wir endlich zum ersten Mal unsere Periode bekommen wollten.«

Kaum habe ich sie ausgesprochen, möchte ich meine Worte wieder zurücknehmen. Doch Josie lacht nur bitter. »Ja, ich hoffe wirklich die ganze Zeit, dass ich meine Periode bekomme.«

»Und der Preis für die mieseste Freundin des Jahres geht an …« Mit dramatischer Geste schlage ich mir vor die Brust. »Mich. Ich möchte meiner Mutter danken, die mir alles beigebracht hat, was ich weiß, meinem Vater, der auch seinen Teil beigetragen hat, und generell danke ich dafür, dass ich von den schlechtesten Vorbildern umgeben bin, die ein Mädchen haben kann.«

Josies aufgesetztes Lachen verwandelt sich in ein amüsiertes Kichern. »Welchen Preis gewinne ich? Wahrscheinlich den, ein solches Mädchen auf die Welt zu bringen?«

Ich zucke zusammen und erschrecke mich fast zu Tode, als Josies Mutter plötzlich die Tür aufmacht. Gäbe es einen Preis für den unschuldigsten Gesichtsausdruck, hätte momentan keine von uns beiden eine Chance, ihn zu gewinnen.

»Em, deine Mutter hat mich angerufen.« Sie blickt mir tief in die Augen.

Irgendwie hatte ich damit gerechnet. »Es könnte sein, dass ich ihre Telefonnummer blockiert habe.«

Marion kneift sich in den Nasenrücken, stöhnt laut auf und gibt gleichzeitig das perfekte Bild mütterlicher Fürsorge ab. »Du kannst doch deine Mutter nicht blockieren.«

»Komisch, mein iPhone sagt, ich kann.« Ich deute ein Lächeln an, als wäre das ein Witz, doch wir wissen beide, dass ich es ernst meine.

»Sie sagt, dass sie dich dringend sprechen muss.«

Marion redet nicht erst lange um den heißen Brei herum, sondern kommt gleich zur Sache. »Wenn deine Mutter nicht damit einverstanden ist, kannst du nicht hierbleiben.«

»Meiner Mutter wäre es sogar egal, wenn ich unter einer Brücke lebe«, knurre ich, zücke dann aber mein Handy und suche ihre Telefonnummer heraus. »Ich rufe sie an.«

Marion verschwindet mit einem triumphierenden Blick, und Josie stößt mich mit der Schulter an.

»Soll ich dich einen Moment allein lassen?«

»Nein.« Ich habe ihr bereits alles erzählt. Was ich über Becca erfahren habe und wie Hans versucht hat, mich zu bedrängen. Ich hatte nichts ausgelassen. Wenn meine Mutter jetzt mildernde Umstände ins Feld führen wollte, würde ich es ihr auch nicht vorenthalten.

Mom hebt schon beim ersten Klingeln ab. »Emma«, sagt sie so atemlos, als sei sie rastlos umhergetigert, während sie auf meinen Anruf wartete.

»Vivian«, erwidere ich unterkühlt. Sie verzichtet darauf, mich zu verbessern, obwohl sie es nicht ausstehen kann, wenn ich sie mit dem Vornamen anspreche. Gerade jetzt brauche ich die Distanz und das bisschen Selbstvertrauen, das mir daraus erwächst, nötiger denn je.

»Wir müssen uns unterhalten.«

Wir müssten uns schon seit acht Jahren unterhalten, aber ich bin froh, dass sie es endlich auch begreift.

»Ich komme nicht nach Palm Springs«, sage ich.

Mom gehört nicht zu den Leuten, mit denen man am Telefon ernsthafte Gespräche führen kann. Sie zieht es vor, jemanden auf die gute alte Art, von Angesicht zu Angesicht, fertigzumachen.

»Nicht nötig«, versichert sie mir. »Ich bin in Las Vegas.«

»Welches Restaurant?«, frage ich.

»Ich glaube, es ist besser, wenn ich zu dir komme.«

Ich habe mir über viele Jahre hinweg eine Narbenhaut gegen die Spitzen und Zurückweisungen meiner Mutter zugelegt, damit sie mich nicht mehr verletzen kann, aber es gelingt ihr immer noch, mich zu überraschen.

»Ich bin bei Josie«, stoße ich hervor, während ich überlege, was so schrecklich sein kann, dass sie sich dazu herablässt, ihr Fünfsterne-Leben zu verlassen und sich unter das gemeine Volk zu mischen.

»Dann komme ich heute Abend vorbei«, sagt meine Mutter. »Soll ich etwas von McDonald's mitbringen?«

»Ja, Mom, besorg mir ein Happy Meal«, antworte ich lakonisch. Wir legen auf, und ich frage mich, ob sie vielleicht krank geworden ist und dadurch an einem vorübergehenden Gedächtnisverlust leidet. Vielleicht hat sie sich den Kopf gestoßen und denkt, ich sei neun Jahre alt und nur für ein verlängertes Wochenende bei Josie.

»Was wollte sie?«, fragt Josie, sobald das Gespräch beendet ist.

Ich werfe ihr einen Blick zu, der weitaus mehr ausdrückt als das, was ich dann frage. »Rate mal, wer zum Abendessen vorbeikommt.«

Kapitel vier

Am Abend bringt meine Mutter mir tatsächlich ein Happy Meal mit.

»Ich weiß nicht, ob du immer noch keinen Ketchup magst«, sagt sie, als sie mir an der Tür die Schachtel in die Hand drückt.

»Ich habe meinen Frieden mit Tomaten gemacht«, versichere ich ihr und blicke auf die sorgfältig verpackten Kalorienbomben, die sie dabeihat. Wer sagt eigentlich, dass Apfelscheiben Fast Food sind? Dennoch ist nicht zu übersehen, dass zum ersten Mal seit sehr langer Zeit meine Mutter in der Tür steht. Nicht Vivian von Essen.

Ihre perfekt manikürten Nägel sind bis zum Nagelbett heruntergebissen, statt eines maßgeschneiderten Kostüms trägt sie ein einfaches Wickelkleid, und obwohl sie sich das

Haar aufgedreht hat, hängt es ihr schlaff über die Schultern. Irgendwie sieht sie aus wie das »Vorher«-Bild in einer Modezeitschrift.

Das ist die Frau, mit der ich aufgewachsen bin: leidend und nervös. Wegen der Spielsucht meines Vaters konnte aus seinen Geschäftsplänen unmöglich etwas werden. Jahrelang hatte sie zugesehen, wie sich ihre Träume in Luft auflösten, bis sie schließlich so aussah wie jetzt. Dann machte sie eine Kehrtwende und ließ alles hinter sich, was sie wieder runterziehen könnte in Elend und Geldmangel. Ich weiß nicht, was es bedeutet, dass sie jetzt hier ist. Und dass sie so aussieht.

Josie kommt auf Zehenspitzen den Flur entlang, um sie zu begrüßen. »Hallo Mrs. von …«

Meine Mutter hebt die Hand. »Vivian ist völlig ausreichend, Josie.«

Völlig ausreichend. Na ja, gut zu wissen, dass der Stock, der für ihre steife Förmlichkeit verantwortlich ist, immer noch an Ort und Stelle steckt.

Josie wirft mir einen besorgten Blick zu. Also bilde ich mir nicht nur ein, dass meine Mutter verheerend aussieht.

»Ich lasse euch zwei mal alleine.« Mit diesen Worten verschwindet Josie.

Mom und ich starren einander an. Normalerweise treffen wir uns auf neutralem Boden. Wenn sie in Vegas ist, kommt sie nicht zu Dads Haus. Wir verabreden uns irgendwo außerhalb zum Brunch oder zum Nachmittagstee. Manchmal überredet sie mich auch, mit ihr shoppen zu gehen. Obwohl keine von uns bei den Deckards wohnt, ist dieser Ort hier alles andere als neutral, und in den Augen meiner Mutter kommt mir die Rolle der Gastgeberin zu.

»Äh, warum setzen wir uns nicht und essen etwas«, bringe ich schließlich heraus. Da fällt mir auf, dass sie ein zweites Happy Meal mitgebracht hat. Anscheinend möchte meine Mutter auch am liebsten so tun, als wäre sie wieder ein Kind. Offenbar wird das Erwachsensein mit der Zeit nicht einfacher. Sie merkt, dass ich die Tüte anstarre.

»Ich habe auch eins für Josie mitgebracht«, erklärt sie.

»Ich gebe es ihr«, sage ich und nutze die Gelegenheit, für eine Minute zu entfliehen.

Josie macht ein Kreuzzeichen, als ich in ihr Zimmer komme. »No way.«

»Ich bringe dir bloß was zu essen.« Wie eine Opfergabe lege ich das Happy Meal auf ihr Bett.

»Ich helfe dir da trotzdem nicht raus.«

»Bitte zwing mich nicht, allein mit ihr zu reden«, flehe ich.

»Vergiss es.«

»Dann bist du nicht meine Freundin«, verkünde ich.

»Ich finde bestimmt jemand anderen, der mir Zöpfe ins Haar flicht«, lästert sie.

Etwas zu fest schließe ich die Tür hinter mir.

»Josie kämpft mit einer Grippe«, sage ich, um zu erklären, warum sie in ihrem Zimmer bleibt.

»Ach, das tut mir leid«, sagt Mom geistesabwesend. »Aber wahrscheinlich ist es ohnehin besser, wenn wir allein reden.«

»Willst du gar nichts essen?«, frage ich sie.

»Ich habe keinen Hunger.«

Da sind wir schon zwei. Später werde ich es zwar bereuen,

die Pommes nicht gegessen zu haben, aber jetzt würde ich sie nicht hinunterbringen. Mein Mund ist so trocken, als hätte jemand eine halbe Packung Wattebäusche hineingestopft.

»Du siehst gut aus«, sagt sie im selben Moment, als ich mit: »Du siehst beschissen aus« herausplatze.

»Sag nicht ›beschissen‹«, weist sie mich zurecht. »Sonst kommst du in die Hölle.«

»Es gibt keine Hölle, Mom.« Diese Auseinandersetzung führe ich mit ihr schon, seit ich zum ersten Mal in ihrer Gegenwart das S-Wort ausgesprochen habe.

»Und ob es die gibt. Da kommen die Sünder und die ungetauften Babys hin.«

»Seit wann kommst du mir denn römisch-katholisch?«, frage ich. Sie verhält sich nicht nur *ein bisschen* merkwürdig, vielmehr habe ich den Eindruck, sie könnte womöglich völlig den Verstand verloren haben. So wie in »Einer flog übers Kuckucksnest«.

»Ich habe viel nachgedacht…«, fängt sie an.

Nach meiner Erfahrung führt Nachdenken nur selten zur Wiedergeburt. Hier ist noch etwas Größeres im Busch.

»Und?«, hake ich nach.

»Es gab eine Menge zu bedenken«, sagt sie.

»Dann ist es vermutlich nicht verkehrt, wenn du etwas nachgedacht hast«, erwidere ich zögernd.

»Musst du immer so sarkastisch sein? Das ist kein schöner Zug.«

»Du hast deine Methoden, mit deinem Milliardär zurechtzukommen, ich habe meine.«

Bei meinem Witzchen zuckt sie zusammen, und ich bekomme es langsam mit der Angst zu tun. Lässt sie jetzt etwa gleich die Bombe platzen? Will sie mir gestehen, dass Becca Nathaniel Wests Tochter ist? Wird sie zugeben, dass ich es auch bin?

»Da ist etwas, das ich dir sagen muss«, hebt sie mit seltsam erstickter Stimme an. »Etwas, das du wissen musst. Ich hätte es dir nicht so lange verschweigen dürfen. Ich dachte, es wäre das Beste, doch …«

Oh, Mist.

Mist.

Mist.

Mist.

Mist.

»Es hat mit deinem Vater zu tun.«

Mist.

Das darf doch nicht wahr sein. Plötzlich ist ein Teil von mir wieder fünf Jahre alt, und ich kann mich gerade noch zurückhalten, mir nicht die Ohren zuzuhalten, um nicht hören zu müssen, was sie sagt.

»Wir haben uns getrennt«, meint sie schließlich. Es klingt wie eine Schallplatte, über die eine Nadel kratzt und die dann leiernd verstummt.

»Ja, schon vor Jahren.« Jetzt ist es amtlich. Meine Mum hat einen psychotischen Zusammenbruch. Anscheinend hat sie die letzten acht Jahre ihres Lebens vergessen, erinnert sich nicht, wieder geheiratet zu haben – einen pädophilen Drecksack zwar, aber nichtsdestotrotz hat sie geheiratet. Außerdem weiß sie nicht mehr, dass ich für Happy Meals zu alt bin.

»Ich meine nicht von deinem *Vater*«, erwidert sie nachdrücklich. »Von deinem Stiefvater.«

Das ist eine Klarstellung, die an den Anfang ihrer Erklärung gehört hätte. »Gut. Er ist ein Dreckskerl.«

»Emma!«, sagt sie vorwurfsvoll, doch ihre Miene wird sanfter. »Ich weiß, was er dir angetan hat. Ich weiß, was er mit Becca getan hat.«

Plötzlich bricht ein Damm in mir. Ich habe mich bei meiner Mutter nicht mehr ausgeweint, seit … Ich glaube, ich habe mich noch nie bei ihr ausgeweint. Die Vorstellung, dass sie es herausgefunden und gehandelt hat, ist zugleich erstaunlich und beruhigend. Eine Geste, von der ich gar nicht wusste, wie wichtig sie mir ist. Doch nun hat sie es getan, und es bleibt nur noch eines: »Er gehört ins Gefängnis.«

»Ja, aber …«

Es gibt immer ein *Aber*.

»Raus mit der Sprache, Mom. Womit hat er dich gekauft?« Ich weiß, es geht um meine Mutter, doch es ist doch nicht zu viel verlangt, dass eine Frau, die ihren Ehemann verlässt, weil er ihre Tochter angefasst hat, ihn dafür im Gefängnis schmoren lassen wird. Aber wie kann er aus der Gefängniszelle Unterhalt zahlen? Außerdem stellt sich die Frage, was die Leute sagen werden. Eine Scheidung ist in der Welt der Laster und des Geldes zwar nichts Außergewöhnliches, dennoch sollte man einen Skandal möglichst vermeiden.

»Das ist unfair, Emma. Ich musste an uns beide denken. An unsere finanzielle Absicherung.«

»Und an unseren Ruf?«, füge ich hinzu.

»Er verzichtet auf die Einhaltung des Ehevertrages. Ich bekomme die Hälfte von allem.«

»Bekommst du auch die Hälfte von seiner Schuld?«, fauche ich sie an.

Als mir Hans von Essen gestanden hatte, meine Schwester jahrelang missbraucht zu haben, war ich so angewidert wie noch nie in meinem Leben. Er konnte so oft beteuern, wie er wollte, dass es einvernehmlich geschehen sei, in den Augen des Gesetzes – und auch in meinen – handelte es sich um Vergewaltigung. Dass meine Mutter über diese Tatsache hinwegsehen kann, ist fast genauso widerwärtig.

»Emma, du musst auch daran denken, was das für uns alle bedeutet, wenn es herauskommt.«

»Ja, wir wollen doch nicht, dass er am Ende keine miesen Filme mehr drehen darf.«

»Mit seinem Geschäft hat das nichts zu tun«, gibt sie zurück.

»Womit denn dann, Mom? Erkläre es mir.«

Es ist schon viel zu lange her, dass jemand etwas von Vivian von Essen erwartet hat. Sie hat damit keine Erfahrungen.

»Ich will nicht, dass man deine Schwester so in Erinnerung behält.«

»Als Opfer?«, frage ich. »Offenbar ist dir das neu, aber sie ist bereits ein Opfer. So behält man sie in Erinnerung. Tu doch nicht so, als ginge es dir dabei um etwas anderes als darum, dein eigenes hübsches Gesicht zu wahren.«

»Und wenn das meine Absicht wäre?«, räumt sie hochmütig ein. Ihre Augen blitzen, was ihrem erschöpften Aussehen wieder etwas mehr Leben verleiht.

»Was ist mit den anderen Mädchen, Mom?«

»Welche anderen Mädchen?«, fragt sie erschrocken. Sie konnte schon immer auf Knopfdruck die naive Unschuld spielen.

»Die anderen Mädchen, denen er das angetan hat«, erwidere ich. »Glaubst du, Becca war die Einzige? Glaubst du, das mit mir war ein Zufall? Wie viele Mädchen sind auf seiner Castingcouch gelandet?«

Um die Moral von Filmproduzenten haben sich schon immer Legenden gerankt. Ich habe nicht den geringsten Zweifel, dass Hans seine Machtposition hemmungslos ausgenutzt hat.

»Er hat mir versichert, dass es keine anderen gab«, sagt sie allzu schnell. Sie lügt nicht, aber sie weiß, dass er es tut.

»Hauptsache, du kannst nachts ruhig schlafen.«

»Hör mal«, sagt sie und versucht es mit einer anderen Taktik. »Für dich wurde ein Treuhandfonds eingerichtet.«

»Das ist mir egal.«

»Er wurde mit zehn Millionen Dollar ausgestattet.«

»Das ist mir egal«, wiederhole ich. »Mein Schweigen kann er nicht kaufen.«

»Du musst dir nie wieder Gedanken über Geld machen.«

Ich muss mir auch ohne Hans' dreckiges Geld keine Gedanken machen. »Ich brauche sein Geld nicht. Schließlich gibt es auch noch andere Treuhandvermögen, auf die ich einen Anspruch haben könnte.«

»Ich weiß nicht, was du damit meinst«, sagt sie.

»Ich weiß über Becca Bescheid. Ich weiß von der Vereinbarung, die Dad vor all den Jahren mit Nathaniel West getroffen hat.« Dann hole ich tief Luft und stelle die Frage, von der ich nicht weiß, ob ich die Antwort hören will: »Woher soll ich wissen, ob Nathaniel West nicht auch mein Vater ist?«

Ihr schönes Gesicht erstarrt, und es dauert einen Moment, bis meine Frage ganz bei ihr angekommen ist.

»Nein, das ist er nicht«, antwortet sie, ohne mich damit zu beruhigen. Wie soll ich ihr vertrauen, wenn sie bislang anscheinend meinte, es sei das Beste, mich in so ziemlich allen Dingen, die von Bedeutung sind, zu belügen? Selbst jetzt ist ihr eine gut verpackte Lüge noch immer lieber als die hässliche Wahrheit. Könnte sie es mir gegenüber überhaupt zugeben, wenn Nathaniel West mein Vater wäre?

»Ich glaube, du gehst jetzt besser.«

»Emma, sag mir, dass du es niemandem erzählen wirst.«

»Ich erzähle es keinem«, sage ich laut. Ich habe zurzeit zu viele Schlachten zu schlagen, um mir eine weitere aufzuhalsen – zumal eine, die eigentlich die ihre sein sollte.

»Danke …«, hebt sie an, doch ich unterbreche sie.

»*Du* solltest mit der Polizei reden. Mit der Presse. Mit allen.« Ich durchquere den Raum, krame eine Visitenkarte aus meiner Handtasche und warte dann an der Tür, bis sie den Wink versteht. An der Türschwelle hält sie kurz inne, und ich gebe ihr die Karte.

»Agent Mackey«, liest sie und schüttelt den Kopf. »Ach, Emma.«

»Du wirst sie mögen«, verspreche ich. »Ist es nicht praktisch, dass ich eine FBI Agentin kenne?«

Kapitel fünf

»Ich finde, du solltest mit ihm reden«, erklärt Josie am nächsten Tag.

»Mit wem?«, frage ich verwirrt. »Mit Maddox?«

Auch Marion stört sich allmählich daran, dass ständig ein Leibwächter vor ihrem Haus parkt. Ich bringe ihm mittlerweile immer einen Becher Kaffee mit, wenn ich Besorgungen mache. Da sich Maddox zurückhält, wenn er nicht gebraucht wird – und das wurde er bislang nicht –, ist es ein bisschen so, als hätte man einen treuen Wachhund. Außerdem habe ich festgestellt, dass er bellt, aber nicht beißt. Er mag aussehen wie ein Pitbull, doch eigentlich ist er mehr eine englische Bulldogge. Ein bisschen dumm und sehr liebenswert.

»Nicht mit Maddox. Mit Jameson!«

»Ach, mit dem.« Josie hat vermutlich recht. Ich sollte mit

ihm reden, das wäre das Vernünftigste. Doch gerade deshalb tue ich es nicht. Momentan gehorcht nichts in meinem Leben Logik oder Vernunft. Warum sollte das bei ihm anders sein?

»Deine Mom hat dir gesagt, dass Nathaniel nicht dein Vater ist.«

»Und du glaubst ihr?«, frage ich. »Weil alles, was sie erzählt, so wahnsinnig glaubwürdig ist?«

»Ich habe wirklich keinen Grund, ihr nicht zu glauben. Sie hat zugegeben, dass Nathaniel Beccas Vater war.«

»Ich habe eine bessere Frage: *Weiß* sie überhaupt, wer mein Vater ist?« Meine Mutter scheint gegen Ende der Neunzigerjahre von einem Bett ins nächste gehüpft zu sein. »Jeder könnte mein Vater sein.«

»Dein Vater ist dein Vater«, korrigiert mich Josie. »*Mein* Vater könnte jeder sein.«

»Tut mir leid, Jos. Ich wollte dir nicht auf den Schlips treten.« Marion zufolge war Josies Vater ein Geschäftsmann auf der Durchreise gewesen, der ihr einen falschen Namen und Beruf genannt hatte. Als sie versuchte, ihn aufzuspüren, stellte sie fest, dass die Firma, für die er angeblich arbeitete, gar nicht existierte. »Weißt du, ich habe immer gedacht, deine Mutter hätte doch jemanden vom Hotel bestechen können, um so heimlich herauszufinden, unter welchem Namen er sich angemeldet hatte.«

Josie schüttelt sofort den Kopf. »Komm ihr bloß nie mit diesem Vorschlag«, rät sie mir. »Was das angeht, ist Mom knallhart. Sie meint, wenn er sie wirklich gewollt hätte, hätte er sie gar nicht erst belogen und …«

Keiner von uns brauchte den Gedanken laut zu Ende zu führen. Wenn er Marion nicht gewollt hatte, dann mit Sicherheit auch Josie nicht. Wenn ich bedachte, dass die meisten Männer, die ich in meinem Leben kennengelernt hatte, eine Enttäuschung waren, würde ich sagen, dass die beiden Deckard-Frauen mit ihrer Lösung vielleicht gar nicht so schlecht fuhren.

»Lass dir von deiner Mutter das, was du mit Jameson hast, nicht kaputtmachen«, unterbricht Josie meine Gedanken und kommt zum eigentlichen Thema zurück, von dem ich hatte ablenken wollen.

»Was meine Geschichte mit Jameson kaputtmachen könnte, ist die Tatsache, dass er unter Umständen mein Bruder ist«, sage ich überdeutlich.

»Dann hat er es verdient, davon zu erfahren.«

»Josie, es ist zwischen uns nicht zum Äußersten gekommen, aber wir haben andere Sachen gemacht«, sage ich und bemühe mich, wenigstens einen Rest Diskretion zu bewahren. »Und weißt du, ich will einfach nicht, dass er sich vorstellt …«

»Du willst es nicht ruinieren?«, rät sie.

»Was, wenn er anfängt, darüber nachzudenken, dass ich seine Schwester sein könnte, ich es am Ende doch nicht bin, er dann aber nichts mehr mit mir zu tun haben will?«

»Nicht mal Psychologen spekulieren so viel herum, Em.«

»Wahrscheinlich hast du recht«, gebe ich zu, doch das heißt nicht, dass ich ihn anrufen werde.

»Hm, erwarten wir Besuch?«, fragt Josie und stellt den Fernseher stumm, um auf den Wagen zu lauschen, der in die Einfahrt fährt. Wir warten eine Minute und rechnen fast schon damit, dass er wieder wendet, was er jedoch nicht tut.

»Vielleicht Maddox. Wahrscheinlich will er sich einen Kaffee besorgen.« Ich springe auf und trete ans Fenster, doch dort draußen parkt nicht Maddox' vertraute schwarze Limousine, sondern ein kleines, goldfarbenes Cabriolet. Ein Protzauto, das ich nur einem einzigen Menschen zutraue.

»An deiner Stelle würde ich mich verstecken«, sage ich zu Josie. »Die böse Hexe des Westens sucht uns heim.«

»Vor einem halben Jahr war das Leben noch so viel einfacher«, seufzt Josie und quält sich von der Couch, um in ihr Zimmer zu flüchten.

»Und trotzdem willst du, dass ich Jameson anrufe?«

»Vielleicht würde es dann bei uns nicht wie auf dem Hauptbahnhof zugehen«, ruft sie, bevor sie die Tür schließt.

»Hormonkoller?«, frage ich das nun leere Wohnzimmer.

Ich erspare Monroe die Schmach, ein derart kleines Haus betreten zu müssen, und gehe ihr entgegen. Da sie nicht aus dem Auto aussteigt, scheint sie sich ohnehin wie am Selbstbedienungsschalter eines Drive-in zu fühlen. Ihre schlechtere Hälfte Sabine wirft mir vom Beifahrersitz aus böse Blicke zu.

»Wie ich sehe, bist du aus L. A. zurück«, sage ich im Plauderton. Sabine antwortet nicht.

Sie spricht nicht. Sie existiert nur.

Monroe schiebt sich die Luis-Vuitton-Sonnenbrille auf die Nasenspitze und mustert mich von oben bis unten. »Du lebst.«

»Danke für die Info.« Der brüchige Waffenstillstand, den Monroe und ich Anfang dieses Sommers geschlossen haben, gerät auf beiden Seiten allmählich in Vergessenheit. Sie mochte mich nie, doch ich kenne das schmutzige Geheimnis, das sie vernichten könnte. Aber es gibt da noch etwas anderes: Nach den Informationen, die ich von Mackey erhalten habe, kommt Nathaniel Wests Tochter als Mörderin in Frage.

Weil ich weiß, dass ich es nicht getan habe, fällt mein Verdacht unweigerlich auf sie. Das Problem ist nur, dass die Beweise nicht passen. Falls Monroe in ihrer Freizeit tatsächlich für eine exklusive Escort-Agentur in Las Vegas gearbeitet hat, können nach dem Mord wohl kaum Reste ihrer Unschuld auf einem Handtuch gelandet sein. Doch diese Stadt ist auf einem Fundament aus Illusionen errichtet worden. Hier kann man das große Los ziehen, sich der Magie verschreiben und leben, ohne Verantwortung zu übernehmen. Warum also nicht ein Escortgirl, das noch Jungfrau ist? Habe ich jemals die echte Monroe West erlebt?

»Nachricht für Emma Southerly«, sagt Monroe. »Mein Bruder bittet dich, dein Handy einzuschalten.«

»Mein Handy ist eingeschaltet«, erwidere ich trocken.

»Dann blockiere ihn nicht.« Sie schlägt so heftig auf das Lenkrad, dass die Hupe losgeht.

»Ich weiß nicht, warum du dich einmischst. Ich dachte, du bist froh, wenn du mich los bist.«

»Meine Lieblingsfeinde habe ich gern in meiner Nähe«, stellt sie klar. »Außerdem ist es mit ihm nicht mehr auszuhalten. Entweder ist er depressiv, oder er meckert rum. Dazwischen gibt es nichts anderes mehr. Gestern hat er Moms Baccarat-Vase zerschlagen. Dafür wird sie ihn festnehmen lassen. Ruf ihn an.«

Sie wirft sich eine platinblonde Haarsträhne über die Schulter.

»Ich werde darüber nachdenken«, erkläre ich.

»Er will nicht, dass du hier wohnst«, fährt sie fort. »Und ich verstehe, warum.«

»Nicht genug Platz für das Personal?«

Monroes Augen verengen sich zu Schlitzen. »Er will, dass du in eine unserer anderen Residenzen ziehst.«

»Unserer?«, wiederhole ich. Seit wann gehöre ich denn zum inneren Kreis des West'schen Sündenbabels? »Ich werde darüber nachdenken, *Schwesterlein.*«

»Wie auch immer. Ich bin nur die Botin.«

Anscheinend ist dies die neue Art, in vornehmen Kreisen Nachrichten zu übermitteln. Man schickt die zickige Schwester, um die Situation zu klären.

»Es muss dich einige Überwindung gekostet haben, dich dazu herabzulassen.« Ich lehne mich gegen die Wagentür und senke die Stimme zu einem Flüstern. »Andererseits gibt es vermutlich gar keine Stellung, die unter deinem Niveau ist, oder?«

»Komm nach Hause«, sagt sie mit einem durchtriebenen Grinsen und zeigt zwei Reihen strahlend weißer Zähne, »dann kann ich dir zeigen, wie man wie eine West kämpft. Du musst noch einiges lernen.«

Sie legt den Rückwärtsgang ein und lässt mir kaum Zeit zurückzuspringen, bevor sie aus der Einfahrt zischt. Ein glitzerndes Mercedes-Logo ist das Letzte, was von ihr zu sehen ist.

Ich gehe an den einzigen Ort, an dem ich einfach nur sein kann, ohne dass man über mich urteilt. Der Friedhof ist still. Die Friedhofsgärtner müssen erst kürzlich hier gewesen sein, denn die Grabsteine sind von Laub befreit, die Kunstblumen stecken ordentlich in ihren Vasen, und der ganze Ort kommt mir eher wie ein Museum vor als wie ein Friedhof. Ich setze mich vor Beccas Grab und starre auf ihren Grabstein. Noch immer begreife ich nicht, was dort steht.

»Es fühlt sich so unwirklich an«, vertraue ich dem Wind an. »Wie kann es sein, dass ich jetzt achtzehn bin? Wie kann es sein, dass ich älter bin als du?«

Diese schockierende Tatsache ist einer der Gründe, weshalb ich froh bin, dass mein Geburtstag in diesem Jahr neben anderen Ereignissen in den Schatten tritt. Josie ist vollauf damit beschäftigt, ihre Optionen abzuwägen. Mom steckt mitten in den Scheidungsvorbereitungen. Falls sich Jameson wider Erwarten an meinen Geburtstag erinnert, käme er telefonisch sowieso nicht zu mir durch.

Obwohl ich nicht mit anderen Menschen feiern möchte, ziehe ich einen Muffin aus der Tasche. Das haben Becca und ich seit unserer Kindheit gemacht. Wenn Dad Lebensmittel einkaufte, musste die jeweils andere sich die einzeln verpackten kleinen Küchlein rechtzeitig schnappen, verstecken und sie am Geburtstag wie den Heiligen Gral präsentieren. Es war uns wichtig, an den Geburtstag der anderen zu denken. Unzählige Male musste so ein kleiner Fertigkuchen als unser offizieller Geburtstagskuchen herhalten. Als wir älter wurden, kümmerte sich Marion darum, kaufte im Supermarkt einen kleinen Blechkuchen und ließ unseren Namen draufschreiben. Doch insgeheim hielten wir an unserer Tradition fest. Sie war für uns das Symbol, dass wir füreinander da waren und sich daran auch nichts ändern würde, ganz egal, wie schlimm es sich mit unserer Familie vielleicht noch entwickelte.

Jetzt muss ich für uns beide daran denken. Ich packe den Muffin aus, aber ich bringe es nicht über mich hineinzubeißen. Als ich hinter mir Schritte im trockenen, sonnenverbrannten Gras höre, drehe ich mich um. Dass mein Vater am Grab meiner Schwester auftaucht, sollte mich nicht erschrecken, doch soweit ich weiß, ist er vorher noch nie hier gewesen.

»Hey, Moppelchen. Ich habe mir schon gedacht, dass ich dich hier treffe.« Er deutet mit dem Kopf in Richtung Muffin. »Soll ich ›Happy Birthday‹ für dich singen?«

Ich spüre, wie Tränen in meinen Augen brennen, gebe mir jedoch Mühe, sie wegzublinzeln. Als ich sagte, dass unsere Geburtstage oft vergessen wurden, hätte ich klarstellen müssen, dass es im Zweifelsfall eher meine Mutter war, die sich kümmerte. Dad? Der war immer ein paar Tage zu spät. Dann entschuldigte er sich mit einem Stück aus den Vitrinen seiner Pfandleihe, das er in Geschenkpapier eingewickelt hatte.

»Hast du etwas dagegen, wenn ich mich hinsetze?«, fragt er.

Ich zucke die Schultern und habe Angst, noch mehr von meinen Gefühlen preiszugeben.

»Ich nehme das mal als ein Ja.« Ächzend lässt er sich neben mir auf dem Boden nieder.

»Du kannst ihn haben.« Ich biete ihm den Muffin an.

»Du hast Geburtstag, Kindchen. Ich kann gar nicht fassen, dass du jetzt achtzehn bist.«

Er hat an meinen Geburtstag gedacht und weiß sogar, wie alt ich geworden bin. Jetzt bin ich platt. Ich zwinge mich, mich umzudrehen und ihn anzusehen. Alles in allem war er als Vater eine Niete. Uns ein Dach über dem Kopf zu bieten war das Beste, was er zustande gebracht hat, was angesichts seiner Spielsucht in einer Stadt wie Las Vegas in der Tat bemerkenswert ist.

»Weißt du, du könntest mit mir nach Hause kommen«, schlägt er vor. »Deine Mutter sagt, dass du bei Josie wohnst.«

»Ach, du hast mit Mom gesprochen?« Ich frage mich, was sie ihm noch erzählt hat.

»Ich weiß von der Scheidung«, sagt er, als könnte er meine Gedanken lesen.

»Du kannst das Geld haben«, sage ich schroff. »Nimm es, um den Laden zu erweitern oder so.«

»Ich will das Geld nicht. Ich will, dass du glücklich bist. Gibt es sonst noch etwas, das du mir erzählen musst?« Unsere Blicke begegnen sich. Ich weiß, was er von mir hören will. Es sieht meiner Mutter nicht ähnlich, freiwillig ihr bequemes Leben aufzugeben, zumal Hans die meiste Zeit in Los Angeles verbringt und sie in ihrem Domizil in Palm Springs schalten und walten kann, wie sie will. Er vermutet, dass noch mehr hinter der Geschichte steckt.

Wir sehen einander tief in die Augen, aber er drängt mich nicht. Das überrascht mich noch mehr. Und obwohl er derjenige ist, der Antworten sucht, bin ich diejenige, die sie findet.

»Wir haben dieselben Augen«, sage ich leise.

»Ja. Die hast du von mir, Kleine.« Dann wendet er den

Blick ab, als wäre unser Gesprächsthema zu schmerzhaft für ihn.

»Warum habt ihr mir das mit Becca nicht gesagt?«, frage ich ihn ganz leise, als könnte sie hören, dass wir über sie reden.

»Ihr wart zu jung«, sagt er gedankenverloren, während er sich erinnert. »Ich hatte mir vorgenommen, es euch zu sagen, wenn ihr älter seid und es verstehen könnt.«

»Wie hat Mom das gesehen?«

»Sie wollte nicht darüber reden. Sie meinte, es sei nicht wichtig.«

»Es war immerhin wichtig genug, um Nathaniel West dafür zu verklagen«, würge ich hervor.

»Man macht dummes Zeug, wenn man verletzt ist, Em. Das müsstest du doch am besten wissen.«

»Das heißt nicht, dass ich es gut finde«, sage ich leise.

»Willst du die Wahrheit wissen? Ich glaube, ich habe es dir nie gesagt, weil ich es mir dann auch selbst hätte eingestehen müssen. Als die Anwälte die Details geklärt hatten, wurden die Akten versiegelt. Wir unterzeichneten eidesstattliche Erklärungen. Zuerst fiel es mir leicht, mir einzureden, ich würde nichts erzählen, weil es mir von Rechts wegen verboten war, und irgendwann war es leichter, die Sache zu ignorieren. Aber eines ist mir klar geworden, weißt du? Vielleicht ein bisschen zu spät, aber immerhin. Im Grunde hat es nie eine Rolle gespielt. Becca war meine Tochter und deine Schwester. Sie trug meinen Namen, auch wenn sie nicht meine Augen hatte.«

»Manchmal kommt es mir vor, als hätte ich sie überhaupt nicht gekannt«, gestehe ich ihm.

»Du kanntest sie besser als jeder andere.« Ich will ihm sagen, dass das nicht stimmt, dass es nicht stimmen *kann*. Ich will ihre Geheimnisse verraten.

»Es gibt Dinge, die ich jetzt erst über sie herausfinde«, sage ich.

»Weißt du, was das Komische am Lügen ist?«, unterbricht mich Dad. »Manchmal wollen wir andere gar nicht belügen. Wir sind nur viel zu sehr damit beschäftigt, uns selbst etwas vorzumachen. Wenn wir das dann merken, fühlen wir uns schuldig, als hätten wir die anderen reingelegt. Aber in Wahrheit durchschauen einen die Leute, die einem nahestehen, die Leute, die einen lieben. Sie verstehen dich besser, als du dich selbst verstehst. Du hast Becca verstanden, einfach, indem du sie geliebt hast. Ich weiß, wie es ist, etwas herauszufinden und dann zu denken, dass einem jemand weggenommen wird – aber sie wurde dir nicht weggenommen. Sie ist genau hier.« Er deutet nicht auf ihren Grabstein. Stattdessen zeigt er direkt auf mein Herz. »Jetzt, in diesem Moment, ist sie hier bei uns. Spürst du sie nicht?«

Ich halte inne, warte, und ganz allmählich überkommt mich ein Gefühl des Friedens. »Doch.«

So bleiben wir sitzen – ein paar Minuten lang, vielleicht sind es auch Stunden. Das spielt keine Rolle. Als der Bann gebrochen ist, fragt er: »Du kommst nicht nach Hause, stimmt's?«

Es fällt mir schwer zu reden, weil ich einen Kloß im Hals habe. »Nein, ich bleibe bei Josie.«

»Du bist jetzt achtzehn. Es spielt keine Rolle.« Seine Traurigkeit lässt seine Worte sanft klingen. »Jameson scheint ein guter Junge zu sein. Es war richtig, dass er dich in jener Nacht mitgenommen hat. Er ist nicht wie sein Vater. Das weiß ich.«

Ich kann nur nicken. Wenn es doch nur so einfach wäre.

»Soll ich dich zu Josie fahren? Ich könnte dich vorher zum Abendessen einladen?«

»Das wäre …« Ich suche nach einer Antwort und bin ganz überrascht, als ich sie finde. »Nett. Das wäre nett, Dad.«

Als er mich ein paar Stunden später bei Josie absetzt, sind am Himmel keine Sterne zu sehen. Der Sommer neigt sich bereits dem Ende entgegen. Ehe man sichs versieht, kommt der Herbst und mit ihm mein letztes Schuljahr. Aber während alle Welt nur noch an den Abschlussball und die Unibewerbung denkt, mache ich mir Gedanken über Vaterschaftstests und Mordermittlungen.

Im Haus ist es still. Ich bin nicht die Einzige, die aus der selbst gewählten Isolation ausgebrochen ist. Ich entdecke mein Handy auf der Kücheninsel und einen Zettel dazu. »Das hast du vergessen. Es hat den ganzen Tag geblinkt. Schalte es ein und ruf Mackey zurück.«

Ich weiß, was sie von mir will. Ich habe die Vorladung ignoriert, die mir letzte Woche bei Jameson an die Haustür geliefert wurde. Ich soll mich einem Gentest unterziehen. Ich kann mich nicht weiter vor dem Exekutionskommando verstecken, und egal mit welchem Trick Jamesons Anwälte die Ausführung des Gerichtsbeschlusses verhindert haben, er wird nicht ewig funktionieren. Sie wird nicht aufgeben, ganz gleich, ob sie die Antworten bekommt, auf die sie aus ist, oder nicht.

Ich schalte mein Handy ein und checke die Textnachrichten. Ein paar sind von Josie. Ihre letzte lautet: »Oh Mist, dein Handy ist hier. Kein Wunder, dass du mir nicht antwortest.« Außerdem verspricht mir jemand ein Gratis-Sandwich. Aber das war's auch schon.

Immer noch keine Antwort vom *Dealer*, der, seinem Instagram-Feed nach zu urteilen, Ferien vom Posten und Texten macht. Vielleicht habe ich meine Trumpfkarte zu früh ausgespielt, oder ich habe mir Dinge eingebildet. Dass Mackey mir so hartnäckig auf den Fersen ist, könnte ein Beweis dafür sein, dass wir manchmal so verzweifelt nach Hinweisen suchen, dass wir sie notfalls selbst produzieren. Trotzdem schicke ich noch eine SMS an meinen Verdächtigen. Wenn Mackey mich so lange belästigt, bis ich reagiere, kann ich es selbst ja auch einmal mit dieser Taktik probieren.

Mein nächster Anruf hat ausschließlich praktische Gründe.

Dominic Chamber hebt beim ersten Klingeln ab.

»Southerly«, knurrt er. Mit meinem Anruf hat er nicht gerechnet. Zweifellos hat er noch einige Mühe darauf verwendet, mehr über meine Schwester herauszufinden, jedoch nicht genug, dass sich die Briefmarke für eine neue Rechnung gelohnt hätte. Er hat sich von meiner tragischen Familiengeschichte abgewandt und kümmert sich jetzt um die aktuellen Probleme von jemand anderem.

»Sie brauchen nicht mehr nach dem Vater meiner Schwester zu suchen«, teile ich ihm mit.

»Oh.« Seine Antwort klingt, als hätte er ohnehin bereits damit aufgehört. »Dann kann ich Ihnen wohl meine Rechnung…«

»Nein, ich habe eine andere Aufgabe für Sie. Dafür können Sie mir so viel berechnen, wie Sie möchten«, sage ich und denke an mein ungewolltes Treuhandvermögen. Wenn man mir eine Abfindung zahlt, kann ich das Geld wenigstens für einen guten Zweck einsetzen.

Ich erkläre ihm, was ich von ihm will. Er antwortet mit einem leisen Pfeifen. »Das wird nicht leicht.«

»Ich weiß«, antworte ich schlicht.

»Oder billig«, fügt er hinzu.

»Ich weiß.«

Jetzt verleihe ich meiner Stimme mehr Nachdruck. »Ich bin kürzlich zu etwas Geld gekommen«, erkläre ich ihm. »Geld spielt keine Rolle.«

»In einer Stadt wie dieser sind das vollmundige Versprechen, kleine Lady.«

»Darüber mache ich mir keine Sorgen.«

Dominic Chamber Trainingsanzüge und sein Hang, sich mit gefälschten Baseballkarten bezahlen zu lassen, lassen vermuten, dass er eher in Hunderterbeträgen als in Millionen rechnet. Er wird sich wundern, wenn ich erst durchblicken lasse, dass wir von ein paar Tausend Dollar reden. »Mr. Chamber, Sie haben gerade das große Los gezogen.«

Nachdem ich mein Gespräch mit ihm beendet habe, erledige ich einen letzten Anruf. Mackey geht gar nicht erst ans Handy. Bestimmt will sie mich mit einem dieser Psychotricks verunsichern. Doch jetzt gibt es kein Zurück mehr. Ich will die Wahrheit wissen, selbst wenn ich dafür eine Kröte schlucken muss. Als ihr Anrufbeantworter anspringt, hinterlasse ich nur einen einzigen Satz.

»Wo kann ich mir Blut abzapfen lassen?«

Kapitel sechs

✦ ✦ ✦

Bei Pawnography hat sich nichts verändert, seit ich aufgehört habe, dort zu arbeiten. Es ist immer noch ein Sammelbecken für das Gerümpel anderer Leute: Autogramme von vorgestern, Musikinstrumente, die niemand will, antike Pistolen. Jerry blinzelt, als würde er ein Gespenst sehen.

»Emma?«, fragt er ungläubig.

»Hey, Jerry. Was macht der Laden?« Es sieht aus, als wäre hier alles in Ordnung, doch ich weiß, dass der Schein trügen kann. Wir wissen beide, wonach ich eigentlich frage: Wie läuft es mit meinem Vater? Ich habe mich ganz bewusst zu diesem spontanen, abendlichen Besuch entschlossen, weil ich weiß, dass mein Vater nach Hause gefahren ist, nachdem er mich bei Josie abgesetzt hat. Ich wollte ihm keine Hoffnungen machen, dass ich wieder zu meinem Job zurückkehre. Er ist nicht immer der beste Chef gewesen und hat mich oft die finanziellen Dinge regeln lassen. Außerdem war ich der Chef vom Dienst, wenn Dad nicht zur Schicht erschien. Ich kann nicht bestreiten, dass ich eine Menge trivialer Dinge über Sammlerstücke und Fälschungen gelernt habe, aber ich war so sehr damit beschäftigt, den Laden über Wasser zu halten, dass ich darüber ganz vergessen habe, mein eigenes Leben zu leben.

»Wir kommen ganz gut klar.« Mir entgeht nicht, dass er etwas gequält klingt.

»Und Dad?« Warum soll ich lange herumreden.

»Er zieht mit«, erwidert Jerry zu meiner Überraschung. »Aber hier ist auch mehr los als sonst. Ich vermute, viele Leute lesen im Internet von dir und …«

»Es sind Leute hergekommen, um mich zu sehen?« Mal im Ernst, ich bin nur eine Mordverdächtige, so berühmt bin ich doch gar nicht.

»Ja, Jake hat sich richtig ins Zeug gelegt«, sagt er jetzt etwas leiser, weil ein paar Touristen den Laden betreten. »Aber wir könnten etwas Hilfe gebrauchen.«

Oh je, soll ich vielleicht noch Autogramme geben? »Deshalb bin ich vorbeigekommen«, sage ich.

»Gott sei Dank. Wir vermissen dich hier wirklich, und ich weiß, dass sich dein Vater total freuen würde. Du fehlst ihm.«

Ich vermute, dass Jerry mich auch vermisst. Seit mein Vater ihn vor ein paar Jahren frisch vom College weg eingestellt hat, ist er in mich verliebt. Obwohl er es nie gesagt hat, steht es ihm auch jetzt deutlich ins Gesicht geschrieben. Ich habe das Gefühl, die beiden zu enttäuschen, weil ich nicht hier bin, um meine Dienste anzubieten. Ich gebe mir einen Ruck und überbringe die schlechte Nachricht.

»Ich suche keinen Job.« Ich bin viel zu sehr damit beschäftigt, die Anschuldigungen gegen mich zu entkräften. »Aber meine Freundin Josie könnte eine Teilzeitstelle gebrauchen. Ich bin vorbeigekommen, um nachzufragen, ob ihr sie euch leisten könntet.«

Zunächst macht Jerry ein enttäuschtes Gesicht, doch er fasst sich schnell wieder. »Das wäre super.«

»Klasse!« In meiner Tasche klingelt das Handy, und ich gehe ein paar Schritte zurück. »Ich komme die Woche mit ihr vorbei und zeige ihr, was zu tun ist.«

Draußen vor dem Laden sehe ich nach, wessen Anruf ich verpasst habe. Die Nummer kenne ich zwar nicht, aber es ist eine Nachricht auf meiner Mailbox.

»Ruf mich an!«, fordert Monroe mich auf, als ich die Nachricht abhöre. Sie braucht wirklich einen Coach für den Alltag, ihre Umgangsformen lassen sehr zu wünschen übrig. Trotzdem rufe ich zurück. »Du hast angerufen?«, zische ich.

»Du brauchst dir nicht gleich ins Hemd zu machen«, erwidert sie cool. »Ich habe Neuigkeiten, die dich vielleicht interessieren.«

»Okay«, sage ich gedehnt. Möglicherweise verstehen Monroe und ich unter Neuigkeiten ganz unterschiedliche Dinge.

»Weißt du, eigentlich habe ich es überhaupt nicht nötig, dich auf dem Laufenden zu halten.«

»Tut mir leid. Kannst du mir bitte, bitte sagen, was es Neues gibt?«, bettele ich, klinge jedoch hoffentlich nicht sehr überzeugend.

Doch offenbar muss es halbwegs glaubhaft rübergekommen sein, denn sie fährt fort: »Leighton ist gestern aus dem Koma erwacht.«

»Oh Gott.« Ich schnappe nach Luft. »Geht es ihr gut?«

Zuletzt hieß es, die Ärzte seien nicht sicher, ob sie sich jemals wieder erholen würde. Die Schäden, die das Hirntrauma hinterlassen hat, waren schwer einzuschätzen.

»Ich glaube schon«, antwortet Monroe.

Ich spare mir die Bemerkung, dass Leighton angeblich eine ihrer besten Freundinnen ist. Insbesondere, weil mein Interesse an Leightons Zustand auch alles andere als selbstlos ist. »Hat sie etwas über jene Nacht gesagt?«

»Ich weiß nicht, aber ich finde, wir sollten es in Erfahrung bringen.«

»Du willst nicht, dass jemand herausfindet, dass du gelogen hast«, provoziere ich sie.

»Reiß dich zusammen, wenn du Antworten willst«, warnt mich Monroe.

»Darf man sie schon besuchen?« Ich ignoriere ihre Zurechtweisung. Ich habe zwar nicht gelogen, was jene Nacht angeht, habe aber die Geschichte, die Monroe der Polizei aufgetischt hat, nicht richtiggestellt. Wenn Leighton aufgewacht ist, weiß keiner, woran sie sich erinnert oder wem sie schon davon erzählt hat.

»Ich warte in einer halben Stunde am Krankenhaus auf dich«, sagt Monroe und legt auf. Anscheinend bin ich nicht die Einzige, die wissen will, ob Leighton redet.

Auf dem Besucherparkplatz ist Monroes goldfarbenes Cabriolet nirgends zu sehen, aber wie ich sie kenne, hat sie hier einen Privatparkplatz. Ich gehe hinein und zur Information.

»Meine Freundin ist gerade aus dem Koma erwacht, und man hat mir gesagt, ich könnte sie besuchen.«

Die Rezeptionistin wirft mir einen skeptischen Blick zu, wendet sich dann jedoch ihrem Monitor zu und erkundigt sich nach dem Namen. Wäre Monroe bei mir, wären wir längst in Leightons Zimmer. Ich sehe mich im Wartebereich um, kann sie jedoch nirgends entdecken.

»Die Besuchszeit ist fast um«, teilt sie mir mit.

Ich lächele gequält. Meine Fragen haben nicht bis morgen früh Zeit.

»Sie darf schon Besucher empfangen, aber nur, wenn sie auf der entsprechenden Liste stehen.« Die Rezeptionistin mustert mich über Ihre randlose Brille hinweg. »Stehen Sie auf der Besucherliste?«

»Das tut sie«, antwortet eine Stimme hinter mir. Eine männliche Stimme. Eine vertraute, männliche Stimme. Eine Stimme, die dafür sorgt, dass mir das Herz bis zum Hals klopft und zugleich in die Hose rutscht.

Man hat mich reingelegt.

Wie konnte ich nur so dumm sein und Monroe Sorge um eine Freundin zutrauen. Langsam drehe ich mich um. Da steht der Mensch, dem ich zugleich am meisten und am wenigsten begegnen möchte.

Wie meine Gefühle ist auch seine Erscheinung voller Widersprüche. Seine markante Kinnpartie sieht aus, als wäre sie von einem Künstler in Marmor gehauen, während ihm das kupferbraune Haar über die Augen fällt. Die gelockerte Krawatte und die Anzugjacke stehen in seltsamem Kontrast zu dem hoffnungsvollen Grinsen auf seinen Lippen, und in den sanften Tiefen seiner grauen Augen funkeln Blitze, als sich unsere Blicke begegnen.

Ich will ihn im selben Moment küssen und ohrfeigen. Stattdessen stehe ich nur völlig verblüfft da.

»Komm mit«, befiehlt er, nimmt meinen Arm und zieht mich zum Fahrstuhl.

Normalerweise würde ich mich gegen eine solche Bevormundung zur Wehr setzen, doch wenn wir Hautkontakt haben, setzt mein Verstand aus, sogar bei einer so unschuldigen Berührung. Wir steigen in den Lift und starren auf die sich schließenden Türen. Ich sollte einen Schritt zur Seite treten und für etwas mehr Abstand zwischen uns sorgen, doch mein Körper gehorcht mir nicht. Als die Türen wieder auseinanderfahren, legt er mir die Hand auf den Rücken und führt mich in den Flur hinaus.

Ich kann mich gerade noch beherrschen, sonst würde ich unter seiner Berührung dahinschmelzen und auf den Boden tropfen.

Weil Leighton nicht mehr auf der Intensivstation liegt, ist es jetzt leichter, zu ihrem Zimmer vorzudringen. Dem gestressten Gesichtsausdruck der Schwester nach zu urteilen sind wir nicht die einzigen Besucher. Ich frage mich, wie viele Leute wohl noch auf der offiziellen Besucherliste stehen. Das Krankenhauspersonal gehört vermutlich zu den wenigen Menschen, die sich nicht mitfreuen, wenn jemand aus dem Koma erwacht.

»Unterschreiben Sie hier«, sagt die Schwester gequält. »Außerdem müssen Sie sich ausweisen.«

»Ich dachte, sie wäre von der Intensivstation entlassen«, sage ich, während ich meinen Führerschein aus der Tasche krame. Bei meinem ersten Besuch hatte man mich nicht nach meinem Ausweis gefragt.

»Neue Anweisungen«, erklärt sie uns. »Die Polizei hat den Verdacht, dass ihr Unfall bewusst herbeigeführt wurde.«

Anscheinend hat Leighton etwas gesagt. Ich will ihr gerade erklären, dass es falsch ist, von einem Unfall zu sprechen, und dass ich das weiß, weil ich das andere Mädchen bin, das in jener Nacht durch die Scheibe gestürzt ist, doch Jameson geht dazwischen und hindert mich daran. Er grinst die Schwester schief an und reicht ihr seinen Ausweis.

Sie wirft einen Blick darauf und macht große Augen. Er mag der Hauptverdächtige im Mordfall des Jahrhunderts sein, doch die Summen, mit denen seine Familie das Belle Mère Hospital unterstützt, sind legendär. Den Namen und Plaketten nach zu urteilen, die ich an jeder Ecke sehe, haben die Wests mehr als nur einen Flügel dieses Instituts gestiftet. Ihretwegen kann sich das Krankenhaus überhaupt Krankenschwestern leisten.

»Es tut mir leid, Mr. West«, stammelt sie und läuft knallrot an. »Gehen Sie einfach hinein.«

»So wird man also behandelt, wenn man für einen Mörder gehalten wird«, sage ich leise beim Gehen.

»Wenn man als Milliardär gilt, wirkt alles andere längst nicht mehr so schlimm.« Er führt mich durch den Flur, bis wir vor Zimmer siebenundvierzig stehen. Die Tür geht auf, und eine Frau mittleren Alters kommt heraus. Ihre rot geäderten Augen machen die Effekte aller Schönheitsoperationen zunichte, denen sie sich unterzogen hat. Sie wischt sich die Tränen ab und setzt ein breites Grinsen auf.

»Jameson!«, sagt sie freundlich. Bei Damen mittleren Alters scheint mein potenzieller Freund einen Stein im Brett zu haben.

»Mrs. …«, hebt er an.

»Cheryl«, unterbricht sie ihn mit einer Umarmung. »Ist das nicht herrlich?«

»Ja. Wir haben für diesen Moment gebetet.« Das bisschen Charme, das er für die Krankenschwester aufgebracht hat, potenziert sich zu einer glitzernd charismatischen Vorstellung. So habe ich ihn seit unserer ersten Begegnung nicht mehr erlebt. Das haut mich um: Er flirtet mit ihr. Manche Mädchen wären vielleicht genervt, doch ich halte mich einfach zurück und lasse ihn seine Magie verströmen. »Darf ich Ihnen meine Freundin vorstellen, Emma Southerly?«

Bei den zärtlichen Worten muss ich schlucken. Jameson West hält mich also immer noch für seine Freundin? Spielt das überhaupt eine Rolle? Für die Schmetterlinge in meinem Bauch offenbar eine ziemlich große.

Ein Schatten legt sich über Cheryls Miene, doch sie erholt sich bewundernswert schnell. »Aber natürlich. Ich kenne Ihre Mutter.«

Unwillkürlich überlege ich, welche Tragödie sie mit meinem Namen verbindet: meinen alkoholkranken Vater, die Scheidung meiner Eltern oder den Tod meiner Schwester.

Wir tauschen noch eine Weile Freundlichkeiten aus, dann

steckt Cheryl ihren Kopf durch die Tür. »Frank, hier ist Besuch für Leighton. Lass die beiden einen Moment mit ihr allein.« Sie wendet sich wieder uns zu. »Das verschafft mir die Gelegenheit, etwas Essen in ihn hineinzubekommen. Seit sie aufgewacht ist, ist er nicht mehr von ihrer Seite gewichen. Er ist fast so schlimm wie ihr Freund. Ich sollte Sie warnen, sie erinnert sich nicht an alles. Der Arzt sagt, die Erinnerung käme mit der Zeit zurück.«

»Ihr Freund?«, wiederholt Jameson. Ich kann sehen, dass sein Lächeln etwas angestrengter wirkt.

Cheryl winkt ab. »Sie konnte Sie ja nicht bis in alle Ewigkeit anhimmeln.«

Ich werfe Jameson einen vielsagenden Blick zu. Anscheinend hat er mir nicht alles über seine Beziehung zur besten Freundin seiner jüngeren Schwester erzählt.

»Sei nicht eifersüchtig, Herzogin. Sie war nur ein kleines Mädchen, das immer bei uns herumhing, wenn ich zu Hause war«, flüstert er, als Leightons Mutter noch einmal im Zimmer verschwindet, um ihre Tasche zu holen.

»Ich war auch nur ein Mädchen, das bei euch herumhing«, erinnere ich ihn spitz.

»Eifersucht steht dir«, neckt er. Doch bevor ich ihn noch weiter in die Mangel nehmen kann, weil er so vielen meiner Altersgenossinnen mit seinem Lächeln den Kopf verdreht hat, werden wir ins Zimmer gebeten. Inzwischen sind es nicht mehr ganz so viele Maschinen, die jeden ihrer Herzschläge und ihre Atmung überwachen. Frische Blumensträuße stehen auf jedem freien Fleck. Zweifellos Genesungswünsche ihrer zahllosen Freunde, die lieber Blumen schicken, anstatt ihre

Sommerferien am Mittelmeer zu unterbrechen. Als ich zum letzten Mal in ihrem Zimmer war, herrschte dort eine kalte und sterile Atmosphäre. Jetzt wirkt alles ganz lebendig, und Leighton sitzt aufrecht und mit einem breiten Grinsen im Gesicht in ihrem Krankenhausbett. Doch ihre Blicke gelten nicht uns, sie sind auf *ihren Freund* gerichtet.

Hugo Roth kann kaum den Blick von ihr lösen, als hätte er Angst, sie könnte verschwinden, doch immerhin nickt er uns zur Begrüßung zu.

»Wir lassen euch jetzt allein, Kinder«, ruft Cheryl und zieht ihren Gatten mit sich aus der Tür.

Kinder. Das höre ich immer noch viel zu oft, und es nervt mich. Wir sind keine Kinder mehr. Diese Stadt mit ihren Sünden hat uns unsere Kindheit gestohlen. So zu tun, als würde jetzt die Kinderstunde beginnen, und wir würden uns gegenseitig von unseren neuesten Streichen berichten, ist genauso naiv, wie überhaupt zu meinen, man könnte in Las Vegas Kinder aufziehen.

»Hey«, begrüße ich Leighton beklommen, als die Tür hinter ihnen zugeht.

Sie blinzelt wie eine Eule, als müsste sie ihren Blick erst scharfstellen. Dann merkt sie, dass ich kein Trugbild bin.

»Hallo … Emma.«

»Ich hoffe, es ist okay, dass wir vorbeikommen«, schaltet sich Jameson ein, bevor die Sache noch peinlicher wird.

Vielleicht hätte ich ihr Blumen mitbringen sollen. Dann hätte ich die Rolle der besorgten Freundin spielen können, und sie hätte vielleicht geglaubt, sie könnte sich nur nicht an unsere Freundschaft erinnern. Doch offenbar weiß Leighton, dass ich nicht hierhergehöre, auch wenn sie einiges andere vergessen haben mag.

»Natürlich.« Sie winkt müde ab. »Ich bin nur überrascht. Ich hatte heute zwar mit einer West gerechnet, aber nicht …«

Sie bringt den Satz nicht zu Ende, und ich weiß, worauf sie anspielt. Sie hat nicht mit Jameson gerechnet. Schließlich war sie die letzten drei Jahre Schoßhündchen im Gefolge von Monroe West.

»Ich weiß nicht, ob meine Schwester es schon gehört hat«, lügt Jameson geschmeidig.

»Mann«, Leighton klatscht laut auf die Krankenhausmatratze aus Plastik. »Meine Eltern wachen tyrannisch über mein Handy. Ich musste das von Hugo benutzen.«

Als er seinen Namen hört, schreckt Hugo aus seinen Tagträumen auf und streicht sich mit der Hand über seine Igelfrisur. »Sorry, Leute. Was?«

»Deine Freundin hat uns gerade erzählt, was für ein Kavalier du bist«, sage ich trocken. Vor ein paar Monaten stand Hugo noch im Ruf, ein Partylöwe zu sein. Wie hingebungsvoll er diesen Ruf verteidigte, hatte ich in der Nacht von Nathaniel Wests Tod mit eigenen Augen gesehen, als ich ihn im Kreis kichernder Unterstufenschülerinnen erlebt hatte. »Ich wusste gar nicht, dass ihr beide zusammen seid.«

»Waren wir auch nicht.« Leighton errötet. »Nicht richtig.«

»Und jetzt?«, frage ich spitz. Zusammenzukommen, während einer der beiden Partner bewusstlos ist, scheint mir eine seltsame Art, eine Beziehung zu beginnen. Doch wer bin ich, über sie zu urteilen? Schließlich ist meine Liebesgeschichte aus dem Bedürfnis nach einem Alibi entstanden.

»Jetzt ist alles anders«, sagt Hugo, als wäre damit etwas erklärt. Ich öffne den Mund, um nachzuhaken, doch er bringt mich zum Schweigen, indem er hinzufügt: »Ich bin mir sicher, ihr beide versteht, wie schnell sich die Dinge ändern können.«

Allerdings.

»Erzähl doch mal«, drängt Hugo, und seine seriöse Fassade bröckelt. »Stimmen die Gerüchte?«

»Welche?«, fragt Jameson mit der erprobten Lässigkeit eines Milliardärssohns.

»Alle. Der Mörder des Jahrhunderts zu sein ist schon eine reife Leistung«, sagt er mit einem schiefen Grinsen.

Da hat wohl einer die Klatschblätter gelesen. Leighton beugt sich vor, und in ihr krankenhausbleiches Gesicht kommt etwas Farbe. Klatschgeschichten können anscheinend ebenso heilende wie schädigende Wirkung haben. Was für den einen ein Albtraum ist, kann für den anderen der spannendste Film der Woche sein.

»Auf solche Gerüchte solltet ihr nichts geben«, beendet Jameson das Verhör, bevor es richtig angefangen hat. Doch ich senke unwillkürlich den Blick. Eines Tages werde ich mich vielleicht daran gewöhnt haben, immer im Mittelpunkt zu stehen und analysiert zu werden – sogar von Leuten, die wir schon kennen –, aber heute noch nicht.

Außerdem verliere ich langsam die Geduld bei diesem Austausch von Höflichkeitsfloskeln. »Hör mal, wir kommen aus einem bestimmten Grund. Ich habe nicht gesehen, wer uns durch das Fenster gestoßen hat, aber ich weiß, dass du es gesehen hast.«

Jameson stöhnt neben mir auf, doch ich ignoriere ihn. In seinen Kreisen mögen sie sich an ihren höflichen Katz-und-Maus-Spielen ergötzen, aber ich lebe in der realen Welt, in der man mit Direktheit zum Ziel kommt.

»Und ich kann mich nicht erinnern«, sagt Leighton mit leiser Stimme.

Vermutlich ist es gut, dass sie immer noch an ein paar Monitore angeschlossen ist, denn am liebsten würde ich die Antwort aus ihr herausschütteln. Also muss ich mich mit freundlichem Zuspruch begnügen – eine Verhaltensweise, für die ich nicht gerade bekannt bin.

»Ich erinnere mich an deinen Gesichtsausdruck vor dem … Unfall.« Ich beschließe, mich an die Lüge zu halten. Wenn Leighton nicht fürchtet, jemanden ans Messer zu liefern, bekommen wir vielleicht mehr aus ihr heraus. »Du sahst glücklich aus.«

»Glücklich?«, wiederholt sie ausdruckslos. In dem Moment wird mir klar, dass sie ebenso wenig weiß, wer es getan hat, wie ich. Doch vielleicht kann ich ihrer Erinnerung auf die Sprünge helfen.

Ich wage einen Vorstoß. »Wir haben über jemanden geredet«, erinnere ich sie. Aus den Augenwinkeln sehe ich, wie Hugo sich verspannt, und halte inne. Ich sollte ihren Wachhund nicht verärgern. »Erinnerst du dich?«

Ihre blauen Augen sind trübe, sie schüttelt den Kopf.

Okay, dann werde ich ihr noch ein bisschen mehr Futter geben müssen. »Ich dachte, ich hätte dich belauscht, als du mit Monroe über Jameson gesprochen hast, doch du hast mir gesagt, du hättest mit ihr über Jonas geredet.«

»Jonas?«, fragt Hugo. »Was hat der denn mit der ganzen Sache zu tun?«

»Genau das versuche ich herauszufinden«, platzt es einfach so aus mir heraus, wo ich doch eigentlich versuche, freundlich und ermutigend zu wirken – das habe ich ja wieder ganz toll hingekriegt.

»Ich kann mich nicht erinnern«, erwidert sie kläglich.

»Sie ist eben erst aufgewacht«, ermahnt mich Hugo.

Wäre *ich* gerade erst aus dem Koma erwacht, nachdem mich ein Geisteskranker aus dem Fenster gestoßen hätte, würde ich seinen oder ihren Namen so lange herausschreien, bis die Person im Gefängnis säße. Aber die Menschen sind verschieden.

»Ich glaube nicht, dass Jonas uns gestoßen hat«, sagt sie in einem entschuldigenden Tonfall.

»War er überhaupt in der Stadt?«, fragt Jameson, und mir fällt auf, dass ich meinen Freund nicht in meine wilden Verschwörungstheorien eingeweiht habe.

»Ja, ich hatte ihn auch nicht auf der Liste, bis …«

»Bis was?« Hugo setzt eine finstere Miene auf.

In der Auseinandersetzung zwischen seinem besten Freund und dem Mädchen, das er liebt, hat Hugo anscheinend schon Partei ergriffen.

»Bis ich das hier gesehen habe.« Ich rufe auf meinem Handy den Screenshot vom Instagram-Account des *Dealers* auf. »Er hat es schon gelöscht, aber ich habe es abfotografiert.«

»Das ist Josie«, sagt Jameson leise.

»Ja, aber sie ist nicht die Einzige auf diesem Bild«, kläre

ich ihn auf und mache mir keine Mühe, meine Gereiztheit zu verbergen. In diesem verrückten Sommer hat niemand groß auf die unerwünschte Aufmerksamkeit des *Dealers* geachtet, und er hat das zu seinem Vorteil genutzt. Wir hatten uns alle viel zu sehr davon ablenken lassen, die Menschen auf den Fotos zu analysieren, anstatt auf so etwas wie ein Spiegelbild zu achten.

»Das Foto habe ich noch nie gesehen«, sagt Hugo langsam.

»Der *Dealer* hat es gelöscht, und zwar aus gutem Grund.« Mein Handy geht von Hand zu Hand, und alle betrachten das Bild. Niemand sagt einen Ton, woran ich erkenne, dass jeder von ihnen sieht, was ich gesehen habe.

»Wie kommt Jonas dazu, unter dem Namen *Dealer* Bilder zu posten?«, fragt Hugo.

»Wer ist der *Dealer*?« Leightons Verwirrung ist entschuldbar, schließlich lag sie im Koma.

»Jemand postet Fotos.« Ich erkläre ihr die ganze Geschichte, doch Leighton erweckt nicht den Eindruck, als würde sie etwas begreifen. Ich kenne sie schon zu lange, weshalb ich unsicher bin, ob ihre Begriffsstutzigkeit auf die Verletzungen oder ihren Intelligenzquotienten zurückzuführen ist. Doch bevor ich noch mehr erklären kann, springt Hugo auf.

»Wo willst du hin?«, frage ich ihn, als er sich hinunterbeugt und Leighton auf den Kopf küsst.

»Ich muss mit meinem besten Freund reden.« Er drängt sich an mir vorbei, und ich werfe Jameson einen flehenden Blick zu. Er versteht den Hinweis und folgt ihm.

»Was ist los?«, ruft Leighton.

Ich bin hin- und hergerissen, ob ich ihnen hinterherrennen oder Leighton beruhigen soll. »Ich glaube, ich habe gerade einen Streit ausgelöst.«

»Emma, er hat uns nicht gestoßen«, sagt sie mit fester Stimme. »Du darfst nicht zulassen, dass Hugo ihm etwas antut. Das würde er sich später nie verzeihen.«

»Wie kannst du dir so sicher sein?« Wenn ich in diesem Sommer eines gelernt habe, dann ist es, dass man sich in Menschen täuschen kann.

»Weil mir wieder eingefallen ist, warum ich mit Monroe über Jonas gesprochen habe.«

»Und?«, will ich wissen.

»Das kann ich dir nicht sagen. Aber er ist es nicht gewesen. Er kann es nicht gewesen sein.«

Sie klingt so sicher, dass ich an meinem Zynismus zweifele, doch wenn ich den aufgebe, was bleibt mir dann noch?

Kapitel sieben

Jameson schlängelt sich durch den Verkehr und versucht, die Rücklichter von Hugos Porsche im Blick zu behalten. Ich bin hin- und hergerissen zwischen dem Wunsch, ihn mit Fragen zu löchern, und dem Bedürfnis, mich in Todesangst an den Armlehnen festzuklammern.

»Warum hast du mir das von Jonas nicht erzählt? Von dem Foto?« Er sieht kurz zu mir herüber, während er die Verfolgung fortsetzt.

»Wir haben doch kaum miteinander geredet«, erinnere ich ihn mit zusammengebissenen Zähnen.

»Was soll das überhaupt, Herzogin? Warum gehst du mir aus dem Weg?«

Ich schnappe nach Luft, als er beim Einfädeln ein anderes Auto nur knapp verfehlt. »Das ist ganz schön kompliziert.«

»Erklär es mir.«

»Es wäre mir lieber, wenn du dich aufs Fahren konzentrierst, West«, zische ich, als er die Spur wechselt. »Weiß er überhaupt, wohin er fährt?«

Wir befinden uns nicht auf dem Weg zu Jonas' Haus, doch Hugo hatte nicht gezögert, als er aus dem Parkplatz des Krankenhauses ausscherte. Ich kam fast nicht mehr dazu, meine Tür zuzuschlagen, bevor wir ihm nachsetzten.

»Lenk nicht vom Thema ab«, warnt mich Jameson. »Ich bin geduldig gewesen, aber falls du Schluss machen willst, hättest du mir das auch sagen können.«

»Schluss?«, wiederhole ich. Als ob das, was zwischen uns ist, so leicht abzuhandeln wäre. »Wie kommst du darauf?«

Ich bin in dich verliebt. Mein Herz hämmert in meiner Brust, als wollte es sich aus dem Käfig befreien, in den ich es geschlossen habe. Es tut höllisch weh, die Worte zurückzuhalten, doch ich muss mich beherrschen, bis ich die Wahrheit kenne.

Jameson steigt in die Eisen, und zu meiner Überraschung stelle ich fest, dass wir vor der Belle Mère Prep parken. Er stellt den Motor aus und riskiert einen Blick zu mir. »Warum solltest du mich sonst so verletzen wollen?«

Bevor ich überhaupt begreife, was er gesagt hat, ist er schon aus dem Wagen und rennt hinter Hugo her, der gerade ausgestiegen ist und auf das Gebäude zuhält. In meinen Augen brennen Tränen. Ich möchte, dass er mich versteht. Ich möchte ihm erklären, warum ich auf Abstand gegangen bin, doch wie soll das gehen? Egal, wie ich es anstelle, ich muss ihm einfach wehtun.

»Jetzt ist nicht der geeignete Zeitpunkt«, sage ich mir. Es kostet mich einige Mühe, aus dem Wagen zu klettern, doch sobald ich das Pflaster unter den Füßen spüre, laufe auch ich zu den Doppeltüren. Ich habe keine Ahnung, wer hier so spät noch etwas zu tun hat, doch die Schule ist anscheinend nicht abgeschlossen. Oder Jonas hat einen Schlüssel.

Die Szene, in die ich hineinplatze, wirkt wie inszeniert. Jonas steht starr und mit dem Basketball in der Hand mitten auf dem Hof, Hugo ist ein paar Schritte vor ihm stehen geblieben und schreit so laut, dass ich ihn kaum verstehen kann. An der Tür steht Jameson und blickt zu mir herüber.

»Sollen wir dazwischengehen?«, frage ich, ganz verstört von Hugos Wutausbruch.

»Warte noch einen Moment«, meint er. Vorsichtig nähern wir uns ein Stück. Jonas blickt zu uns herüber, als könnten wir ihm erklären, was hier los ist. Doch als sich unsere Blicke begegnen, sieht er zur Seite. Das reicht mir, um meinen Verdacht zu bestätigen. Ich hatte ihm eine SMS geschickt und ihm die Chance gegeben, sich unter vier Augen mit mir zu treffen, um aus der Sache herauszukommen. Darauf hat er jedoch nicht reagiert. Jetzt muss er die Konsequenzen tragen.

»Ich hab keine Ahnung, was du von mir wissen willst, Mann«, Jonas schafft es, Hugos Geschrei mit einer Antwort zu übertönen.

»Hast du sie gestoßen?«, wiederholt Hugo und betont jedes einzelne Wort klar und deutlich.

»Wen?« Jonas scheint völlig verwirrt, aber er streitet es weder ab, noch gesteht er es, und Hugo ist gekommen, um von ihm entweder das eine oder das andere zu hören. Also stürzt er sich auf seinen besten Freund, schlägt ihm den Ball aus den Händen und reißt ihn mit sich auf den Boden.

»Wen?«, schreit Jonas, doch als Antwort auf sein nochmaliges Fragen fängt er sich einen rechten Haken ein.

»Hast du Leighton gestoßen?«, herrscht Hugo ihn an. Während wir hinlaufen, um die beiden voneinander zu trennen, schlägt er auf Jonas ein.

»Nein, ich habe sie nicht gestoßen.« Jonas' Antwort ist kaum zu verstehen, so prügelt Hugo drauflos.

Da Jonas sich nicht wehrt, schwillt sein Gesicht von den vielen Schlägen bereits an, bevor Jameson Hugo von ihm wegreißt. Jonas erhebt sich mühevoll, taumelt, stützt sich an einer Mauer ab, wischt sich mit dem Handrücken über die Lippe und sieht überrascht auf das Blut. »Lass ihn los.«

»Ich glaube, das ist keine gute Idee.« Jameson hat Hugo fest im Griff und lässt nicht locker.

»Er ist mein bester Freund«, sagt Jonas, »und ich vertraue darauf, dass er mich ausreden lässt, wenn ich ihm meine Seite der Geschichte erzähle. Ich habe Leighton nicht gestoßen.«

»Das ist dein verdammtes Ende«, murmelt Jameson, dann lässt er Hugo los. Hugo bleibt stehen, obwohl er fuchsteufelswild ist. Ich hatte erwartet, dass er wieder auf Jonas losgehen würde. Ich kenne Hugo als Opfer seiner Triebe und Launen, insbesondere, wenn er so wütend ist wie im Moment. Aber anscheinend kennt Jonas ihn besser als ich.

»Los, erzähl«, befiehlt Hugo. Seine Hände sind noch immer zu Fäusten geballt und erinnern daran, dass er jeden Moment wieder zuschlagen könnte.

»Ich habe Leighton nicht gestoßen«, wiederholt Jonas.

»Das sagtest du schon«, knurrt Hugo.

Wenn die beiden das unter sich aushandeln, führt das zu nichts. Darum trete ich vor, bis ich praktisch zwischen ihnen stehe. Jameson mustert mich skeptisch. Er sieht aus, als wolle er mich wegtragen. Ich ignoriere seine Besorgnis. Wir haben uns zwar nicht geprügelt, sind aber schon seit einiger Zeit auf unsere Weise an dem Konflikt beteiligt. »Wer sonst sollte uns gestoßen haben? Sie hatte etwas gegen dich in der Hand.«

»Gegen ihn?«, fragt Hugo zunehmend verwirrt. Er macht einen Schritt nach vorn, und ich quetsche mich noch energischer zwischen die beiden.

»Herzogin!«, ruft Jameson leise, doch ich schlage seine Warnung in den Wind.

»Ich habe gehört, wie sich Leighton und Monroe unterhalten haben. Ich dachte, sie hätten über Jameson gesprochen, aber Leighton hat mir erzählt, dass es um Jonas ging. Das war das Letzte, was sie zu mir sagte, bevor …« Ich brauche den Unfall nicht noch einmal zu erwähnen. Hugo ist auch so schon aufgebracht genug. Ich bringe es nicht übers Herz, Jameson anzusehen. Er war an jenem Abend davon ausgegangen, dass ich ihm vertraue, und ich war bei der erstbesten Gelegenheit wankelmütig geworden. Das wirft kein gutes Licht auf mich und meine Liebe zu Jameson. Egal, was Jonas uns zu sagen hat, hoffentlich macht es den ganzen Schaden wieder wett, den er in diesem Sommer angerichtet hat.

Hugo entspannt sich ein wenig, als erhoffe er sich eine Erklärung, die seinen Freund entlastet. Neugierig scheint er auf Jonas' Ausführungen zu warten, doch aus dessen Gesicht weicht alle Farbe. Ich sehe in seinen Augen, wie er mit sich ringt. Ich habe nicht den leisesten Zweifel, dass er weiß, worüber Leighton und Monroe in jener Nacht geredet haben.

»Okay, du hast uns nicht gestoßen«, werfe ich ein, als das Schweigen fortdauert. »Hast du Nathaniel umgebracht?«

Jonas schüttelt den Kopf. Ich glaube ihm, obwohl er kalkweiß im Gesicht ist. Hugo glaubt ihm anscheinend auch, denn er lockert seine Fäuste. Irgendwie habe ich den Verdacht, dass das, was er zu verbergen versucht, gar nichts mit uns zu tun hat. Es fühlt sich schmutzig und falsch an, ihn dazu zu zwingen, uns seine Geheimnisse zu offenbaren, doch solange es zwischen uns Geheimnisse gibt, können wir einander nicht vertrauen.

Das Problem ist nur, dass ich genau weiß, wie es sich anfühlt, wenn man keinen Ausweg mehr sieht. Jonas wirkt wie ein in die Ecke getriebenes Tier, und ich bringe es nicht übers Herz, ihm den Todesstoß zu versetzen. »Dann sind wir fertig. Sein Geheimnis geht uns nichts an.«

Jameson macht einen Schritt auf mich zu und mustert mich. »Du bist immer wieder für eine Überraschung gut, Herzogin«, flüstert er so leise, dass nur ich ihn höre.

Aber dass ich Jonas mit seinem Geheimnis davonkommen lassen will, bedeutet nicht, dass er es noch länger für sich behalten kann. Er sinkt zu Boden und birgt sein Gesicht in den Händen. Wir anderen erstarren und wissen nicht, was wir sagen sollen. Als er zu uns aufblickt, ist sein Gesicht tränenüberströmt. Keiner sagt ein Wort. Wir sind uns stillschweigend einig, ihm die Zeit zu lassen, die er braucht, um sich uns zu öffnen. Nach ein paar stummen Minuten fängt er an.

»Monroe weiß etwas über mich. Etwas, das niemand anders weiß. Jedenfalls niemand an der Belle Mère Prep. Sie hält es schon sehr lange geheim.«

»Klar, sie ist deine Freundin, Mann.« Hugo setzt sich neben ihn auf den Boden. Ob ich so schnell von wütend auf hilfsbereit umschalten könnte, selbst wenn es sich um Josie handelte? Ich hoffe, dass ich das nie herausfinden muss. Noch vor einer halben Stunde fürchtete ich ernsthaft, Hugo könnte ihn umbringen. Jetzt hält er praktisch Händchen mit ihm. Vielleicht ist er ein besserer Freund, als ich es wäre, vielleicht ist Hugo Roth auch ein besserer Mensch, als wir – okay, ich – ihm zugestanden haben.

»Ich weiß gar nicht, wo ich anfangen soll«, sagt er.

Ich kann mich doch tatsächlich beherrschen und schlage ihm nicht vor, damit zu beginnen, weshalb er bei der Party für die Erstsemester Monroe gevögelt hat. Es geschehen noch Zeichen und Wunder.

»Wir hören dir zu«, versucht Hugo ihn zu ermutigen.

Verdammt, Hugo Roth ist tatsächlich ein richtig netter Kerl, der in einem Wolfspelz herumläuft.

»Mach dir keine Sorgen«, sagt er zu mir, als könnte er meine Gedanken lesen. »Ich bin immer noch unausstehlich.«

»Nein, das bist du nicht.« Jonas' Stimme klingt fast wehmütig, und der verträumte Unterton verstärkt sich, als er mit seiner Geschichte beginnt.

»Die meisten von euch kennen meine ältere Schwester nicht. Meine Eltern haben sie, kurz nachdem ich zehn wurde, nach London in ein Internat geschickt. Hugo hat sie einmal kennengelernt.« Er wartet Hugos Nicken ab, dann fährt er fort: »Deswegen gab es immer Gerüchte. Sie war damals vierzehn, und na ja, ihr kennt meine Eltern. Im Vergleich zu ihnen wirkt Donald Trump wie ein Liberaler. Die meisten Leute glaubten, dass sie sich Schwierigkeiten eingehandelt hatte und wegmusste.«

Gab es Leute, die so dachten? Heutzutage? In Las Vegas? Was soll das überhaupt bedeuten? Schwierigkeiten? Es kommt mir so vor, als hätte die Hälfte aller Erwachsenen, die ich kenne, ihre Kinder eigentlich nicht geplant. Wie kann man einem Mädchen vorwerfen, schwanger geworden zu sein, wenn einem selbst das Gleiche passiert ist?

»Sie hat überhaupt nichts getan. Sie war die perfekte Tochter. *Ich* war der Grund, warum man sie weggeschickt hat. Vermutlich dachten sie, es wäre besser, ihr eigentliches Problemkind in der Nähe zu behalten.«

»Aber warum haben sie deine Schwester weggeschickt?«, platzt es aus mir heraus, bevor ich mir auf die Zunge beißen kann.

»Ich glaube, hauptsächlich deshalb, weil Jessica zu Hause meine einzige Verbündete war. Sie verstand mich, und mehr noch, sie mochte mich. Unsere Eltern waren nicht einfach nur streng mit uns. Sie erwarteten Perfektion. Ich war ihr schmutziges, kleines Geheimnis. Ihr Sohn, der gern mit den Puppen seiner Schwester spielte. Es war leichter, den einzigen Menschen fortzuschicken, der noch davon wusste. Jessica hat dort viele Leute kennengelernt und mächtige, reiche Freunde gewonnen. Nächstes Jahr wird sie einen Herzog oder Baron oder so etwas Ähnliches heiraten. Ich habe ihn noch gar nicht kennengelernt«, sagt Jonas. »Ich glaube, für sie war es besser, dort hinzugehen. Wenn sie mich weggeschickt hätten, wäre das meinen Eltern wie eine Belohnung dafür vorgekommen, dass ich mich so gehenließ. Also bin ich hiergeblieben, und nachdem Jessica und ihre Puppen weg waren, machten sie einen Mann aus mir, der ihren Vorstellungen entsprach. Lacrosse, Fußball. Alle möglichen Sportarten. Als ich auf die Highschool kam, haben sie mir nicht etwa nur Mut gemacht, mit Mädchen zu gehen, sondern sie haben es von mir verlangt. Wenn es eine Party gab, musste ich hingehen. Alkohol trinken, Sex – sie konnten mir alle meine Sünden vergeben, solange es nur kernige, männliche Sünden waren.«

Während er erzählte, begriff ich einiges, was ich an Jonas bisher nicht verstanden hatte. Als wir zusammen waren, hatte er nie versucht, mir übers Knutschen hinaus an die Wäsche zu gehen. Mit ihm blieb es immer warm und kuschelig. Ich war total verknallt. Welches Mädchen in meinem Alter hätte sich nicht in den Doppelgänger von Justin Bieber verknallt? Als er mit Monroe zusammenkam, war ich davon ausgegangen, dass es ihm um Sex ging und sie in dieser Hinsicht entgegenkommender war. So war ich schließlich im Bett seines besten Freundes gelandet, um mir etwas zu beweisen. Vielleicht wollte Jonas aber gar keinen Sex mit mir … oder mit ihr. Warum aber sollte er es also getan haben?

»Eine Zeit lang ist es gut gegangen. Ich hatte eine Freundin, die gegen das Herumknutschen nichts einzuwenden hatte, und sie war nett. Sie hat von mir nie mehr verlangt, und ich glaube nicht, dass sie jemals ahnte, was wirklich mit mir los war.« Er sieht kurz zu mir herüber und bittet mich mit seinem Blick stumm um Verzeihung. »Und dann habe ich einen Fehler gemacht, und Monroe West war da, um mich aufzufangen, als ich strauchelte.«

»Monroe hat noch nie jemanden aufgefangen«, sagt Jameson kühl.

»Ich meine nicht, dass sie mir geholfen hat«, stellt Jonas klar. »Für sie war mein Fehltritt eine günstige Gelegenheit. Sie hatte ihr eigenes Geheimnis, das sie mir, zusammen mit ein paar ziemlich heiklen Handyfotos, präsentierte. Es war mein schlimmster Albtraum, doch sie bot mir einen Ausweg. Die ganze Schule sollte wissen, dass sie einen Freund hatte. Ich brauchte mich nur zu betrinken und auf der Party vor möglichst vielen Zeugen mit ihr zu vögeln.«

»Warum?« Das ist die Frage, die ich ihm schon seit Jahren stellen will – doch nicht ich spreche sie aus, sondern Hugo.

»Es war das perfekte Alibi. Ich wusste, dass meine Eltern davon erfahren würden. Verdreht, wie sie sind, würden sie denken, sie hätten mich geheilt. Habt ihr eine Ahnung, wie krank das ist, wenn euch euer Dad für so eine Nummer einen Whisky einschenkt und euch auf die Schulter klopft? Wisst ihr, sie haben mir ein Auto gekauft. In ihren Augen war ich wieder normal. Das Einzige, was ich dafür tun musste, war, meine Seele an Monroe zu verkaufen.«

»Was hatte sie gegen dich in der Hand?«, will Hugo wissen. Jonas ist dem Thema ausgewichen, und auch wenn schon einiges darauf hinweist, wollen wir es aus seinem Munde hören.

»Ich war betrunken. In der Oberstufe war ich fast das ganze Schuljahr über betrunken. Das half mir meistens, damit fertigzuwerden. Emma hat mich normalerweise auf die Partys begleitet, aber aus irgendeinem Grund blieb sie zu Hause.« Er sieht mich an, um sich zu vergewissern, dass ich mich erinnere. Das tue ich. Ich war an dem Abend mit Becca ausgegangen. Jonas hatte sich danach seltsam verhalten. Es fühlte sich zunehmend so an, als ob ihm unsere Beziehung zu viel würde. Ich rechnete damit, dass er mit mir Schluss machen wollte, doch er hatte sich eine weitaus erniedrigendere und schmerzvollere Art ausgedacht, um unsere Beziehung zu beenden.

»Ich erinnere mich«, erwidere ich und schaffe es beim besten Willen nicht, meine Worte nachsichtig klingen zu lassen.

»Ich wusste nicht, was ich tat, als ich ihn geküsst habe.« Jonas wartet nicht, bis uns die Tragweite seiner Worte klar wird, bevor er weiterredet. »Er war auch betrunken. Betrunkener als ich, und schon währenddessen wusste ich, dass ich mir selbst etwas vormache. Er ist heterosexuell und hätte mich bestimmt fertiggemacht, wenn er gewusst hätte, was ich tat. Ich konnte mich selbst kaum daran erinnern. Ich dachte schon, ich hätte es vielleicht geträumt, bis Monroe mit dem Fotobeweis kam. Sie hat mir die Entscheidung überlassen. Ich konnte ihr dabei helfen, ihr eigenes Geheimnis zu vertuschen, und dafür sorgen, dass niemand die Wahrheit herausfindet, oder sie hätte den Beweis per Facebook in die Welt geschickt. Ich wusste nicht, was meine Eltern tun würden, wenn sie es erführen, aber eigentlich habe ich mich vor allem geschämt. Ich wollte meine Freunde nicht verlieren. Deshalb habe ich mich darauf eingelassen. Es tut mir wirklich leid, Emma.«

Seine Worte haben eine alchemistische Wirkung auf mich, sie schmelzen mein kaltes, steinernes Herz und lassen mich Mitleid empfinden. Ich habe meinen Groll gegen ihn jetzt lange genug genährt und mir eingeredet, es sei nur um unerwiderte Liebe gegangen. »Ich vergebe dir.«

»Willst du etwa sagen, du bist schwul?«, fragt Hugo mit erstickter Stimme.

Jonas atmet einmal tief ein, als müsse er Kraft tanken, dann antwortet er: »Ja, bin ich. Es tut mir …«

»Warum tut dir das denn leid?«, fällt ihm Hugo ins Wort. »Das ist doch keine große Sache, Mann.«

Wieder ist da jemand, der es akzeptiert, und vielleicht schafft Jonas es endlich, die Furcht abzuschütteln, die ihn so lange gequält hat – aber in seinen Augen steht immer noch Angst.

»Ich muss dir noch etwas gestehen.« Seine Stimme ist zittrig, und ich halte den Atem an, weil ich schon etwas ahne. Jameson fasst mich am Arm, als könnte er spüren, dass ich dieses Geständnis am liebsten unterbrechen würde, bevor Jonas etwas zustößt, dass ich aber auf jeden Fall einschreiten werde.

»Du bist es gewesen«, gibt Jonas zu. »Monroe hat mich dabei erwischt, wie ich dich geküsst habe.«

Hugo macht große Augen und tut dann etwas, das ich von ihm am allerwenigsten erwartet hätte: Er lacht. »Ich fühle mich geschmeichelt. Also, wenn ich in *der* Liga spielen würde … wer weiß?«

»Du bist nicht sauer?« Die Anspannung weicht aus Jonas' Körper, und er sinkt praktisch auf den Boden. Er dachte die ganze Zeit, dass er gleich Prügel beziehen würde. Und ich dachte das auch. Hugo ist doch für einige Überraschungen gut.

»Naja, du hast mich erlebt, wenn ich betrunken bin. Ich glaube nicht, dass du der Einzige bist, den ich jemals geküsst habe«, fährt Hugo fort, ohne sich auch nur die Spur aufzuregen. »Ich kann verstehen, warum du es mir nicht erzählt hast, aber ich begreife nicht, warum du der *Dealer* sein musstest.«

Ich halte den Atem an und warte auf seine Reaktion. Jonas mochte weniger gutzumachen haben, als ich ursprünglich vermutet habe, doch das wollte ich auch verstehen.

»Eigentlich ist das ganz leicht zu erklären. Alle sind durchgedreht. Ich habe euch an dem Abend alle dort gesehen und hatte es so satt zu verheimlichen, was ich bin. Zu den einzelnen Fotos gibt es mehr zu sagen, als ihr glaubt. Das eine von dir …« Er sieht Hugo an. »… das, auf dem du das Mädchen trägst? Du hast nur dafür gesorgt, dass sie sich hinlegt.«

Als ich das Foto gesehen hatte, war ich zu einem anderen Schluss gekommen. Dieses Foto war also harmlos, doch was war mit den anderen? Welche Geschichte versuchte er zu erzählen?

»Und was ist mit den anderen?«

»Ich hatte das Gefühl, dass die ausgleichende Gerechtigkeit in Belle Mère schon zu lange Urlaub macht.«

»Und da hast du den Job übernommen?«, mutmaße ich.

»Jemand musste es tun. Mir war klar, dass der Mörder Nathaniel Wests an jenem Abend dort gewesen sein muss. Es war eine perfekte Möglichkeit, die Leute dazu zu zwingen, sich zu offenbaren.«

»Und dabei selbst im Verborgenen zu bleiben«, entfährt es mir.

»Das kann ich wohl ganz gut«, sagt er mit tonloser Stimme.

»Also weißt du, wer es getan hat?«, frage ich. »Wer Nathaniel ermordet hat?«

»Ich weiß nicht mehr als ihr.« Er schüttelt den Kopf, und ich spüre, dass ich wieder ausatmen kann. Jonas glaubt also, ich sei unschuldig, ohne es beweisen zu können. Er hat auch keine Ahnung, wer es war. Jetzt sind wir wieder ganz am Anfang.

Hugo steht auf, klopft sich die Jeans ab und hilft dann Jonas auf. Betreten stehen wir nebeneinander, keiner von uns weiß, was er sagen soll. Nach einer Minute zupft Jameson an meiner Hand. Ich trete näher zu ihm, und er flüstert mir ins Ohr: »Wir sollten die beiden allein lassen.«

Genau das sollten wir tun. Hier finden wir keine Antworten, und was hier gekittet werden muss, hat mit uns nichts zu tun. Aber wenn wir gehen, bekommt Jameson, was er will: mich allein.

Ein teuflisches Grinsen umspielt seine Lippen, und ich weiß, dass er mich genau da hat, wo er mich haben will.

Kapitel acht

✦ ✦ ✦

Ich warte, bis wir aus dem Schulgebäude heraus sind, bevor ich die Bombe platzen lasse. »Jameson, ich muss jetzt gehen.«

Er baut sich vor mir auf und versperrt mir den Weg. Es gibt ungefähr zwölf Ausgänge aus der Belle Mère Prep, und ich kenne sie alle, doch ich bezweifle nicht, dass Jameson mir bei jedem Ausgang zuvorkommen wird.

»Wir müssen reden, Herzogin, du kannst dich nicht ewig vor mir verstecken.« Diesmal verbirgt er den Schmerz in seiner Stimme nicht. Er lässt ihn in seine Worte fließen, und ich spüre ihn so deutlich wie meinen eigenen. »Wir können das gemeinsam durchstehen.«

Das bezweifle ich, doch es ihm – und mir – einzugestehen, hieße, Farbe zu bekennen. Ich will ja reden. Ich will es ihm erklären, doch ich zögere und riskiere einen Blick in seine

Augen. Was ein Fehler ist. Denn was eine unschuldige Geste sein könnte, fühlt sich auf einmal viel zu intim an.

Falls Mackeys Vermutung zutrifft und Nathaniel West mein Vater ist, wie kann ich dann so viel für Jameson empfinden? Mehr als je zuvor möchte ich glauben, was meine Mutter mir erzählt hat. Dass sich die Situation, in der sie den Kopf verloren und mit Nathaniel West eine Tochter – meine Schwester – gezeugt hat, nicht wiederholt hat. Doch angesichts der Tatsache, dass ich in diesem Sommer das Unglück geradezu angezogen habe, weiß ich nicht, ob ich so viel Glück habe. Ich will Jake Southerlys Tochter sein. Denn damit, dass sich eine Southerly in einen West verliebt, lässt sich viel leichter umgehen als mit der Alternative.

»Ich weiß, was los ist«, unterbricht er meine Gedanken.

»Nein, das weißt du nicht.« Ich schüttele den Kopf und versuche, einen klaren Gedanken zu fassen, doch alles scheint nur noch mehr zu verschwimmen. Oder ist das der Jameson-Effekt? Ich begreife überhaupt nichts mehr.

»Ich weiß es.« Diesmal ist sein Tonfall bestimmt. Er ist eindeutig Nathaniel Wests Sohn. Unnachgiebig, fordernd und kraftvoll – all das ist das Vermächtnis seines Vaters.

»Jameson, ich …«

Doch er fällt mir ins Wort. »Ich bin nicht dein Bruder.«

Jeder kennt das Klischee von der Zeit, die stehen bleibt. Doch das ist nicht nur ein Spruch, denn es geschieht tatsächlich. Die Welt unterbricht knirschend ihren Lauf.

Jameson nimmt meine Hand – die Zeitschleife scheint ihm überhaupt nichts auszumachen – und reißt mich aus meiner Schockstarre.

»Wie? Was? Warum?«, stottere ich auf der Suche nach der richtigen Frage.

Natürlich weiß Jameson schon die Antwort. »Ich bin nicht dumm, Herzogin. Es gibt einige bei der Polizei, die sich schmieren lassen. Wenn man die Höhe der Pension kennt, die sie erwartet, ist es nur verständlich, dass sie für eine gewisse Menge Geld bereit sind, eine kleine Information preiszugeben.«

»Du hast jemanden bestochen?«, frage ich verwirrt. Er nickt und umklammert fester meine Finger. Das ist beruhigend und beunruhigend zugleich. Es gibt nur ein Problem. »Aber ich habe den Gentest noch gar nicht gemacht.«

Dachte er etwa, es sei so leicht, mich zu beruhigen? Die Angst ist mir schon zu vertraut, als dass sie sich so einfach lindern ließe.

»Das weiß ich. Ich weiß auch, dass du nächsten Mittwoch einen Termin zum Blutabnehmen hast. Was übrigens nicht nötig sein wird.«

Meine Verwirrung verwandelt sich in Verärgerung. »Jameson West, ich bin keine Marionette, die du herumkommandieren kannst. Oder siehst du an mir irgendwelche Fäden? Wenn du glaubst, dass ich nach deiner Pfeife tanze, bist du auf dem Holzweg.«

»Da liegst du völlig falsch.« Er kommt noch einen Schritt näher, bis unsere Körper nur noch Zentimeter voneinander entfernt sind. Würzige Zitronen- und Sandelholznoten erwecken schlummernde Erinnerungen, die ich mühsam vergessen wollte. »Es gibt eine Verbindung zwischen uns.«

»Und du glaubst, daran kannst du ziehen?«, entgegne ich

und schiebe trotzig das Kinn vor, um ihm zu zeigen, dass ich einen eigenen Willen habe. Zumindest noch einen Rest davon. Aber wem will ich etwas vormachen? Wir wissen beide, dass er mich an der Angel hat. Deshalb habe ich mich doch fast die ganze Woche im Zimmer meiner besten Freundin versteckt.

»Ich will dich nicht herumkommandieren, Herzogin. Aber spürst du die Verbindung denn nicht, von der ich spreche? Die zwischen uns besteht?« Er streicht mit dem Daumen über mein Handgelenk, und mein Puls fängt an zu rasen, als triebe er ihn zur Eile. »Wir gehören zusammen. Daran kann nichts etwas ändern. Hör auf, so viel Angst davor zu haben.«

»Ich habe keine Angst davor!«, explodiere ich. »Ich habe Angst davor, dass du mein Bruder bist, und das ist extrem unheimlich.«

»Bin ich aber nicht«, beharrt er.

»Das erfahren wir erst nächsten Mittwoch. Wahrscheinlich sogar noch später. Ich schätze mal, die haben da keinen Vaterschafts-Schnelltest vorrätig.« Wenn man bedenkt, wie oft das Thema in Nachmittags-Talkshows abgehandelt wird, könnte man glatt denken, es gäbe im Supermarkt einen Soforttest, der in weniger als drei Minuten verrät, wer der Kindsvater ist.

»Wenn du mich einmal ausreden lassen würdest, könnte ich dir sagen, weshalb ich mir so sicher bin.«

Ich muss das Knistern unterbinden, bevor aus den Blitzen, die zwischen uns zucken, noch ein ausgewachsenes Gewitter wird. Ich entziehe ihm zärtlich meine Hand, ohne zu verhehlen, wie schwer mir das fällt. Ich verstecke mich gern hinter meiner Kratzbürstigkeit wie hinter einem Verteidigungswall, doch Jameson hat mir nichts getan. Die Sünden, die zwischen uns stehen, haben unsere Eltern begangen, und wenn er in der Lage ist, aus dem Weg zu räumen, was uns trennt, soll er das tun. Doch bis dahin brauche ich die räumliche und die emotionale Distanz, um nicht den Verstand zu verlieren.

»Wahrscheinlich habe ich es auf dieselbe Weise herausgefunden wie du. Meine Anwälte haben recherchiert, worum es in dem Gerichtsprozess ging, den unsere Eltern geführt haben, als wir beide noch klein waren. Als ich die Vaterschaftsfeststellung deiner Schwester gelesen habe, wusste ich, was dich beunruhigt. Etwa zur selben Zeit sickerte aus Mackeys Team etwas durch, das meine Vermutung bestätigte. Das FBI wusste ebenfalls, dass mein Vater der Vater deiner Schwester war. Die Quelle bestätigte außerdem, dass sich Mackey mit dir in Verbindung gesetzt und versucht hatte, mit dieser Information Druck auf dich auszuüben, damit du den DNA-Test machst, den meine Anwälte mühsam zu verhindern suchten. Es war klar, warum. Wenn mein Vater und deine Mutter eine Affäre miteinander hatten, wer könnte dann mit Bestimmtheit sagen, dass nicht auch du seine Tochter bist?« Er räuspert sich. Es ist nur ein kleines Indiz für sein Unwohlsein, aber es ist unverkennbar. Gut zu wissen, dass ihn die Vorstellung ebenso beunruhigt hat wie mich. »Aber ich wusste, dass du es nicht sein kannst.«

»Wenigstens einer von uns«, murmele ich.

»Ich wusste, du würdest denken, dass es stimmt«, fährt er fort. »Das ist deine größte Schwäche. Du musst ein bisschen mehr Vertrauen haben.«

»In wen?«, erwidere ich. Mein Leben hat mir bisher kaum

einen Anlass gegeben, Vertrauen zu haben. Dass meine Mutter aus der Ehe mit meinem Vater ausgebrochen ist, hat nicht gerade Zuversicht und Liebe in mir genährt. Dass meinem Vater ungefähr alle sechs Monate der Strom abgestellt wurde, hat nicht gerade mein Vertrauen in Autoritäten gefördert. Und als ich dann meine Schwester wegen eines einzigen dummen Fehlers in einem Auto sterben sah, habe ich den Glauben an die Welt verloren.

»Ich weiß, dass du viele Gründe hast, an gar nichts mehr zu glauben. Und ich weiß, dass es ein ganzes Leben dauern kann, bis du über all die schrecklichen Dinge hinwegkommst, die dir zugestoßen sind. Aber ich werde ein Leben lang für dich da sein. Ich werde dich künftig jeden Tag daran erinnern, dass auch gute Dinge geschehen können. Und dass es okay ist zu glauben, zu hoffen und auf andere Menschen zu vertrauen.«

»Aber wenn ich es nicht kann?«, frage ich tonlos. Ich bin wirklich keine Spezialistin, was blindes Vertrauen angeht.

»Kleine Schritte, Herzogin.« Er streckt den Arm vor und streicht mit dem Knöchel unter meinem Kinn entlang. »Fang mit mir an. Vertrau mir. Wir stehen das gemeinsam durch.«

Ich hatte einmal Vertrauen zu Jameson, doch es ist mir abhandengekommen. Warum versteht er denn nicht, dass mein Zynismus nicht daher rührt, dass ich mich nicht von der Vergangenheit lösen kann, sondern dass er auf all den unglücklichen Vorfällen basiert, die uns erst zusammengebracht und dann grausam wieder voneinander getrennt haben?

»Ich kann nicht einfach vertrauen«, gestehe ich ihm leise.

»Wie wäre es, wenn wir mit etwas Handfestem anfangen?«, fragt er sanft.

Ich ziehe eine Augenbraue hoch. Ehe ich diesen Sprung tue, muss schon ein Wunder geschehen. Andererseits käme es auch einem Wunder gleich, wenn ich es tatsächlich schaffen sollte, heute Abend alleine von hier fortzugehen. Ich will ihn, und mir gefällt die Zukunft, die er für uns ausmalt. Aber werde ich diese Zukunft je erleben?

»Ach Herzogin, es tut mir leid, dass sie dich kleingekriegt haben.« Der sanfte Finger an meinem Kinn bewegt sich, und er legt die Hand auf meine Wange. Seine Berührung fühlt sich warm, behaglich und richtig an – was könnte daran falsch sein? »Aber ich werde dich wiederaufbauen.«

»Das kannst du nicht.« Je schneller er das begreift, desto besser für uns beide.

»Sieh mich an«, verlangt er, und als ich die Augen aufschlage, sehe ich seinen flammenden Blick. »Ich bin Jameson West, und ich kann tun, was ich will. Wenn ich also sage, dass ich mein Leben damit verbringen möchte, dich Vertrauen zu lehren, und wenn ich behaupte, dass ich dich wiederaufbauen kann, dann werde ich das auch tun.«

Ich möchte ihm so gern vertrauen, aber meiner Erfahrung nach gehen Träume nicht in Erfüllung.

»Ich habe dir doch gesagt, dass ich es dir beweisen werde. Fangen wir mit dem einen handfesten Grund an, warum du an uns glauben solltest.«

»Der da wäre?«, zische ich und spüre schon, wie die Wunden in meinem Herzen wieder aufzureißen beginnen.

»Deine DNA«, sagt er. »Sie passt nicht zu der meines Vaters. Und zu meiner auch nicht. Du bist nicht mit mir verwandt, Emma Southerly.«

Ich verstehe nicht, wie er das behaupten kann und woher er das wissen will. Er deutet mein Schweigen absolut richtig: Ungläubigkeit. Er stöhnt und offenbart den Ursprung seiner Gewissheit. »Du hast doch bei mir übernachtet, erinnerst du dich? Ich habe mir deine Haarbürste und deine Zahnbürste ausgeborgt. Herrje, es war ein ganzes Team im Gästeschlafzimmer. Man könnte dich wahrscheinlich klonen.«

»Was hat das zu bedeuten? Wie können sie es so schnell wissen? Mackey meinte …«

»Mackey ist auf ein staatlich finanziertes Labor angewiesen. Ich habe Labore in New York, in der Schweiz und in London mit den Tests beauftragt und mir die Ergebnisse schicken lassen. Die Befunde waren eindeutig. Wir sind nicht miteinander verwandt. Und um deine Frage zu beantworten, was das bedeutet? Es bedeutet, dass du jetzt deinen Wagen abschließt und dich auf meinen Beifahrersitz setzt. Mein Jet steht schon bereit. Es ist dein Geburtstag, Herzogin, und ich bringe dich, wohin du auch willst. Laut Flugplan geht es zuerst nach New York, aber von da aus steht uns frei zu reisen, wohin wir wollen – Hauptsache, es gibt dort ein Bett.«

»Ein Bett?« Ich stoße das Wort hervor. Als mir wieder einfällt, woran ich mit aller Kraft nicht mehr zu denken versucht hatte, schießt mir die Hitze in die Wangen. Doch jetzt, da Jameson mein inneres Ringen beendet hat, gibt es kein Halten mehr.

»Du hast doch Geburtstag«, sagt er in leisem, anzüglichem Ton. Anscheinend hat er weder das Datum vergessen noch, warum es bedeutsam ist. Schließlich hat er die Regel aufgestellt und mich gezwungen einzuwilligen: Vorher wollten wir nicht miteinander schlafen. Er grinst, als könnte er meine Gedanken lesen.

»Du bist achtzehn, Herzogin, und das heißt, jetzt gehörst du mir.«

Kapitel neun

Bis wir auf dem Flugfeld eintreffen, liegt meine Hand fest in der von Jameson. Ich lasse ihn nur ein einziges Mal los, um Josie eine SMS zu schicken, in der ich ihr mitteile, dass ich heute Abend nicht mehr nach Hause komme. Neben dem Flugzeug wartet der bullige Maddox. Vermutlich werde ich keinen Schritt mehr tun können, ohne dass jemand auf mich aufpasst. Jameson schenkt mir ein entschuldigendes Lächeln, als er mich loslässt, doch bevor die Wärme seiner Hand ganz verflogen ist, ist er schon aus dem Wagen gestiegen und zu meiner Tür herumgekommen. Als er diesmal unsere Finger miteinander verschränkt, fühlt es sich so an, als wollte er mich nie mehr loslassen.

Gemeinsam steigen wir die Stufen zum Jet hinauf. Unterwegs legt Jameson eine Pause ein, um Maddox und der restlichen Crew Anweisungen zuzuraunen.

Dass ich schon einmal im Privatjet der Wests geflogen bin, lindert keineswegs die Aufregung, die ich in diesem Moment verspüre. Bislang konnte ich nur auf einer Strecke über luxuriöse Privatflüge verfügen: von Las Vegas zu meiner Mutter nach Palm Springs und wieder zurück. Zu wissen, dass ich mit diesem Flugzeug überall hinfliegen kann, ist das schönste Geburtstagsgeschenk, das ich mir vorstellen kann.

»Wir starten gleich, Herzogin.« Jameson führt mich zu einem gemütlichen Ledersessel, und ich muss lachen, als er mir den Sicherheitsgurt anlegt.

»Das kann ich alleine«, versichere ich ihm.

Dennoch schnallt er mich an und küsst mich dabei auf die Stirn. »Ich muss beschützen, was mir gehört.«

Er spricht nicht darüber, doch ich weiß, dass ihn die Tage unserer Trennung zur Verzweiflung getrieben haben. Wenn ich Josie nicht gehabt hätte, wäre ich bestimmt auch durchgedreht.

Es sind sicher mehr als nur ein paar ernste Gespräche nötig, um unsere angeschlagene Beziehung zu heilen, doch ich glaube, momentan sind wir einfach nur erleichtert, zusammen zu sein. Mit den Ereignissen der vergangenen Woche können wir uns später beschäftigen. Jetzt ist erst mal eine Verschnaufpause angesagt.

Jameson setzt sich in den Sessel neben mir, und ich ziehe meine Augenbrauen hoch, als er sich nicht anschnallt.

»Muss ich dich etwa anschnallen?«, frage ich.

Stöhnend schließt er den Sicherheitsgurt.

»Ich beschütze nur, was mir gehört«, scherze ich. Und als

der Jet auf die Startbahn rollt, flattern die Schmetterlinge in meinem Bauch.

»Ist alles in Ordnung mit dir?«, fragt Jameson von der Seite, und ich merke, dass ich mich an den Armlehnen festklammere.

»Damit habe ich heute nicht mehr gerechnet«, gebe ich zu. Dass ich mich zu einem Liebesabenteuer aufmachen würde, war ja auch wirklich nicht zu erwarten gewesen.

»Monroe hat eine Tasche mit den Sachen gepackt, die du bei uns gelassen hast.«

Damit will er mich vermutlich beruhigen, doch ich kenne seine Schwester. Ich stelle mir lieber nicht vor, was sie für einen Wochenendtrip als notwendig erachtet. Doch einem geschenkten Gaul schaut man nicht ins Maul, ich hoffe nur inständig, dass saubere Höschen dabei sind. Alles andere ist unerheblich.

Jameson hält meine Hand, bis wir in der Luft sind. Sobald ich merke, dass das Fahrwerk eingefahren ist, klettere ich von meinem Sitz auf seinen. Starke Arme schlingen sich um meine Taille, als ich mich auf seinen Schoß kuschele, und ich fühle mich noch sicherer als zuvor.

»Ich habe dich vermisst«, murmele ich in seine Halsbeuge. Ich bringe es nicht über mich, ihm in die Augen zu sehen, weil Jameson recht hat. Ich hatte kein Vertrauen in uns. Ich war kurz davor, uns beide aufzugeben. Das kann ich zwar in gewisser Weise meiner unglücklichen Kindheit anlasten, doch es war meine Entscheidung, vom Schlimmsten auszugehen.

»Sieh mich an, Herzogin«, befiehlt er mit leiser Stimme,

und ich wage es, ihm mein Gesicht zuzuwenden. »Das haben wir jetzt hinter uns.«

Schlichte Worte, doch sie bedeuten so viel. Wir haben ein Hindernis überwunden, das unüberwindlich schien. Was auch immer als Nächstes kommt, ich weiß, dass wir uns haben.

»Ich habe dich nicht verdient«, flüstere ich.

»Nein, du hast mehr verdient.«

Ich hole tief Luft und wage es, ihm zu vertrauen.

»Was hast du die Woche über gemacht, während du dich vor mir versteckt hast?«, fragt er und streicht mir eine Strähne hinters Ohr.

Ich schmiege meine Wange in seine Hand. Die Woche war schrecklich, doch jetzt will ich nur noch mit ihm zusammen sein.

»Sag was«, drängt er. »Als wir getrennt waren, bin ich fast ausgeflippt, weil ich nicht wusste, was du tust.«

»Ich habe mich vor meinem Leben versteckt«, gebe ich zu. Doch trotzdem war das Leben nicht an mir vorbeigegangen, es hatte sich eingemischt und würde es auch weiterhin tun. »Also, meine Mutter wird sich scheiden lassen.«

Jamesons Miene wird ernst, und ich weiß, dass er an die Nacht denkt, in der er mich vor meinem Stiefvater in Sicherheit gebracht hat. Er räuspert sich. »Wegen der Dinge, die er dir und deiner Schwester angetan hat?«

Ich nicke und spüre, dass mir Tränen in die Augen schießen. »Sie weigert sich, damit zur Polizei zu gehen.«

»Das kann ich übernehmen«, knurrt er.

»Nein«, erwidere ich entschieden. »Ich könnte das ja auch

tun, aber das ist jetzt nicht mehr mein Kampf. Ich will nichts mehr damit zu tun haben, obwohl …«

Ich zögere, weil ich nicht gerne über Geld rede, schon gar nicht mit einem West.

»Heraus damit, Herzogin«, befiehlt er.

»Sie hat dafür gesorgt, dass ein Treuhandfonds auf meinen Namen eingerichtet wird. Hans war sehr daran interessiert, die Trennung in aller Stille abzuwickeln«, berichte ich. Ich weiß, dass Jameson zwischen den Zeilen lesen kann. Mein Stiefvater hat sich von meiner Mutter freigekauft. »Es ist Blutgeld.«

»Du brauchst es nicht zu nehmen.«

Ich erzähle ihm nicht, dass ich schon etwas davon für einen guten Zweck ausgegeben habe. Ich habe einen Privatdetektiv mit unserem Fall betraut. Nachdem Jameson uns auf so wundervolle Weise von unserer Sorge befreit hat, kommt mir das Engagieren eines Privatdetektivs allerdings nicht sonderlich aufregend vor.

»Das werde ich auch nicht.« Damit lasse ich es bewenden. »Ich werde es spenden. Wegen der globalen Erderwärmung wird es immer eine Katastrophe geben, für die das Geld gebraucht wird.«

»Sei doch wenigstens für eine Sekunde ernst«, sagt er und küsst mich auf die Nasenspitze.

»Das bin ich. Ich kann mir keine schönere Art vorstellen, sein Bestechungsgeld auszugeben, als die Welt damit ein bisschen besser zu machen und das Schlechte zu bekämpfen.«

»Tu, was du für richtig hältst. Außerdem brauchen wir kein Geld.«

»Wir?«, wiederhole ich. »Seit wann haben wir denn ein gemeinsames Konto?«

Es ist scherzhaft gemeint, doch Jameson verzieht keine Miene.

»Sei nicht so ernst«, sage ich und boxe ihn gegen die Schulter. Doch alle Anzeichen deuten darauf hin, dass er ernst ist – sehr ernst.

»Über Geld machen die Wests keine Scherze.« Er verzichtet auf eine weitergehende Erklärung. Doch ehe ich noch einmal nachhaken kann, weil er unbedingt wissen soll, dass ich sein Geld nicht will, kommt Maddox zu uns. Er trägt eine kleine Geburtstagstorte, auf der so viele Kerzen flackern, dass ich fast Angst bekomme, er könnte damit die Kabine in Brand setzen. Ohne die Sicherheitshinweise der Stewardess bin ich mir gar nicht sicher, ob in dem Fall die Sauerstoffmasken herunterfallen würden.

»Sie sehen gar nicht wie eine Stewardess aus«, sage ich, als er die Torte vor Jameson und mich auf den Tisch stellt.

»Ich habe meine Strumpfhose zu Hause vergessen«, erwidert er trocken.

Ich protestiere nicht, als sie darauf bestehen, »Happy Birthday« für mich zu singen. Ich bleibe auf Jamesons Schoß sitzen und bestaune meine Torte. Er singt mir die Worte leise ins linke Ohr und flüstert, als er fertig ist: »Wünsch dir was.«

Das brauche ich nicht, denn mein Wunsch ist schon in Erfüllung gegangen.

Als alle Kerzen ausgeblasen sind, verschwindet Maddox wieder in dem Bereich für die Crew, damit wir unter uns sind. Ich winde mich in Jamesons Armen, bis ich ihm in die vor Leidenschaft glühenden Augen sehen kann.

»Was hast du dir gewünscht, Herzogin?«

»Dich«, sage ich und besiegele mein Geständnis mit einem Kuss auf seine Lippen.

Kapitel zehn

✦ ✦ ✦

Ein paar Stunden vor Sonnenaufgang treffen wir im West Hotel in New York City ein. Es liegt ganz oben an der Wall Street und bietet Geschäftsreisenden und VIPs, denen Diskretion und Luxus mehr bedeuten als Nachtleben, angemessene Räume. New York mag die Stadt sein, die niemals schläft, doch ich schlafe immer wieder ein und schrecke hoch, wenn ich die Mülllaster und Lieferwagen höre, die die Stadt auf einen weiteren geschäftigen Tag vorbereiten. Obwohl ich mich nach Kräften bemühe, gelingt es mir nicht, die Augen so lange offen zu halten, dass ich wirklich etwas von der Stadt sehe. Die Stadtrundfahrt muss warten. Das Einzige, was ich jetzt sehen möchte, ist ein Kissen.

Unser Wagen fährt vor dem Hotel vor, und ein erschöpft aussehender Page eilt heraus, um uns in Empfang zu nehmen.

Ich frage mich, ob seine Schicht gerade erst beginnt oder sich dem Ende nähert. Auf jeden Fall kann ich nachfühlen, wie ihm zumute ist.

»Du siehst total erledigt aus«, bemerkt Jameson, als er mir aus dem Lincoln Continental hilft, der uns vor der New Yorker Hotelresidenz seiner Familie absetzt.

»Ich bin fit.« Die Glaubwürdigkeit meiner Behauptung wird allerdings dadurch untergraben, dass ich sofort danach gähnen muss. Das Problem ist nur, dass ich nicht müde sein möchte. Nicht hier. Und schon gar nicht, nachdem Jameson und ich endlich wieder zusammen sind. »Ich brauche nur eine Tasse Kaffee.«

Jameson wirft mir einen skeptischen Blick zu. Als wir hineingehen, zieht er mich eng an sich. Abgesehen von ein paar Hotelangestellten, die Staub wischen und die Böden wienern, ist die Lobby so gut wie leer. Es ist anders als im West Casino and Resort in Las Vegas. Dieses Hotel kommt mir wie der große Bruder des anderen vor: Es ist erwachsen, niveauvoll und für absolut seriöse Gäste gedacht. Es strahlt eine zurückhaltende Eleganz aus und setzt auf feine, teure Ausstattungsdetails. Ich betrachte die ledernen Clubsessel weiter hinten und bewundere den schwarz geäderten Marmor, der vermutlich aus einem so fernen Land stammt, dass die Transportkosten den Einkaufspreis bei Weitem überstiegen haben dürften. Das West New York verströmt dezenten Wohlstand, während das Casino Hotel derselben Familie kreischend und protzig wirkt.

Jameson scheint unsere Reise gründlich vorbereitet zu haben. Maddox und unser Fahrer stellen sich gar nicht erst mit uns an die Rezeption, sondern gehen gleich an uns vorbei zu den Aufzügen.

»Nur eine Minute«, verspricht Jameson, »dann bringe ich dich ins Bett.«

Bett.

Das Wort rüttelt mich schneller wach als ein dreifacher Espresso. Wir gehen ins Bett. Zusammen. Und ich bin achtzehn.

Ein Mann mittleren Alters in einem teuren, dreiteiligen Anzug kommt durch eine Tür mit dem Schild »Privat« und eilt auf uns zu. Er ringt die Hände und verneigt sich ehrerbietig, als würde er einen Herrscher begrüßen.

An diese Reaktionen werde ich mich nie gewöhnen. Jameson hat meinen Respekt, weil er ihn sich verdient hat. Woanders wird ihm jedoch nur aufgrund seines Familiennamens gehuldigt. Höflich ergreift er die ausgestreckte Hand des Mannes und lässt den Begrüßungssermon über sich ergehen, während ich innerlich abschalte. Sollen die beiden ruhig den Businesskasper mimen – mir steht der Sinn nach etwas anderem.

Unwillkürlich beginne ich, mir Gedanken über das zu machen, was mit dem Wort »Bett« in Verbindung steht. Wenn ich diesmal mit Jameson ins Bett gehe, wird es kein Hin und Her mehr geben. Ich werde nicht versuchen, ihn zu überreden, und er wird nicht Nein sagen. Ich will schon seit Wochen mit Jameson schlafen. Warum bin ich jetzt auf einmal so nervös?

Vermutlich, weil es so eine große Sache ist, dass er mich dafür quer durchs Land in eine der romantischsten Städte der Welt geflogen hat, nur um mich ganz für sich allein zu haben.

»Bereit?«, fragt Jameson.

Ich blinzele. Bin ich bereit?

»Gehen wir nach oben, Herzogin?«

Ich frage mich, wie lange er wohl schon versucht hat, mich auf sich aufmerksam zu machen.

»Ja«, piepse ich. Auch wenn ich mich bemühe, gelassen zu wirken, kann ich meine Anspannung kaum verbergen.

»Falls Sie etwas benötigen, lassen Sie es mich wissen«, wirft der Hotelmanager noch ein, bevor wir uns aus dem Staub machen können.

»Das werden wir, Mr. White«, versichert ihm Jameson. Er legt mir die Hand auf den Rücken und dirigiert mich zu den Fahrstühlen. Als wir ein paar Schritte entfernt sind, senkt er die Stimme und sagt leise: »Ich dachte schon, wir werden ihn gar nicht mehr los. Ich hatte eigentlich gehofft, dass uns diese Formalitäten wegen der frühen Uhrzeit vorerst erspart bleiben würden. Hotelmanager denken immer, sie müssen den Chef persönlich begrüßen.«

»Schon in Ordnung«, erwidere ich und beiße mir gedankenverloren auf die Lippe.

Jameson betrachtet mich, als wir durch die goldenen Schiebetüren in den verspiegelten Fahrstuhl steigen. »Mach dir keine Sorgen, Herzogin. Ich bring dich gleich ins Bett.«

Bett. Schon wieder dieses Wort. Mir rutscht das Herz in die Hose, als der Fahrstuhl anfährt. Der Reihe nach werden die einzelnen Etagen angezeigt, und der dazugehörige Knopf leuchtet auf. Es beginnt mit dem L, dann folgen die einstelligen Zahlen, dann die mit zwei Ziffern und schließlich leuchtet der letzte Knopf mit den Buchstaben »PH« auf. Als der Fahrstuhl anhält, streckt Jameson den Arm aus. »Nach dir.«

Wir steigen aus und gelangen in einen Raum, der eher nach einem Foyer als nach einem Hotelkorridor aussieht. Außer der Tür zum Notausgang und einem Serviceaufzug gibt es in diesem Stockwerk nur noch eine einzige beschriftete Tür.

»Penthouse«.

Jameson öffnet sie, doch ich blicke mich verwirrt um.

»Wo ist Maddox abgeblieben?«, frage ich, als ich entdecke, dass am Eingang bereits unsere Taschen stehen.

»Ich habe ihm gesagt, dass ich ab jetzt selbst mit dir fertigwerde.« Dass seine Worte zweideutig sind, entgeht mir nicht.

»Möchtest du dich etwas frischmachen?«, fragt Jameson, nachdem er die Tür hinter uns geschlossen hat. »Oder soll ich dir vielleicht ein Bad einlassen?«

»Nein!«, schreie ich geradezu, fasse mich jedoch schnell wieder. »Vielleicht nur kurz duschen.«

Jamesons Mundwinkel zucken, doch er nickt. »Komm mit.«

Er erspart mir einen großen Rundgang. Von der Wohnzimmercouch aus kann man den Tisch im Speiseraum ganz gut erkennen. Davon abgesehen ist der Raum immens groß und von hohen Glastüren umgeben, durch die man auf die Stadt blickt. Dahinter liegt eine kleine Terrasse, die an einer Brüstung endet. Es läuft mir unwillkürlich kalt den Rücken hinunter. Für diesen Sommer habe ich wirklich genug von Dachterrassen und Glastüren – vielen Dank.

Wir gehen durch einen Korridor mit verschiedenen Türen, alle geschlossen.

»Was ist dahinter?« Ich deute auf die Türen wie ein Gameshow-Moderator.

»Andere Zimmer«, antwortet er nonchalant.

Mehr als ein Zimmer? Ich habe immer gedacht, dass die meisten New Yorker in Wohnungen leben, die kaum größer als ein Schuhkarton sind. Und uns steht hier sowas wie ein ganzes Haus zur Verfügung. Diese Unmengen von Platz fühlen sich wie Verschwendung an.

»Das hier ist unser Schlafzimmer«, sagt er und reißt mich aus meinen Gedanken.

Ich wage einen Blick auf das große Doppelbett, das mitten im Raum protzt.

»Vielleicht solltest du dich ausruhen«, schlägt er vor, weil er mein Interesse daran missversteht.

Ich schüttele den Kopf. Ich bin müde, aber ich werde unter keinen Umständen einschlafen. Er versucht nicht, mit mir zu diskutieren. Vielleicht spürt er meine Anspannung. Stattdessen öffnet er die Tür zum dazugehörigen Badezimmer.

»Hier solltest du eigentlich alles finden, was du brauchst«, versichert er mir, bevor er sich zurückzieht. »Ich lasse dich ein wenig allein.«

Dass er mich allein lässt, gehört eigentlich nicht zu den Dingen, die ich mir von Jameson wünsche, dennoch bin ich momentan froh darüber.

Das Badezimmer ist fast so groß wie das Schlafzimmer und in Pastelltönen gehalten. Ich bin mir ziemlich sicher, dass man alle Gäste einer Cocktailparty in der großen Badewanne unterbringen könnte. Vermutlich könnte ich hier mein eigenes Spa eröffnen.

Ich entscheide mich für die Duschkabine und stelle den Strahl auf heiß. Vor lauter Zittern schaffe ich es kaum, mich auszuziehen. In den Schubladen des Waschtisches finde ich Zahnpasta, einen Rasierer und ein paar andere unentbehrliche Dinge wie Lipgloss und ein Haarband. Außerdem entdecke ich einige Kosmetikartikel, die ich gelegentlich benutze. Jameson hat nichts übersehen.

Ich stelle mich unter den Strahl und hoffe, dass mir die Hitze hilft, den Kopf freizubekommen. Aber hier geht es nicht um eine Sinusitis, hier geht es um Sex, und in meinem Kopf herrscht das reinste Chaos. Ich beschließe, das ganze Programm durchzuziehen. Ich wasche mein Haar und rasiere mir die Beine. Dann stehe ich einfach da und lasse das Wasser über mich hinwegströmen, als würde ich mich auf ein Opferritual vorbereiten.

»Dies ist nicht dein erstes Mal, Emma«, rufe ich mir ins Gedächtnis. Ich kann mich nicht daran erinnern, so nervös gewesen zu sein, als ich meine Jungfräulichkeit verloren habe. Andererseits kann ich mich aber an kaum etwas aus jener Nacht erinnern. Das ist der Unterschied. Ich will Jameson. Ich wollte ihn schon am ersten Abend, als wir uns kennengelernt haben. Damals war ich jedoch vorsichtig und ließ ihn nicht zu nah an mich heran. Ich hatte mir geschworen, erst wieder mit einem Mann zu schlafen, wenn ich verliebt bin, und jetzt bin ich schon seit Wochen in Jameson verliebt. Der Sommer ist fast vorbei, und ich sollte besser ins Bett springen, solange ich noch die Gelegenheit dazu habe.

Wir hatten diesen Sommer schon andere Gelegenheiten gehabt, und in der Hitze des Augenblicks fehlte manchmal nicht mehr viel. Doch Jameson hielt sich an seine selbst auferlegte Regel, damit zu warten, bis ich achtzehn Jahre alt sein würde. Dabei war ich meistens so scharf darauf, dass ich mich eigentlich für mein gieriges, unmögliches Benehmen schämen müsste. Wenn wir miteinander herumknutschten, war ich so heiß, dass ich mehr als deutlich spürte, *wie* bereit ich für ihn war. Doch darüber hatte ich mir mit meinem hormontrunkenen Hirn nicht allzu viele Gedanken gemacht.

»Ich habe keine andere Wahl«, befinde ich schließlich. »Augen zu und durch.«

Ich drehe das Wasser ab und stelle fest, dass meine Finger verschrumpelt sind wie Rosinen. »Na toll. Das ist ja wirklich sehr scharf.«

Ich trockne mich ab und bin unentschlossen, ob ich mich mit ein paar Phantasien, seinen Körper betreffend, aufputschen soll oder mit ein paar Oms und tiefen Atemzügen beruhigen. Dann stehe ich vor der nächsten schweren Entscheidung: Soll ich mich jetzt ins Handtuch wickeln oder lieber bleiben, wie ich auf die Welt gekommen bin? Mein Blick fällt auf die Lösung meiner Probleme: ein seidener Morgenmantel, der an einem Haken innen an der Tür hängt. Ich hege nicht den geringsten Zweifel, dass er dort eigens für mich hingehängt wurde. Wie lange hat Jameson diesen kleinen Spontantrip schon geplant?

Ich schlüpfe hinein und knote den Gürtel derart fest zu, als wollte ich mir die Eingeweide abschnüren. Dampf entweicht ins leere Schlafzimmer. Ich hatte fast damit gerechnet, dass Jameson mich dort erwartet. Als ich auf Zehenspitzen durch die Suite laufe, finde ich ihn draußen auf der Dachterrasse. Die ersten Strahlen der aufgehenden Sonne kriechen über den Horizont und tauchen die umliegenden Gebäude in Orangetöne. Mit jeder Sekunde wächst der Verkehrslärm an, der von der Straße heraufdringt. In der Stadt beginnt ein neuer Tag.

Aus meinem Plan, Dachterrassen zu meiden, wird wohl nichts, denke ich, während ich zu ihm hinausgehe. Jameson dreht sich nicht um. Als ich ihn erreiche, lege ich meine Hand auf seine, die auf dem Geländer ruht.

»Hast du alles gefunden, was du brauchst?« Er klingt so liebevoll. Als er sich schließlich zu mir umdreht, glüht in seinen grauen Augen eine Wildheit, wie ich sie noch nie zuvor gesehen habe. Ich nicke. Eines wird mir jetzt klar. Ich bin nicht die Einzige, die aufgeregt ist, weil wir jetzt endlich zusammen ins Bett gehen. Vielleicht ist er nicht nervös, doch es bedeutet ihm ebenso viel wie mir. Das ist alles, was ich wissen muss.

»Jameson, ich bin bereit«, sage ich mit sanfter Stimme.

Ich brauche ihm nichts zu erklären. Er nimmt mich einfach in die Arme und trägt mich hinein. Das Bett heißt mich willkommen, als Jameson mich hineinlegt. Dann setzt er sich auf die Bettkante und greift nach seinem obersten Hemdknopf.

»Lass mich das machen«, bitte ich. Während ich einen Knopf nach dem anderen öffne, beginnen meine Finger immer heftiger zu zittern, bis ich es nicht mehr schaffe. Er legt die Hände über meine und macht weiter, bis das Hemd offen steht. Er streift es ab, und ich streiche mit der Hand über die breiten Brustmuskeln. Dann halte ich inne und spüre seinen Herzschlag unter meiner Hand.

Unsere Blicke begegnen sich, und ich sehe eine unausgesprochene Frage in seinen Augen. Kann ich die Verbindung spüren? Das, was mich mit ihm zusammenhält? Mit meiner freien Hand löse ich den Gürtel meines Morgenmantels und lasse ihn hinuntergleiten. Eine bessere Antwort kann ich ihm nicht geben.

Es gibt keine Worte, die beschreiben, was ich empfinde. Das scheint er zu verstehen, er legt sich neben mich und zieht mich an sich. Er streicht mir das nasse Haar aus dem Gesicht, küsst mich auf beide Wangen, dann auf die Stirn und folgt dann mit den Lippen meinen Gesichtskonturen. Er verwöhnt mich ausgiebig, und mein Körper entspannt sich.

Nach all dieser Zeit hätte ich mit etwas mehr Leidenschaft gerechnet. Doch Jameson scheint zu glauben, dass wir es langsam angehen lassen sollten. Wir haben in der letzten Zeit eine Menge durchgemacht.

Doch meine Unsicherheit gewinnt die Oberhand. Soll ich hier nur herumliegen wie ein kalter, toter Fisch? Ich grabe meine Finger in sein Haar und ziehe sein Gesicht näher zu mir, um seine Lippen in Besitz zu nehmen. Er lässt es geschehen, aber nur so lange, bis sich mein Atem beschleunigt.

»Wir müssen nichts überstürzen«, bekräftigt er flüsternd.

Jetzt überlasse ich ihm die Führung. Später haben wir noch genug Zeit, um jene Kamasutra-Stellungen zu probieren, bei denen die Frau bestimmt, wo es langgeht. Aber in diesem Moment schenke ich ihm mein Vertrauen, meinen Körper und alles andere von mir.

Er nimmt das Geschenk an, mit jeder zärtlichen Berührung seines Mundes auf meinem, mit jeder Zärtlichkeit, die seine Hände meinem Körper darreichen. Ich gebe mich ihm hin und er sich mir. Wir nehmen, und wir geben und gestatten es unseren Körpern, alle Zuneigung zu verströmen, die uns eint. Als ich seine Gürtelschnalle berühre, greift er nach meinem Handgelenk.

»Bist du sicher?«, fragt er.

Mir fehlen die Worte, dafür empfinde ich viel zu viel, deshalb nicke ich nur. Das schlichte Zeichen meiner Zustimmung beschleunigt die Sache ein wenig, und ich streife ihm die Hose hinunter. Er presst sich an mich, und ich spüre seine Hitze. Auch wenn wir noch nicht vereint sind, sind wir uns doch auf so vielen Ebenen näher als jemals zuvor. Wir halten am Wendepunkt einer Entwicklung inne, die unsere Beziehung für immer verändern könnte.

»Ich liebe dich.« Seine Worte sind wie ein Gelübde. Er schreibt sie auf die weichen, nackten Konturen meines Körpers.

Ich finde meine Stimme wieder, weshalb ich das kostbare Bekenntnis wiederholen kann. Es sind drei einfache Worte, die mehr als jedes andere auf der Welt bedeuten.

Unsere Lippen suchen einander gierig, seine Zunge öffnet meinen Mund, und unser Kuss wird leidenschaftlicher. Ich bäume mich ihm entgegen, doch er schlägt die Einladung aus. Stattdessen lässt er keuchend von mir ab, streicht mit dem Daumen über meine Unterlippe und lächelt. »Nur eine Sekunde, Herzogin.«

Als er den Kontakt unterbricht, beiße ich mir auf die Lippe, die er gerade noch berührt hat, und unterdrücke den Drang zu wimmern. Er reißt eine kleine Folienpackung auf.

Im Bruchteil einer Sekunde begreife ich, dass es eine Menge gibt, worüber wir nicht geredet haben, und beschließe, mir schleunigst die Pille zu besorgen. Doch bevor ich mir vorwerfen kann, nicht besser mitgedacht zu haben, senkt er seinen Körper über meinen, und alle meine Sorgen schmelzen dahin.

Als ich die Hüften winde, hält er sie fest. Seine Geduld kann einen wahnsinnig machen, doch als ich nun zum ersten Mal seinen festen Druck spüre, schnappe ich nach Luft. Ich greife nach der Bettdecke und klammere mich daran fest.

Er wirkt besorgt. »Soll ich aufhören?«

Ich schüttle den Kopf. Anscheinend hat mich die eine und einzige Erfahrung, die ich vor ein paar Jahren gemacht habe, noch nicht richtig darauf vorbereitet. »Ich bin okay.«

Er bewegt sich behutsam und verringert nach und nach die Distanz, die uns noch trennt. Dabei hält er immer wieder inne, um mir Zeit zu geben, mich daran zu gewöhnen. Als wir es geschafft haben, verharren wir einen Moment lang reglos. Schließlich lasse ich die Bettdecke los und schlinge die Arme um ihn, um ihm zu zeigen, dass ich bereit bin. Jameson streicht mit den Lippen über meinen Mund und gibt mir einen feuchten Kuss. Unsere Körper folgen der Vereinigung unserer Lippen, finden einen gemeinsamen Rhythmus, und was mir anfangs noch nicht ganz geheuer war, verwandelt sich zu ersten Schauern der Lust. Jameson reagiert mit sanftem Nachdruck auf mein erregtes Stöhnen, er wiegt sich in mir und treibt mich immer weiter, bis es mich vor Glück zerreißt. Im selben Moment findet auch er mit einem tiefen Knurren, das seinen ganzen Körper erbeben lässt, zum Höhepunkt.

Einen Moment lang bewegt sich keiner von uns. Es hat

so lange gedauert, bis wir an diesen Punkt gelangt sind, dass wir die Party jetzt auf keinen Fall beenden wollen. Stattdessen schlingen wir unsere Körper umeinander und drehen uns langsam, bis wir auf der Seite liegen, ohne uns voneinander lösen zu müssen.

Ich bin nie auf lange Strandspaziergänge oder Liebesbriefe abgefahren – aber dem Kerl, den man liebt, in die Augen zu schauen, nachdem man sich geliebt hat, das hat was.

»Woran denkst du?«, fragt er zärtlich.

»Dass sich das Warten gelohnt hat«, gestehe ich, ohne mir die Mühe zu machen, mein verlegenes Grinsen zu verbergen.

»Und was noch?«, hakt er nach.

»Ich hoffe, dass du mich das nächste Mal nicht mehr so lange warten lässt«, ziehe ich ihn auf.

Er legt die Stirn an meine. Unsere Haut ist schweißnass, doch er lacht. »Wie wäre es, wenn wir es gleich noch mal machen?«

Kapitel elf

Als wir ineinander verschlungen einschlafen, fällt die erste Morgensonne durch die Fenster herein. Ein paar Stunden später öffne ich verträumt die Augen und sehe, dass der orangefarbene Schein des Sonnenaufgangs inzwischen dem Licht des späten Vormittags gewichen ist. Ich bin allein im Bett, rolle mich auf den Rücken und starre an die Decke.

Alles hat sich verändert, und nichts hat sich verändert.

Nur dass ich jetzt besserer Laune bin, als ich es meiner Erinnerung nach in den vergangenen Wochen je gewesen bin. Ich muss kichern, als ich die Decke über meinen Körper ziehe. Dann reiße ich sie vom Bett.

Ich wickle mich darin ein und gehe auf Entdeckungstour. Als ich ins Wohnzimmer komme, grinst mich Jameson über den Rand einer Kaffeetasse hinweg an.

»Ich dachte, du hast vielleicht Hunger.« Er deutet auf den Esstisch. Er ist voller silberner Platten und Kannen. Ich hebe den Deckel von einer Platte, dann den nächsten.

»Hast du alles bestellt, was auf der Speisekarte steht?«, frage ich.

»Ich dachte mir, die Herzogin könnte heute Morgen Appetit haben«, neckt er mich.

Ich schiebe mir ein Stück Schinken in den Mund. »Das stimmt, die Herzogin hat in der Tat Appetit.« Meinetwegen könnte es ewig so weitergehen, doch ich bin in New York City. »Wie sehen deine Pläne für heute aus?«, erkundige ich mich und stibitze ein vielversprechend aussehendes Croissant von einem Teller voller Backwaren.

»Ich dachte, wir könnten rausgehen und uns die Stadt ansehen.«

»Oder zu Hause bleiben?«, schlage ich ihm schelmisch vor, weil meine fleischlichen Gelüste die Oberhand gewinnen. »Schließlich sind wir nicht mal richtig angezogen.«

Jameson lässt seinen Kaffee stehen und kommt zu mir herüber. »Was schlagen Sie vor, Miss Southerly?«

Ich leiste keinen Widerstand, als er mich über die Schulter legt und zum Bett zurückträgt.

Es ist fast schon Mittag, bis es einer von uns schafft, sich etwas anzuziehen. Jameson schlägt vor, noch etwas vom Zimmerservice kommen zu lassen, doch ich schüttele den Kopf. »Wenn wir das tun, kommen wir nie aus dieser Suite raus.«

»Hast du mich etwa schon satt?«, fragt er.

»Im Leben nicht«, verspreche ich. Mehr brauche ich nicht zu sagen, er versteht mich. Ich war noch niemals in New

York, und auch wenn ich weiß, was man sich als Tourist ansehen sollte, verlasse ich mich auf Jamesons Erfahrung.

Wir schaffen es gerade bis in die Lobby, als auch schon Mr. White über uns herfällt. »Mr. West, wäre es wohl möglich, Sie unter vier Augen zu sprechen?«, fängt er an, doch Jameson fällt ihm ins Wort.

»Es ist Samstag, Mr. White«, erinnert er ihn, »und ich muss meinem Mädchen die Stadt zeigen.«

Meinem Mädchen, wiederhole ich im Stillen. Heute Morgen klingt alles, was aus seinem Mund kommt, ein bisschen sexyer. Allerdings hat er mir letzte Nacht auch mehrfach bewiesen, wie sexy dieser Mund sein kann.

»Selbstverständlich, selbstverständlich!« Mr. White tritt einen Schritt zurück und winkt fröhlich: »Ich wünsche Ihnen einen wunderschönen Tag!«

»Nicht zu fassen«, murmelt Jameson durch zusammengebissene Zähne.

»Sei nicht so streng mit ihm.« Ich wundere mich nicht wirklich darüber, dass ich heute so gnädig gestimmt bin.

»Wenn es nach dem Mann ginge, würde ich das ganze Wochenende mit seinen Lippen an meinem Hintern verbringen.«

»Nein, das würdest du nicht. Ich würde um dich kämpfen«, verspreche ich.

»Ach ja?«, fragt er mit hochgezogener Braue.

»Mit Sicherheit, dein Hintern gehört mir.«

Ich bin überrascht, als der Wagen Richtung Norden fährt. »Verlassen wir die Stadt?«

»Ja, wir fahren nach Greenwich«, bestätigt er. »Ich muss

dafür sorgen, dass du etwas zu essen bekommst. Schließlich habe ich dir die ganze Kraft geraubt.«

Er bringt mich zu einem Falafel-Laden, der so klein ist, dass nur am Tresen Platz für ein paar Barhocker bleibt. Ein charmanter Farbmix und dazu eine Speisekarte, auf der nur drei Gerichte stehen. Weil ich selbst noch nie Falafel gegessen habe, lasse ich Jameson für mich bestellen. Als er mir mein Essen in einem Pappkörbchen bringt, sehe ich es mir zuerst genau an.

»Vertrau mir«, drängt er. Ich beäuge es skeptisch, nehme dann jedoch ein Falafel.

»Was ist da drin?«, frage ich.

»Himmlisch«, sagt er mit vollem Mund.

Ich beiße ab, und eine Vielfalt exotischer, unbekannter Aromen explodiert auf meiner Zunge. Neben mir wartet Jameson sichtlich ungeduldig, dass ich zu Ende kaue und schlucke.

»Weißt du, was du machen solltest, wenn du so viel Geld hast?«, frage ich ihn. Sein Lächeln erstirbt. Bestimmt denkt er, ich würde ihn zurechtweisen, weil er mich nicht in ein schickes Restaurant, sondern in diesen Billigimbiss geführt hat. »Kannst du nicht einen dieser Läden kaufen und in Belle Mère eröffnen?«

»Dein Wunsch ist mir Befehl, Herzogin.«

Als wir fertig sind, bin ich pappsatt. An der Ecke erspähe ich bereits unseren Wagen samt Fahrer, aber ich halte Jameson davon ab, ihn heranzuwinken.

»Lass uns eine Minute gehen«, schlage ich vor. Ich muss mich etwas bewegen, um zu verdauen, mein Bauch sieht aus, als wäre ich schwanger.

Greenwich erweist sich als ein reizendes Fleckchen. Wir entdecken eine Zeile alter Backsteinhäuser, die von Bäumen gesäumt sind, unter denen man wie unter einem Baldachin spazieren gehen kann. Im Schatten der smaragdgrünen Blätter ist es ein paar Grad kälter. Ich seufze und hake mich bei Jameson unter.

»Gefällt es dir?«, fragt er.

»Bisher habe ich nur ein großes Doppelbett und einen Falafel-Imbiss gesehen, und es ist schon jetzt mein liebster Ort auf Erden. Aber vielleicht bin ich auch voreingenommen.« Ich lehne meinen Kopf an seine Schulter und frage mich, wie oft er wohl schon hier gewesen ist. Wenn man zum hundertsten Mal nach New York kommt, ist es vielleicht nicht mehr ganz so reizend, aber ich werde der Stadt immer einen besonderen Platz in meinem Herzen bewahren. Jameson kennt Städte auf der ganzen Welt. Ob sie mit dieser Stadt mithalten können? »Was ist deine Lieblingsstadt?«

Er wirft mir ein durchtriebenes Grinsen zu, von dem ich weiche Knie bekomme. »Die, in der du dich befindest.«

»Wenn du so charmant bist, kannst du alles von mir haben.« Ich stelle mich auf die Zehenspitzen und küsse ihn auf die Wange.

»Das merke ich mir.« Er deutet auf ein Backsteinhaus mit rotlackierten Treppenstufen, die zur Vordertür führen. »Das da.«

»Was ist damit?«, frage ich.

»Das ist zu verkaufen.«

»Was sollen wir mit einem Haus in New York? Zumal euch doch schon ein ganzes Hotel gehört?«, will ich von ihm wissen. Außerdem gehe ich davon aus, dass die Wests noch einige andere Immobilien in New York besitzen. »Hast du vor, mich demnächst zu verlassen?«

»Nicht, wenn ich es verhindern kann.«

»Ich habe nämlich noch ein ganzes Schuljahr vor mir.« Ich will nicht, dass das Märchen endet, doch der Sommer ist bald vorüber. Nicht mehr lange, dann müssen wir uns wieder der Realität und unseren Pflichten in Belle Mère stellen.

»Und dann?«, erkundigt er sich.

»Dann …« Meine Mutter hatte schon vom College gesprochen, doch ich hatte immer vorgehabt, in der Gegend zu bleiben und Dad zu unterstützen für den Fall, dass er bei Pawnography wieder einmal in Schwierigkeiten geriete. Ich hatte nie in Erwägung gezogen, die Stadt zu verlassen. Las Vegas ist ein kandierter Apfel, von dem man sich nur schwer losreißen kann, doch auf einmal scheint es mir möglich zu sein. Und was schließe ich daraus? »Ich weiß es nicht.«

»Wir finden etwas«, verspricht er mir. »Vielleicht können wir uns diesen Herbst gemeinsam ein paar Universitäten ansehen. Die Universität von New York. Boston wird dir vermutlich auch sehr gefallen.«

»Ich glaube nicht, dass meine Noten für Harvard reichen.«

»Aber dein Geld reicht dafür«, erinnert er mich.

»Und was ist mit dir?«, werfe ich ein, weil ich mir gar nicht erst den Kopf darüber zerbrechen will, ob ich das Blutgeld von Hans dafür aufwenden sollte. »Willst du nicht zu Ende studieren?«

Jameson hatte die Uni verlassen – und das Leben, das sein Vater für ihn geplant hatte. Jetzt gibt es niemanden mehr, der

Zukunftspläne für ihn schmiedet, die ihm nicht passen, und er muss eigene Entscheidungen treffen.

»Die meisten Leute machen einen Bachelor-Abschluss und studieren Wirtschaft, weil sie hoffen, sich einen Job bei einer Fortune-500-Firma an Land zu ziehen«, sagt er. »Ich bin bereits Chef einer solchen Firma.«

Was Sie nicht sagen, Sherlock.

»Aber willst du das auch sein?«, frage ich leise.

»Ich glaube, nicht für immer«, gibt er zu. »In ein paar Jahren ist Monroe so weit, dass sie den Job übernehmen kann. Ich weiß, dass sie das immer gewollt hat. Mein Dad war zu dumm, um zu begreifen, dass sie als Thronerbin die bessere Wahl ist.«

Ich schlucke und blicke zur Seite, damit er die Skepsis nicht bemerkt, die sich vermutlich auf meinem Gesicht abzeichnet. Monroe hat ihre eigenen Pläne, doch es ist nicht meine Aufgabe, ihm davon zu erzählen. »Und was wäre, wenn alles zusammenbricht und in Flammen aufgeht?«

»Zusammenbricht und in Flammen aufgeht?«, wiederholt er. »Willst du dich als Brandstifterin betätigen?«

»Kein Grund, die Anwälte anzurufen.« Oder die netten Herren mit den Zwangsjacken. »Und wenn du einfach aufgibst? Alles zusammenbrechen lässt? Was würde passieren, wenn kein West mehr an der Spitze steht?«

»Jemand anders würde die Führung übernehmen. Es gäbe keinen Zusammenbruch, und es würde auch nichts in Flammen aufgehen. Meine Familie ist mit so viel Kapital an der Firma beteiligt, dass wir es nicht einmal merken würden.«

»Aber warum hast du dann die Führung übernommen?«

Nach dem Mord hatte Jameson die Position seines Vaters eingenommen. Ich war davon ausgegangen, dass dieser Schritt notwendig war, denn eigentlich wollte er den Job seines Vaters nicht haben. Doch wenn stimmte, was er jetzt sagte, hatte er das aus einem anderen Grund getan.

»Die Leute brauchen Sicherheit«, erklärt er. »Meine Familie, meine Mutter, meine Schwester. Die Menschen, die für unsere Firma arbeiten. Es ist einfacher, den rechtmäßigen Nachfolger zu akzeptieren, als einen internen Machtkampf durchzustehen. Wenn ich meine Karten richtig ausspiele, kann ich mich beizeiten zurückziehen und das Ganze jemand anderem übertragen. Es geht zunächst nur darum zu begreifen, wie alles funktioniert, und die Leute kennenzulernen.«

Ich habe nicht die leiseste Ahnung, wovon er spricht. In unserem Familienunternehmen gibt es nur einen Angestellten, und ohne die Sklavenarbeit des Besitzers und seiner Tochter könnte es nicht überleben. Doch ich bin erleichtert, dass er nicht auf ewig an den West-Konzern gefesselt ist. Wie lange könnte er die Rolle Nathaniel Wests einnehmen, bevor er so wird wie sein Vater?

Jameson wechselt nicht gerade subtil das Gesprächsthema und kommt von den ernsten Dingen auf das zu sprechen, was ich heute Nachmittag unternehmen möchte. So weit kann ich zumindest vorausplanen. Er schlägt mir alles Mögliche vor – von einem Besuch beim legendären Tiffany bis hin zu einer Broadwayshow, doch ich kenne die Antwort bereits. »In den Central Park.«

»In den Central Park?«, wiederholt er ungläubig.

»Ja, ich will Pferdekutschen und Pantomimen – und einen Zoo gibt es dort auch.«

»Ich dachte, du warst noch nie hier?«, fragt er amüsiert.

»War ich auch nicht, und deshalb muss ich den Central Park sehen.« Obwohl James die Idee langweilig findet und seine Überredungskünste aufbietet, lasse ich mich nicht von diesem Vorsatz abbringen.

Nachdem wir einmal um den ganzen Block gegangen sind und schließlich wieder vor dem Falafel-Laden stehen, gibt er auf.

»Um diese Tageszeit ist es mörderisch schwer, dorthin zu kommen«, knurrt er, als wir in den Fond des Lincoln klettern.

Ich streiche mit dem Finger seinen Oberschenkel hinunter und hauche ihm einen Kuss auf die Wange. »Ich wüsste ein paar Dinge, mit denen wir uns die Zeit vertreiben könnten.«

* * *

An einem der vielen Eingänge zum Park steht ein Mann, der sich komplett weiß angemalt hat – Kleidung, Gesicht, Hände. Ich kann den Blick nicht von ihm lösen. Etwas wie diese lebende Statue ist auf den Wegen im Central Park offenbar nichts Ungewöhnliches, denn Jameson ist völlig unbeeindruckt.

»Mach ein Foto von mir!« Ich baue mich neben dem Mann auf, der sich immer noch nicht bewegt. Jameson stöhnt und fischt ein paar Dollar aus der Tasche. Erst in diesem Moment begreife ich, dass diese lebende Kunstausstellung weniger mit Kunst als vielmehr mit Geldverdienen zu tun hat.

Trotzdem habe ich einen wahnsinnigen Respekt vor jedem, der sich bei dieser Luftfeuchtigkeit antut, seinen Körper anzumalen.

Nachdem wir unser Foto machen konnten, lässt sich Jameson widerwillig breitschlagen, mich einen Hotdog von einem der mobilen Verkaufsstände essen zu lassen.

»Wie kannst du nur schon wieder hungrig sein?«, fragt er.

»Keine Ahnung, aber ich muss etwas dagegen unternehmen. Es kommt mir vor, als wäre ich heute Morgen einen Marathon gelaufen.« Sex scheint sich gut auf den Stoffwechsel auszuwirken.

»Hoffentlich handelst du dir damit keine Lebensmittelvergiftung ein.« Er ignoriert den bösen Blick, den ihm der Verkäufer hinter dem Wägelchen zuwirft.

Wir schlendern über die gewundenen Pfade von New Yorks berühmtester Grünanlage, und ich bin völlig hingerissen.

»Ich könnte mir vorstellen, hier zu leben«, verkünde ich.

»Das ist aber ganz schön anstrengend«, warnt Jameson.

»Meinst du nicht, ich könnte damit klarkommen? Ich bin auf dem Strip aufgewachsen«, erinnere ich ihn und werfe das Hotdog-Papier in den nächsten Mülleimer.

»Du bist in Belle Mère aufgewachsen«, korrigiert er mich.

»Und ich habe überlebt«, betone ich.

»Dann schaffst du es bestimmt überall«, pflichtet er mir bei. Irgendwie gelingt es uns, den Zoo zu verpassen.

Stattdessen stoßen wir auf einen kleinen Teich, der von einer niedrigen Ziegelmauer umgeben ist und an dem sich ein Restaurant befindet. Kleine Kinder lassen ihre Spielzeugboote über den Teich gleiten, während ihre Mütter in der Nähe einkehren.

»Der größte Teil New Yorks ist nicht so idyllisch«, erklärt Jameson, doch das spielt keine Rolle. Heute gelingt es ihm nicht, meinen Eindruck von der besten aller Welten zu trüben.

Wir finden ein Plätzchen unter einem Baum in der Nähe. Bevor ich mich auf die leere Bank setzen kann, merke ich, dass Jameson nicht mehr neben mir ist. Als ich mich suchend umblicke, entdecke ich ihn dort, wo ich ihn am wenigsten vermutet hätte.

»Was tust du da unten?«, frage ich mit erstickter Stimme. Ich kann nur hoffen, dass nicht etwa ein plötzlicher Ausbruch von vorzeitiger Arthritis dafür verantwortlich ist, dass er sich nicht wie ein normaler Mensch auf die Bank gesetzt hat. Denn er kauert auf einem Knie neben mir.

Es dauert ein paar Sekunden, bis ich begreife, was geschieht. Als es mir klar wird, bleibt mir nur eine Wahl – wenn auch nicht die, die er für mich vorgesehen hat. Ich entscheide mich, es ihm gleichzutun und mich zu ihm auf den Boden zu gesellen. Die Tradition kann mich mal. Ich will, dass wir uns auf Augenhöhe begegnen.

Ich gehe auf ein Knie hinunter und sehe mich einem Samtkästchen gegenüber, das auf seiner Handfläche wartet.

»Das musst du doch nicht«, flüstere ich. »Wir werden auch so alles gemeinsam durchstehen.«

»Genau deshalb frage ich.« Es ist ihm absolut ernst, das lese ich in seinen Augen. »Denn wir werden das gemeinsam durchstehen und auch alles andere, was das Leben noch für uns bereithalt.«

»Jameson, ich kann doch nicht …«

»Weil du noch zu jung bist?«, mutmaßt er. »Liebe brauchst

du dir nicht erst zu verdienen. Dafür musst du keine Aufnahmeprüfung ablegen. Meine Liebe gehört dir. Ich gehöre dir ganz und gar. Und daran wird sich nichts ändern.«

»Wie kannst du dir so sicher sein?«

»Bist du dir sicher?«, dreht er den Spieß einfach um.

Ich zögere nicht. Ich brauche gar nicht erst zu überlegen, denn ich weiß die Antwort auf diese Frage. »Ja.«

»Ich mir auch.« Jameson öffnet das Kästchen und zwingt mich, an der Weggabelung, an der wir angelangt sind, innezuhalten und eine Entscheidung zu treffen. »Willst du mich heiraten?«

Darüber muss ich seltsamerweise nicht erst nachdenken. Die Antwort liegt mir auf der Zunge. »Bist du verrückt geworden?«

Jameson kneift die Augen zusammen. Mit dieser Antwort hat er nicht gerechnet. Um ehrlich zu sein, bin ich mir auch nicht mehr sicher, ob ich das wirklich so sagen wollte. Ich schlage mir die Hand vor den Mund, um mich nicht noch mehr in Schwierigkeiten zu bringen.

»Nein, ich bin nicht verrückt geworden«, sagt er enttäuscht.

»Aber warum sonst?«, frage ich. »Machst du dir immer noch Sorgen, dass man dich dazu zwingen könnte, gegen mich auszusagen? Ich dachte, das Problem wäre geklärt. Das FBI ist nicht…«

»Das ist Vergangenheit. Ich konzentriere mich auf unsere Zukunft, Herzogin.«

»Müssen zu unserer Zukunft denn wirklich die Wörter: ›Bis dass der Tod uns scheidet‹ gehören?«

»Nicht, wenn du das nicht willst«, sagt er wütend und lässt das Kästchen zuschnappen.

Mist. Was habe ich mir da schon wieder eingebrockt? Bevor er es in die Tasche stecken oder in den Teich werfen kann, schnappe ich es ihm weg. Ich habe keine Ahnung, wie er darauf reagieren wird.

Rasch gehe ich in mich und finde eine viel vernünftigere Antwort. »Ich muss darüber nachdenken.«

Seine finstere Miene hellt sich auf.

»Das ist kein Ja«, erinnere ich ihn.

»Aber auch kein Nein«, erwidert er und interpretiert meine Nicht-Antwort zu seinen Gunsten. Er beugt sich vor und streicht mit der Nase über meinen Hals, bis ich praktisch Wachs in seinen Händen bin. »Kann ich sonst noch etwas tun, um dich zu überzeugen?«

»Ja«, sage ich und schiebe ihn von mir. »Lass mich darüber nachdenken. Außerdem solltest du mich vielleicht ein Nickerchen machen lassen.«

Nach zwei Mittagessen, ein paar Stunden Schlaf und dem emotionalen Wirbelsturm, den er gerade auf mich losgelassen hat, klingt der Gedanke überaus verlockend, eine Zeit lang das Gehirn auszuschalten. Dass ich vor seinem Antrag zurückschrecke und schlafen möchte, sollte ihm eine Menge darüber verraten, dass ich noch nicht bereit für einen so wichtigen Schritt wie die Ehe bin. Dass ich zumindest darüber nachdenken will, hat allerdings unseren Wochenendurlaub gerettet.

Trotzdem sind wir später im Auto so schweigsam wie noch nie. Als wir in die Lobby des West New York zurückkehren, stelle ich erleichtert fest, dass Mr. White auf uns wartet. Ich weiß nicht, ob er sich in der Zwischenzeit überhaupt vom Fleck bewegt hat.

Jameson führt meine Hand an seine Lippen und küsst sie. »Warum legst du dich nicht ein bisschen hin«, schlägt er vor. Bevor ich entfliehen kann, holt er das Schmucketui heraus, das ich ihm im Wagen zurückgegeben habe. Er drückt es mir in die Hand. Anscheinend haben wir beide Angst, uns daran die Finger zu verbrennen. »Das soll dir beim Nachdenken helfen.« Er zwinkert mir zu, dann kümmert er sich um den übereifrigen White.

Wie kann sich etwas, das so leicht ist, so schwer anfühlen?, frage ich mich auf dem Weg zum Penthouse.

Maddox wartet im Korridor. Er schließt mir die Tür auf, und ich erröte, als sein Blick an der Schachtel in meiner Hand verharrt. Selbstverständlich benehme ich mich wie eine Erwachsene und verstecke sie hinter meinem Rücken.

»Hatten Sie einen schönen Nachmittag?«, fragt er. Sein Unterton entgeht mir nicht.

»Es war interessant.« Ich lasse es dabei bewenden und widerstehe dem Impuls, ihm mein Herz auszuschütten. Lieber suche ich mein Heil in der Suite. Ich gehe geradewegs ins Schlafzimmer und stelle das Kästchen auf der Kommode ab. Doch als ich ins Bett steige, scheint es drohend auf mich herabzublicken. Ich krabbele wieder aus dem Bett, greife mir die Schachtel und lege sie auf den Nachttisch. Dann drehe ich mich um und kneife die Augen zu. Es ist zwecklos. Ich weiß, dass sie dort ist.

Die ganze Sache war mir dermaßen verrückt vorgekommen, dass ich mir nicht mal Zeit dafür genommen habe, den Ring auch nur anzusehen.

»Du hast versprochen, darüber nachzudenken«, ermahne ich mich. Ich rolle hinüber, nehme das Kästchen und öffne den Deckel. Eine ganze Menge Lupenreines. Ich habe schon genug Diamantringe über den Tresen von Pawnography wandern sehen, um zu wissen, dass dieser ein kleines Vermögen wert ist. Ich versuche, nicht darüber nachzudenken. Würde ich mich gern als Prinzessin verkleiden oder bei romantischen Komödien eine Träne zerdrücken, hätte ich mir bestimmt längst ausgemalt, wie mein eigener Verlobungsring einmal aussehen würde. Ich bin jedoch noch nie auch nur auf die Idee gekommen.

Jetzt weiß ich, dass nur dieser eine Ring infrage gekommen wäre. Der rechteckige Diamant im Zentrum glitzert und funkelt, dass auch ich es nicht ignorieren kann. Er ist von kleineren Diamanten eingefasst, die auch den Ring zieren.

Ich nehme ihn aus dem Kästchen und wundere mich, dass sich etwas so Funkelndes, das so fein gearbeitet ist, so hart anfühlen kann. Als ich ihn eingehender betrachte, entdecke ich die Gravur: Für deinen Mut.

»Ich weine gar nicht. Doch, du weinst«, sage ich in das leere Zimmer. Zögernd halte ich ihn über die Spitze meines Ringfingers und blinzele dabei die Tränen weg, die sich in meinen Augen sammeln. Es würde zu schnell zu viel verändern. Aber ihn einmal anzuprobieren kann doch nicht schaden?

Bevor ich dazu komme, höre ich, wie Jameson die Suite betritt. Ich lege den Ring in das Kästchen zurück und verbanne es auf den Nachttisch. Als Jameson plötzlich in der Tür steht, bleibt mir vor Schreck fast das Herz stehen.

»Ich wollte dich nicht erschrecken, Herzogin.«

Zu spät, denke ich, und blicke zu dem Kästchen.

»Ich dachte, du wolltest ein Nickerchen machen.« Sein Blick wandert ebenfalls zu der kleinen Schachtel.

»Ich kann irgendwie nicht abschalten.«

»Dabei kann ich dir helfen.« Er schlendert zu mir herüber und streift sich das T-Shirt über den Kopf. Der Anblick seiner Bauchmuskeln nimmt mir viel von meiner Angst. »Ich will dich aber nicht davon abhalten, über bestimmte Dinge nachzudenken.« Er spielt mit dem Knopf seiner Jeans, und ich lecke mir unwillkürlich über die Lippen. »Du könntest ja versuchen, mich zu überzeugen.«

Ich sage lieber nicht, dass es mir momentan sehr gelegen käme, für eine Weile alles vergessen zu können.

»Das kann ich.« Er lässt die Jeans auf den Boden fallen und wirft sich aufs Bett. »Lass mich dir einen der vielen Vorteile demonstrieren, die eine Ehe mit mir mit sich bringt, Herzogin.«

Kapitel zwölf

✦ ✦ ✦

Am nächsten Morgen locken mich die Sirenengesänge New Yorks aus dem Bett. Ich lasse Jameson friedlich schlafen, um die Stadt auf eigene Faust zu erkunden. Es ist befreiend, in einer Stadt zu sein, die Hunderte Meilen von meiner Heimatstadt entfernt liegt, ganz besonders, weil ich dort neuerdings einen schlechten Ruf habe. Ich binde mein Haar zu einem lässigen Knoten zusammen, schlüpfe in ein Sommerkleid und streife meine Sandalen über. Fast vergesse ich die Sonnenbrille, bevor ich aus der Tür stürme. Im Hotel ist es still. In ein paar Stunden werden die Flure voller Menschen sein, die ein- und auschecken, Geschäftsleute, die sich zum Mittagessen treffen, und Zimmermädchen, die kommen, um die Betten zu machen. So ist es mir lieber. Ich genieße es, unerkannt in der Anonymität der Massen unterzutauchen, die sich in den Straßen tummeln, und ich mag das Gefühl, in dem Chaos zu verschwinden.

Im Hotel ist es so gut wie unmöglich, unbemerkt zu bleiben, wenn man mit Jameson West durch die Flure geht. Es ist ein bisschen so, als würde man mit dem kommandierenden General erwischt werden. Die Mitarbeiter salutieren nicht, doch jeder unterbricht, was er gerade tut, und nimmt eine unterwürfige Haltung ein. Er ist daran gewöhnt. Schließlich ist er sein Leben lang zwischen den Immobilien seines Vaters gependelt und hat sich so an die Begrüßungszeremonien und das Händeschütteln gewöhnt, dass es ihm zur zweiten Natur geworden ist. Ich ziehe es vor, mit der Tapete zu verschmelzen. Der Aufzug bringt mich in den ersten Stock. Doch kaum habe ich ein paar Schritte in Richtung Treppe getan, die in die Lobby hinunterführt, als ich Mr. White entdecke. So viel zu meinem Plan, unbemerkt zu bleiben. Die überschwängliche Freundlichkeit des Managers ist zwar verständlich, aber morgens um sieben kann ich sie noch nicht gut vertragen.

Wie angewurzelt bleibe ich am obersten Treppenabsatz stehen und drehe mich langsam um. Wenn ich mit dem Fahrstuhl ein Stockwerk tiefer fahre, kann ich den Nebeneingang nehmen. Doch bevor ich fliehen kann, ruft Mr. White schon meinen Namen: »Miss Southerly. Miss Southerly.« Ich reagiere so, wie es jede selbstbewusste Frau tun würde, die mit beiden Beinen im Leben steht. Ich verhalte mich, als würde ich ihn nicht hören. Ich eile zum Fahrstuhl zurück, drücke den Knopf und hoffe inständig, dass die Kabinen nicht zu einem der oberen Stockwerke unterwegs sind. Über meinem Kopf ertönt ein leises »Ping«, und ich bin erleichtert, weil sich die eine Tür gerade öffnet, als die unablässigen Rufe Mr. Whites näher kommen. Ich drücke den Knopf und steuere die untere Lobby an. Dort ist es menschenleer, abgesehen von einem Hotelpagen, der damit beschäftigt ist, Gepäck auszuzeichnen, und mich nicht bemerkt.

Ich setze die Sonnenbrille auf und mache mich durch die Nebentür davon. Trotz der frühen Stunde ist es schon schwül. Die ungewohnte Luftfeuchtigkeit bildet einen Film auf meiner Haut. Weil ich in Las Vegas aufgewachsen bin, ist mir Hitze durchaus vertraut, doch die Wüstenhitze ist ganz anders als das hier. Als ich ein paar Blocks weiter eine kleine Bäckerei entdecke, muss ich schon den Schweiß von den Rändern meiner Sonnenbrille wischen. Beim Anblick der Bäckerei frage ich mich unwillkürlich, ob die New Yorker eigentlich wissen, wie gut sie es haben. Zu Hause hätte ich die Wahl zwischen einem Gourmet-Champagner-Brunch eines der berühmten Köche, mit deren Namen die örtlichen Hotels werben, oder einem rund um die Uhr verfügbaren riesigen Büffet. Malerische, nostalgische Ecken sucht man in Las Vegas vergebens, so etwas wie das hier gibt es dort nicht.

Ich bestelle eine Tüte voller französischer Backwaren, deren Namen ich nicht aussprechen kann, und einen Cappuccino. Da ich in der Wüste aufgewachsen bin, habe ich gelernt, bei allen erdenklichen Temperaturen heißen Kaffee zu trinken. Ich lasse mir Zeit für den Rückweg und spüre, wie New York zum Leben erwacht: Ladengeschäfte rollen die Markisen aus, Autos verstopfen allmählich die Straßen, und Menschentrauben fallen in den Finanzdistrikt ein, um ihr Tagwerk zu beginnen. Ich versuche, entspannt zu schlendern, doch schon bald werde ich von den Menschenströmen mitgerissen und gezwungen, mich dem Tempo der an mir vorbeihastenden Passanten anzupassen. Als ich das vertraute »W« entdecke, das an der Fassade des West New York Tower prangt, habe ich meinen Cappuccino ausgetrunken und brauche eine kalte Dusche. Ich schlängele mich durch die Menge zum Haupteingang und bemerke zunächst nichts Ungewöhnliches – bis ich den Fuß auf den kleinen Vorplatz direkt vor dem Eingangsportal setze.

Sofort beginnen Kameras zu klicken, und Reporter bombardieren mich mit Fragen.

Klick, klick.

»Miss Southerly, warum sind Sie in New York?«

Klick, klick, klick.

»Können Sie bestätigen, dass Sie mit Jameson West durchgebrannt sind?«

Klick, klick, klick.

»Was sagen Sie zu den Vorwürfen, die gegen Ihren Stiefvater erhoben wurden?«

Klick, klick, klick.

»Stimmt es, dass Sie ein Baby von Jameson West erwarten?«

Ich stolpere vorwärts und versuche, mich an ihnen vorbeizuschlängeln. Dabei lasse ich irgendwann die Brötchentüte zu Boden fallen. Falls die Paparazzi glauben, zum Schuss zu kommen, nur weil ich meine Éclairs verloren habe, haben sie sich getäuscht. Ich arbeite mich vorwärts. Sie bedrängen mich und verstecken sich hinter ihren Kameras, die sie mir vors Gesicht stoßen. Ich bin wirklich kurz davor, ihnen eine anständige Szene hinzulegen, als ich eine feste Hand an meinem Ellenbogen spüre.

Ich bin erleichtert, als ich Maddox vor mir stehen sehe. Er zieht mich durch die Menge, und ob es nun an seiner schieren Größe liegt oder am Zorn, den er unmissverständlich ausstrahlt – jedenfalls teilt sich die Reportermeute wie das Rote Meer vor uns. An jeder Tür sind Wachleute stationiert, die einen lebenden Schutzschild bilden, an dem kein Journalist vorbeikommt, der die Dreistigkeit besitzen sollte, ins West New York eindringen zu wollen.

Jameson steht an der Rezeption und hält dem zitternden Mr. White eine Standpauke, der jetzt noch blasser aussieht, als sein Name vermuten lässt. Die anderen Hotelgäste sind glücklicherweise an Fünfsterne-Etablissements gewöhnt und daran, dass dort auch Berühmtheiten absteigen; sie blicken an uns vorbei, als mich Maddox bei seinem Chef abliefert.

»Was hast du gemacht?«, richtet sich Jamesons Zorn jetzt gegen mich.

Ich sehe ihn nur verständnislos an.

»Was hast du da draußen zu suchen?«, wiederholt er.

Anscheinend hat er es noch nicht kapiert. »Ich stehe nicht auf deiner Gehaltsliste, Jameson West, also rede nicht mit mir, als wäre ich eine deiner unterwürfigen Angestellten.«

Mr. White verkriecht sich hinter dem Tresen. Entweder hat er Angst, unser Streit könnte ausarten, oder er nutzt die Gelegenheit zur Flucht, bevor ihm Jameson noch weiter zusetzen kann.

»Mr. White sagt, er hat versucht, dich aufzuhalten.« Jameson will mit dem Kopf zum Manager deuten, doch der steht nicht mehr dort, wo er ihn vermutet. Mein Freund blickt sich um und gibt dann auf. »Er hat gesagt, du bist weggelaufen.«

»Kann schon sein.« Ich muss zugeben, dass ich mir im Nachhinein etwas naiv vorkomme, weil ich aus dem Hotel spaziert bin.

»Warum hast du das getan?«

»Moment mal«, falle ich ihm ins Wort. »Ich dachte, Mr. White wollte lediglich fragen, wie das Zimmer ist, oder ob wir etwas brauchen, und mich mit diesem beflissenen Welpenblick anglotzen.«

»Und auf deinem Weg nach draußen bist du nicht aufgehalten worden?«, fragt Jameson. »Da waren keine Reporter?«

»Ich bin durch den Seiteneingang gegangen. Ich hielt das für eine gute Idee.«

Jameson reibt sich die Schläfen, allmählich entspannen sich seine Schultern ein wenig. »Das war eine gute Idee, Herzogin. Tut mir leid, dass ich dich angeschrien habe. Als Mr. White oben angerufen hat, war er ganz aufgelöst, und zu allem Überfluss bist du dann nicht ans Telefon gegangen.«

Ich fische es aus meiner Tasche und sehe einige entgangene Anrufe auf dem Display. »Ich habe es nicht gehört.«

Er legt mir den Arm um die Schulter und küsst mich auf die Stirn. »Schon okay, aber wir sollten besser hochgehen und packen.«

»Das war's wohl mit New York«, sage ich frustriert.

»Zwei Tage Ruhe sind anscheinend das Äußerste, worauf wir hoffen können. Nächstes Mal fahre ich mit dir ans Mittelmeer. Wir besitzen eine Privatinsel in Südfrankreich.«

»Das war ja klar.« Ich lege ihm den Arm um die Taille, während wir auf den Fahrstuhl warten. Doch jeder Anflug von Normalität wird durch die einschüchternde Präsenz von

Maddox zunichtegemacht. Obwohl er ein paar Meter Abstand hält, kann man ihn unmöglich ignorieren. »Kommt er mit uns nach oben?«

»Ja, ich halte es für das Beste, wenn Maddox in unserer Nähe bleibt.«

»Verrückt«, flüstere ich und seufze dann: »Ich hatte keine Ahnung, dass Paparazzi hier so ein Problem sind.«

»Nun ja.« Jameson verspannt sich wieder, und ich spüre, wie seine Rückenmuskulatur unter meiner Hand härter wird. »Zu Hause hat es einige Entwicklungen gegeben.«

Ich rücke von ihm ab. »Was für Entwicklungen?«

Er antwortet nicht und hält stattdessen meine Hand, bis wir das oberste Stockwerk erreichen. Maddox bezieht vor der Tür Stellung, während Jameson mich ins Penthouse führt.

»Was ist los?«, frage ich, sobald die Tür hinter uns ins Schloss fällt.

»Ich habe schon meine Leute darauf angesetzt«, antwortet er, ohne mich damit auch nur im Geringsten zu beruhigen.

Jetzt, da ich nicht mehr dem Pulk von Reportern ausgesetzt bin, die sinnlose Fragen brüllen, fällt mir langsam wieder ein, was sie mich gefragt haben. »Oh, mein Gott! Sie glauben … und …«

»Vielleicht solltest du dich setzen«, schlägt Jameson vor. »Ich bringe dich gleich auf den neuesten Stand.«

»Jetzt sofort.«

»Mach ich, aber zuerst bestelle ich dir etwas zum Frühstück, Herzogin.«

»Oh, meine Brötchen«, erwidere ich und erinnere mich, wie die Tüte zu Boden gefallen ist und anschließend ein Dutzend Leute darauf herumgetrampelt sind. Im Hintergrund bestellt Jameson Kaffee und Saft, Eier und Schinken. Allmählich verliere ich den Überblick. »Geht das jetzt ewig so weiter?«

Ich frage mich, wie lange es wohl dauert, unseren Rückflug zu organisieren.

»Das Flugzeug steht auf Abruf bereit, aber wir brauchen nichts zu überstürzen.« Das bezweifle ich, behalte meine Meinung jedoch für mich. Der neue Skandal, in den wir verwickelt zu sein scheinen, kann warten.

»Darf ich mal dein Handy sehen?«, bittet er mich. Ich gebe es ihm, ohne mir die Mühe zu machen, meine Skepsis zu verbergen.

»Wozu brauchst du es?«

»Du kannst es nach dem Frühstück wiederhaben.«

Er lässt es in seine Tasche gleiten.

»Was ist los, West?«

»Erst essen.« Er lässt sich nicht erweichen.

Der Zimmerservice erscheint schnell wie der Blitz – einer der Vorteile, wenn man hier mit dem Besitzer auftaucht.

Jameson sitzt mir gegenüber, trinkt Kaffee und sagt nichts, während ich mir Essen auf meinen Teller türme.

»Hast du gar keinen Hunger?«, frage ich zwischen zwei Mundvoll Ei.

Er schüttelt den Kopf.

»Ich hätte schwören können, dass du von letzter Nacht noch ganz schön ausgehungert bist.«

Er lacht, doch sein Blick bleibt distanziert.

Als ich meinen letzten Bissen hinuntergeschluckt habe, knalle ich die Gabel auf den Tisch. »Heraus damit.«

»Es steht auf der Titelseite jeder größeren Tageszeitung«, sagt er mit fester Stimme.

»Falls du mich beruhigen willst: *Das* ist der falsche Weg.« Meine Fantasie läuft schon auf Hochtouren. Gibt es Fotos von seinem Heiratsantrag? Oder – bei dem Gedanken muss ich schlucken – von etwas Intimerem? Vielleicht hätten wir vergangene Nacht auf unser Rendezvous auf der Dachterrasse verzichten sollen.

»Das FBI hat Hans verhaftet. Ihm werden mehrere Fälle von sexuellem Missbrauch und sexueller Nötigung sowie der Besitz von Kinderpornografie vorgeworfen.«

Bei diesen Anschuldigungen, insbesondere der letzten, dreht sich mir der Magen um. *Kinderpornografie.* Wenn das stimmt, dann hat er auch Fotos von Becca und vielleicht sogar …

Ich komme gar nicht mehr dazu, den Gedanken zu Ende zu führen, da muss ich schon ins Badezimmer laufen. Jameson folgt mir und kniet an meiner Seite, während ich mein Frühstück herauswürge.

»Vielleicht war das mit dem Essen doch keine so gute Idee«, entschuldigt er sich. »Ich dachte, es wäre besser, wenn du etwas im Magen hast.«

Ich schüttele den Kopf, um ihm zu signalisieren, dass es nicht seine Schuld ist, doch die nächste Runde Erbrechen könnte man auch anders verstehen. Als alles draußen ist, setze ich mich auf die Fersen und wische mir den Mund ab. Ich habe ganz weiche Knie, als mir Jameson auf die Füße hilft. Er versorgt mich mit einer Zahnbürste und einem Glas Wasser.

»Sonst noch was?«, krächze ich mit wunder Kehle.

»Ich habe meine Leute angewiesen, sich die Sache anzusehen, aber ansonsten ist es nur das übliche Zeug.«

»Das übliche Zeug?« Ich ziehe eine Braue hoch. Was Jameson West normal vorkommt, reicht bei allen anderen für die Titelseiten der Revolverblätter.

»Das spielt keine Rolle.«

»Das glaube ich aber schon.« Ich stemme die Hände in die Hüften und weigere mich, ihm ins Schlafzimmer zu folgen.

»Die Presse hat Wind davon bekommen, dass wir beide zusammen hier sind, und es könnte sein, dass sie ihre eigenen Schlussfolgerungen daraus gezogen haben.«

»Was für Schlussfolgerungen?«, frage ich gedehnt und lasse noch einmal die Fragen Revue passieren, die mir die Paparazzi zugebrüllt haben.

»Du kennst doch die *US Weekly*.«

Die *US Weekly* kenne ich tatsächlich. Mein Leben lang habe ich auf die Titelseite geschaut, wenn ich im Supermarkt oder an der Tankstelle in der Schlange stand. Sie war immer mit Skandalen und Neuigkeiten über die Scheidungen von Prominenten zugepflastert, über Hochzeiten, Geburten, Seitensprünge.

»Lass mich raten«, sage ich. »Ich habe nicht nur deinen Vater ermordet, sondern ich bin auch noch von dir schwanger.«

Ich brauche eine Sekunde, um zu realisieren, dass er nicht lacht, weil ich tatsächlich richtig liege.

»Oh, mein Gott, sie behaupten, ich sei schwanger? Wir hatten doch jetzt erst Sex.«

»Das werde ich ihnen ganz bestimmt erzählen«, verspricht

er sarkastisch. »Ich glaube nicht, dass sie sich für die Tatsachen interessieren.«

»Gib mir mein Handy.« Ich strecke die Hand vor.

»Herzogin, das halte ich für keine gute Idee.«

»Gib mir mein Handy, West.« Er rückt es widerwillig heraus.

»Es sind nur Gerüchte. Wir wissen das.« Ich ignoriere ihn und gebe unsere beiden Namen bei Google ein. Schon entdecke ich eine neue Ansammlung von Unverschämtheiten, über die man sich seit einigen Tagen das Maul zerreißt.

»Die glauben, dass wir geheiratet haben?«, rufe ich und scrolle mich durch die Seiten. »Oh, mein Gott, sieht es etwa aus, als hätte ich schon einen Babybauch?« Ich streiche mir mit der Hand über den Bauch und starre auf ein Foto, das auf der Startseite von *TMZ* die Hauptnachricht darstellt.

»Du hast keinen Babybauch. Man nennt das Photoshop.« Jameson entwindet mir sanft das Smartphone, bevor ich auf die nächste Horrorgeschichte stoßen kann.

»Die bringen schon seit Monaten Geschichten über uns.«

»Aber doch nicht solche.« Wo zunächst nur vage Vermutungen waren, schießen inzwischen die wildesten Spekulationen ins Kraut. »Ich sollte meine Mom anrufen, meinen Dad, und ich weiß auch nicht … die *New York Times* vielleicht? Jemand muss das doch richtigstellen.«

»Ich habe bereits Leute darauf angesetzt«, versichert er mir.

»Warum müssen wir dann überhaupt nach Hause zurück?«, frage ich nach einer langen Pause. »Lass uns ans Mittelmeer fliegen. Lass uns durchbrennen.«

Die Wahrheit ist, dass die Gerüchte über das Baby und die

Hochzeit weitaus leichter zu ertragen sind als das, was mit meinem Stiefvater geschieht. Ich bringe es nicht über mich, weitere Fragen zu Hans zu stellen. Ob meine Mutter mit mir darüber reden würde, wenn ich sie jetzt anriefe?

»Moment mal«, sage ich, als es mir allmählich dämmert. »Was weißt du über das, was Hans vorgeworfen wird?«

Falls er bereits Leute darauf angesetzt hat, den Schaden zu begrenzen, muss es schlimm stehen.

»Darüber brauchen wir jetzt nicht zu reden.«

»Oh doch. Jetzt ist ein ziemlich guter Zeitpunkt dafür. Ich habe nichts mehr im Magen.«

»Darum geht es nicht«, mauert er. »Ich brauche erst Gewissheit, bevor …«

»Bevor was?« Ich blicke ihn wütend aus schmalen Augen an. Falls sich Jameson West einbildet, er könnte jetzt noch etwas vor mir geheim halten, irrt er sich gewaltig.

»Ich kann es noch nicht mit absoluter Sicherheit sagen«, meint er, als ich nicht lockerlasse, »aber nach allem, was wir bisher herausgefunden haben, sieht es so aus, als habe deine Mutter ihn beim FBI angezeigt.«

Falls Jameson geglaubt hat, dass ich mich darüber aufregen würde, liegt er falsch.

»Das hat sie getan?«, frage ich wie vom Donner gerührt.

»Es ist noch nicht bestätigt, doch es sieht danach aus.«

Mehr hätte ich mir nicht wünschen können. Zuerst kreuzt mein Vater auf dem Friedhof auf und hat an meinen Geburtstag gedacht. Und jetzt hat meine Mutter ihre selbstsüchtige Angst, bloßgestellt zu werden, abgelegt und das Richtige getan.

»Meine Eltern werden endlich erwachsen«, flüstere ich mit

Tränen in den Augen. Ich musste ihnen bloß zeigen, wie es geht. Jameson erwidert nichts. Er legt mir einfach zwei starke Arme um die Schultern und zieht mich an sich.

So bleiben wir für einen langen Moment stehen und geben einander Kraft. Dann verlassen wir das Hotel. Wir werden auch noch mit anderen Skandalen fertigwerden müssen, es wird noch mehr Fragen und noch mehr Untersuchungen geben, doch diesmal können wir uns diesen Problemen wenigstens gemeinsam stellen. Ein beruhigender Gedanke.

Jamesons Smartphone vibriert in seiner Tasche. »Entschuldige bitte, Herzogin.« Er gibt mir einen flüchtigen Kuss, bevor er den Anruf annimmt. Er schweigt dermaßen lange, dass ich mich schon frage, ob am anderen Ende überhaupt jemand ist, doch an seinem leeren Gesichtsausdruck erkenne ich, dass er zuhört.

»Ich verstehe. Ich kann dir versichern, dass das nicht der Fall ist«, sagt er mit knappen Worten. »Selbstverständlich, wir melden uns bei dir.«

»Was war das denn?«, erkundige ich mich, als er das Handy wieder in die Tasche steckt.

»Zeit zu packen. Wir sollen zu einem Familientreffen kommen.«

Kapitel dreizehn

Meine Hoffnung, das erste Mal in einem Flugzeug Sex zu haben, wird durch die ständigen Anrufe zunichtegemacht, die Jameson während unseres Rückflugs nach Las Vegas entgegennimmt. Vermutlich ist es besser so, ich bin noch immer wie betäubt, und der Schock sitzt mir in allen Gliedern.

Die gesamte Kabine des Privatjets der Wests hat sich in ein Miniatur-Krisenzentrum verwandelt. Der Zeitschriftenstapel, der auf dem Tisch für uns bereitlag, als wir an Bord gingen, ist jetzt quer über den Raum verteilt. Jede der Schlagzeilen wirft ein neues Licht auf die Situation, die uns zu Hause erwartet, und die Aussicht ist recht trostlos. Nicht nur, dass die Anschuldigungen gegen Hans so widerwärtig sind wie erwartet, die Reporter geben sich auch alle Mühe, sämtliche Skandale des Sommers miteinander zu einer einzigen großen Story zu verweben.

Der Mord an Nathaniel West hat nichts mit Hans von Essen zu tun, doch die Tatsache, dass mein ehemaliger Stiefvater vorhatte, einen Film über dessen Tod zu drehen, hat die Journalisten zu bizarren Schlussfolgerungen verleitet. Vielleicht hätte man beide Ereignisse gar nicht in Verbindung gebracht, gäbe es nicht eine Figur, die in beiden Geschichten eine Rolle spielt: ich.

Die Artikel und Kommentare der seriöseren Zeitungen sind noch harmlos. Aber sämtliche Klatschmagazine stürzen sich wie die Geier darauf und verwandeln die Situation in einen Albtraum. Als ich sagte, die Klatschblätter würden melden, ich hätte Nathaniel West ermordet und erwartete ein Baby von Jameson West, war das ein Scherz. Anscheinend habe ich ein Händchen für kreativen Journalismus, doch die Märchen, die sich die Klatschblätter über Verrat und fehlgeleitete Familienloyalität aus den Fingern saugen, übersteigen meine Vorstellungskraft bei Weitem.

Jameson telefoniert schon wieder; ich nehme mir heimlich eines der Klatschblätter vom Tisch und fange an, die Titelgeschichte zu lesen.

In Belle Mère, Nevada – Las Vegas' exklusivstem Wohnbezirk – begann der Sommer mit einem Mord. Ein Kriminalfall, der die gesamte Nation erschütterte. Der Immobilientycoon Nathaniel West wurde ermordet in seinem Penthouse auf dem West Casino and Resort aufgefunden. Man entdeckte ihn, nachdem seine Tochter, das ehemalige Reality-

TV-Sternchen Monroe West, zum Ende des Schuljahres eine Party für ihre Klassenkameraden von der Belle Mère Prep schmiss.

Damit ist die bizarre Geschichte noch nicht zu Ende. Erste Ermittlungen scheinen sich gegen Nathaniel Wests Sohn, den Erben des West'schen Immobilienimperiums, zu richten. Doch welcher junge Milliardär würde sich selbst die Hände schmutzig machen? Aus Ermittlerkreisen verlautet, dass Emma Southerly, eine Freundin von Wests Schwester und ein Partygast in jener verhängnisvollen Nacht, Jameson hörig ist und einwilligte, seine Pläne zur Ermordung Nathaniels in die Tat umzusetzen.

Was springt für sie dabei heraus? Kürzlich aufgenommene Fotos lassen vermuten, dass Jameson West mehr von ihr bekommt als nur ein Alibi. Ist das ein Babybauch, den wir dort sehen? Die beiden wurden dieses Wochenende beim Herumturteln in einem New Yorker Imbiss gesehen. Einer Freundin Southerlys zufolge war das Pärchen nach New York geflogen, um von dort aus heimlich durchzubrennen. Hat Emma Southerly Jameson West den Kopf verdreht, oder handelt es sich dabei um den Versuch, dem Kind ihrer Liebe seinen zukünftigen Anspruch auf das Vermögen der Wests zu sichern?

Jameson West sollte allerdings auf der Hut sein, wenn es um Miss Southerly geht. Einem Freund des Pärchens zufolge hat die achtzehnjährige Oberstufenschülerin erhebliche Probleme mit ihrem leiblichen Vater und ihrem Stiefvater. Es ist nicht auszuschließen, dass auch sie eines der vielen Opfer ihres Stiefvaters Hans von Essen ist.

Falls die beiden noch nicht wissen sollten, wo sie ihre Flitterwochen verbringen, können wir nur dazu raten, einen Besuch bei der Paartherapie einzuplanen.

* * *

Als ich das Ende der Seite erreiche, wallt ein seltsames Gefühl in mir auf. Ein paar Sekunden später fange ich an zu lachen. Jameson kehrt in die Hauptkabine zurück und mustert mich besorgt, während er sein Telefonat beendet.

»Das glaubt doch kein Mensch«, erklärt er, nimmt mir das Heft aus der Hand und wirft es mit großer Geste in den nächsten Papierkorb.

»Die Leute werden es glauben«, erwidere ich. »Solche Geschichten über mich werden sie immer für wahr halten. Schließlich bin ich nur auf dein Geld aus und will dich mir deshalb angeln.«

Ich sehe, wie Jameson den Kiefer anspannt. »Wenn das so ist, ist das wohl auch die Antwort, auf die ich gewartet habe.«

Ich brauche eine Minute, bis ich begreife, dass er damit auf seinen Antrag anspielt. Die Klatschblätter mögen mir meine Würde genommen haben, aber meine Freiheit lasse ich mir von ihnen nicht nehmen. Ich schüttele den Kopf. »Ich mache keine lebenswichtigen Entscheidungen von irgendwelchen Zeitschriften abhängig. Aber du hast recht. Ich habe mich entschieden.«

»Und?«, fragt er mit zusammengebissenen Zähnen.

»Nein«, sage ich sanft. Er will sich gerade abwenden, da füge ich hinzu: »Und ja.«

»Das ist keine Antwort, Herzogin«, warnt er mich in kühlem Ton.

»Lass es mich erklären.« Ich stehe genau in dem Moment auf, als unser Flugzeug von ein paar Turbulenzen geschüttelt wird, und werde nach vorne geschleudert.

Jameson fängt mich auf. Ich hätte mich nicht gewundert, wenn er es nicht getan hätte, so kühl und distanziert, wie er sich mir gegenüber gibt.

»Nicht jetzt. Aber in fünf Jahren, wenn ich mit der Uni fertig bin oder wenn meinem ersten Antrag auf Bewährung stattgegeben wurde« – so wie es gerade läuft, scheint weder das eine noch das andere ausgeschlossen zu sein –, »dann ja, dann werde ich dich heiraten … wenn du mich dann noch willst.«

»Ich werde dich immer wollen.« Sein Versprechen raubt mir den Atem. Er sagt es mit einer solchen Bestimmtheit, dass nicht einmal ich daran zweifle.

»Aber ich werde dich nicht heiraten, um ein Alibi abzusichern oder um zu verhindern, dass du gegen mich aussagen musst.« In diesem Punkt will ich ganz klar sein, zumal wir uns zu Hause sofort in die Schlacht stürzen müssen.

»Das sind nicht die Gründe, warum ich will, dass du mich heiratest. Ich will, dass du mich heiratest, weil du mich liebst«, sagt er energisch. »Dass ich dir einen Antrag gemacht habe, ist nicht Teil einer Strategie. Ich habe dich gefragt, weil du mir weggelaufen bist, und ich dachte, ich hätte dich verloren. Ich will dich nie wieder verlieren.«

»Das wirst du auch nicht. Aber du brauchst mich nicht zu heiraten, um mich vom Davonlaufen abzuhalten.«

»Du bist schon einmal weggelaufen«, erinnert er mich. Sein Ton klingt vorwurfsvoll.

»Da hatte ich einen Grund.«

»Es gibt keinen Grund, von mir wegzulaufen, Herzogin«, knurrt er. Ich möchte ihn darauf hinweisen, dass er sich in diesem Punkt täuscht, oder dass ich das zumindest dachte. »Versprich mir, dass du nicht wieder wegläufst.«

»Ich werde nicht wieder weglaufen«, gelobe ich und blicke ihm tief in die Augen. Besitzergreifend schlingt er die Arme um meine Taille.

»Was spielt es für eine Rolle, ob wir jung heiraten?«

»Du lässt einfach nicht locker, oder, West?« Ich stelle mich auf die Zehenspitzen und küsse ihn sanft auf die Lippen.

»Das war keine Antwort.« Doch bevor wir dazu kommen, weiter über unsere Beziehung zu philosophieren, klingelt erneut sein Handy.

»Na, geh schon ran«, dränge ich. »Ich werde noch hier sein, wenn du zurückkommst.«

Er zögert so lange, bis sich die Mailbox einschaltet.

»Nur noch eines.« Er lässt mich los und zieht etwas aus seiner Tasche.

»Du hast praktisch Ja gesagt, Herzogin«, sagt er und lässt das Etui aufschnappen.

»Hör mal«, sage ich und entziehe mich ihm. »Deine Mom hat verlangt, dass wir nach Hause kommen. Bestimmt möchte sie sich vergewissern, dass wir nicht nach New York geflogen sind, um durchzubrennen. Ich will nicht, dass sie meinetwegen einen Herzinfarkt bekommt.«

»Eins kannst du mir glauben. Meine Mutter hat schon

weitaus schlimmere Schocks als diesen überstanden.« Er ignoriert meinen Protest und streift mir den Diamanten im Platinreif über den Ringfinger.

»Die Klatschblätter werden sich darüber das Maul zerreißen«, warne ich.

»Lass sie doch.« Und zum ersten Mal am heutigen Tag erhellt ein breites, herzliches Grinsen sein attraktives Gesicht. »Die ganze Welt soll wissen, dass du zu mir gehörst.«

»Ich gehöre zu dir? Die halten mich für eine blutrünstige, psychopathische, geldgierige Schlampe, die sich einen reichen Mann angeln will. Ich glaube, die Welt wird eher davon ausgehen, dass du jetzt zu mir gehörst.«

Sein Lachen vertreibt alle Spannung, die in der Luft lag. »Dann sollen sie wissen, dass du *meine* psychopathische Heiratsschwindlerin bist.«

Kapitel vierzehn

Monroes Fingernägel klicken auf der polierten Mahagoniplatte des Esszimmertisches. Es war schlimm genug, im Kreuzfeuer der Reporterteams zu stehen, die mich im Auftrag der Klatschblätter verfolgen, aber das hier ist unerträglich.

»Er wird jeden Moment zurück sein«, entschuldige ich Jameson bestimmt schon zum zehnten Mal. Ich werde heute Abend ein ernstes Wörtchen mit ihm darüber reden müssen, dass er mich mitten in einer Krisensituation der Gnade seiner Mutter und seiner Schwester ausliefert. Vielleicht ist es ungerecht, schließlich hängt er in diesem Moment vermutlich am Telefon und versucht, die Situation zu retten, doch seine Abwesenheit gibt ihnen nur mehr Zeit, ihre Krallen zu schärfen.

Monroe sitzt mir am Tisch gegenüber und streicht sich mit der Zunge über die Zähne.

Sie wird dich bei lebendigem Leibe verschlingen, warnt mich eine leise Stimme in meinem Hinterkopf. Als ob ich das nicht längst wüsste.

Evelyn, Jamesons Mutter, hüllt sich seit unserer Ankunft in unheimliches Schweigen. Normalerweise ist sie das warmherzigste Familienmitglied, und sie hat sich immer bemüht, mir das Gefühl zu geben, willkommen zu sein – trotz der Umstände, unter denen Jameson und ich uns kennengelernt haben. Heute scheint sie sich mit ihrem Verhalten jedoch ein Beispiel an ihrem Sohn nehmen zu wollen und verbirgt ihre Gedanken und Gefühle.

Sie sitzt am Kopf der Tafel, und die schwarze Seidenbluse bildet einen deutlichen Kontrast zum Cremeweiß ihres Halses. Eine Perlenkette liegt auf ihrem Schlüsselbein. Ihrer äußeren Erscheinung nach zu urteilen ist sie in Trauer. Doch so, wie ich die West-Familie inzwischen einschätze, hat die Trauer, die sie zur Schau stellt, vermutlich weniger mit dem Verlust eines Menschen als mit dem Verlust von Vermögen zu tun. Ich glaube, mir steht eine Lehrstunde bevor.

»Mutter. Monroe.« Jameson begrüßt seine Familie, als er ins Esszimmer kommt. Es scheint eine Ewigkeit her zu sein, seit wir beide hier in seinem Haus am Mount Charleston waren. Ist das wirklich erst ein paar Tage her? Aus dem Jungen, der mich noch vor wenigen Monaten mit hierhergenommen hat, ist jetzt ein Mann in weißem Oberhemd und Anzughose geworden, der die Ärmel bis zu den Ellenbogen aufgerollt und den Schlips um den Hals gelockert hat. Ich vermisse das T-Shirt und die Jeans. Ich vermisse den Picknickkorb und die Sandwiches mit grober Erdnussbutter, doch am meisten bedaure ich, dass er all das aufgegeben hat, um mich zu beschützen.

Monroe räuspert sich. »Können wir bald anfangen? Ich habe heute Abend noch etwas vor.«

Ich werfe ihr einen Blick zu, der sagt, dass ich mir schon denken kann, was für Pläne das sind, doch sie inspiziert mit gewohnter Gleichgültigkeit ihre Fingernägel.

»Natürlich – jetzt sind wir alle beisammen«, sagt Evelyn West in beschwichtigendem Tonfall. Jameson nimmt am gegenüberliegenden Ende des Tisches Platz, und die Spannung zwischen den beiden ist deutlich spürbar. Auf der einen Seite sitzt eine Mutter, die sich immer noch von dem Mord an seinem Vater erholt. Sie ist jetzt allein mit zwei Kindern, die beide auf der Überholspur ins Erwachsenenleben unterwegs sind. Auf der anderen Seite sitzt ihr Sohn, der durch den Ausfall seines Vaters an die Macht gelangt ist. Ich bin froh, dass ich nicht darum kämpfen muss, dass einer von beiden die Oberhand gewinnt, aber zwischen den Fronten zu stehen ist mir ziemlich unangenehm.

»In Ordnung. Ihr habt um dieses Treffen gebeten«, beginnt Jameson.

»Es tut uns wirklich leid, euch in eurem kleinen Urlaub in New York zu stören«, höhnt Monroe, »aber ihr habt das reinste Chaos hinterlassen.«

Ich klammere mich am Tischrand fest und versuche, halbwegs die Fassung zu bewahren. Das ist einfacher, als es klingt, schließlich bestand meine Beziehung zu Monroe in den letzten drei Jahren vor allem daraus, dass wir uns hinter dem Rücken der Lehrer gegenseitig den Mittelfinger zeigten.

»Monroe«, ruft ihre Mutter sie energisch zur Ordnung.

»Ich habe uns hier zusammengerufen, weil gewisse Probleme uns alle betreffen.«

»Ich verstehe nicht, wieso das, was ihr Stiefvater getan hat…«

Ich bin fast schon von meinem Stuhl aufgesprungen, als Jameson ihr ins Wort fährt. »Halt den Mund, Monroe.«

»So darfst du nicht mit mir reden.«

»Ich wüsste nicht, womit du dir etwas anderes verdient hättest«, knurrt er.

»Wollt ihr wohl still sein! Alle beide!« Evelyn schlägt mit der Faust auf den Tisch. »Eure Namen wurden nicht einmal halb so schlimm durch den Dreck gezogen wie der der armen Emma, und sie zettelt trotzdem keinen Streit an.«

Ich sinke tiefer in meinen Stuhl und bin froh, dass ihr entgangen ist, wie knapp ich davor war, über den Tisch zu hechten und Monroe an die Gurgel zu gehen. Jameson steckt den Tadel ein, strafft die Schultern und erwidert trotzig den Blick seiner Mutter.

»Ist das hier ein Familientreffen, oder wird es eine Standpauke?«

»Es scheint, als ob du beides gut gebrauchen könntest, mein Sohn.«

Die beiden lassen einander nicht aus den Augen, was Monroe und mich zumindest partiell zu Gleichgesinnten macht, denn beide beobachten wir sie beunruhigt.

Ich hätte nicht damit gerechnet, dass es zwischen den beiden zu einem Machtkampf kommt. Andererseits habe ich sowieso nicht damit gerechnet, jemals in eine Situation wie diese zu geraten.

»Ich habe dieses Treffen einberufen, um ein paar wichtige Punkte klarzustellen«, erklärt seine Mutter.

»Aber warum ist sie dann hier?«, fragt Monroe.

»Weil sie ein Teil dieser Familie ist«, teilt Jameson ihr in knappen Worten mit. Unterdessen drehe ich den Verlobungsring herum – Jameson besteht darauf, dass ich ihn trage –, um den Diamanten zu verstecken, und werfe einen verstohlenen Blick auf die Hände in meinem Schoß. Vielleicht sollte ich ihn besser an der anderen Hand tragen. An dieser hat er etwas Provozierendes.

»Dann stimmt es also?«, will Monroe wissen. »Versteckt sie deshalb den Klunker, mit dem sie hier aufgekreuzt ist? Du brauchst ihn nicht unter dem Tisch zu verstecken. Hier machst du keinem etwas vor.«

Meinen Plan kann ich mir also abschminken. Immerhin Evelyn ist so nett und hält den Blick auf ihren Sohn gerichtet.

»Selbstverständlich ist Emma als Mitglied unserer Familie willkommen. Du hast deine Gefühle ihr gegenüber deutlich zum Ausdruck gebracht, und ich respektiere das. Trotzdem wüsste ich gern, ob Gratulationen angebracht sind.«

Ich laufe so rot an wie ein Liebesapfel und will gerade den Mund aufmachen, als Jameson mir zuvorkommt.

»Glaubst du alles, was du im Internet liest, Mutter?«, fragt er herablassend.

»Nein, das tue ich nicht.« Sie faltet die Hände vor sich auf dem Tisch. »Doch wie deine Schwester bereits bemerkt und mir die Buchhaltung bestätigt hat, trägt deine Freundin einen hinreißenden Verlobungsring für eine Million.«

»Heiliger Strohsack«, platzt es aus mir heraus. Ich dachte

mir zwar, dass der Ring ein kleines Vermögen wert ist, aber doch kein so großes.«

»Jetzt tu doch nicht auf einmal so bescheiden, du wolltest doch einen reichen Kerl«, zickt Monroe.

»Ich lasse nicht zu, dass du so mit ihr redest«, erwidert ihre Mutter, und Jameson springt vom Stuhl auf.

»Das geht euch alles gar nichts an.«

»Ganz im Gegenteil.« Evelyn bedeutet ihm, sich wieder zu setzen. »Angesichts der Bedenken, die mir Agent Mackey und das FBI dargelegt haben, und der Spekulationen in den Medien geht mich das sehr wohl etwas an.«

»Ich habe diese Probleme schon in Angriff genommen«, stößt er mit zusammengebissenen Zähnen hervor.

»Ich bin nicht hergekommen, um mich an einer Vertuschungsaktion zu beteiligen«, wirft Monroe ein.

»Vielleicht sollte ich lieber gehen«, sage ich nervös. Die West-Familie hat auch ohne mich schon genug Probleme am Hals.

»Blödsinn, es betrifft auch dich. Ich will einfach nur wissen, ob ihr beide verheiratet seid.«

»Nein«, schreie ich laut und übertöne Jamesons gefasstere Antwort. Ihm mag egal sein, was seine Mutter von mir hält, mir aber nicht. »Und wir werden auch nicht heiraten.«

»Dann ist das nur ein Platzhalter?«, fragt Monroe.

»Ich habe ihm gesagt, dass er warten muss. Ich werde ihn nicht heiraten, um das FBI zum Rückzug zu bewegen, und auch nicht, um einen Skandal zu vermeiden. Ich habe ihm gesagt, dass ich ihn in ein paar Jahren heiraten werde, falls wir dann immer noch heiraten möchten.«

»Das klingt sehr vernünftig.« Evelyns Mundwinkel zucken, doch sie behält ihr Lächeln für sich. »Ich bin froh, dass einer von euch klar denkt.«

»Ich bin alt genug zum Heiraten«, erinnert Jameson seine Mutter.

»Ja«, gibt sie zu, »deine Freundin aber nicht. Ich bin froh, dass du endlich jemanden gefunden hast, der dich auf den Boden der Tatsachen bringt. Gott weiß, dass mir das nie gelungen ist.«

»Gut, dann ist das jetzt also geklärt.« Jamesons Stimme klingt kühl und verrät weder die Verlegenheit, die ich empfinde, noch die Amüsiertheit, die seine Mutter zu verbergen versucht. »Wir sollten gehen.«

»Jetzt werde nicht albern. Es gibt noch andere Dinge zu bedenken.«

»Ich bin nicht schwanger«, melde ich mich zu Wort, weil ich nicht weiß, ob sie sich nicht auch über diese Art von Schlagzeilen Gedanken macht.

»Davon bin ich auch nicht ausgegangen, schließlich hatten Jameson und ich eine Vereinbarung.« Sie wirft Jameson einen scharfen Blick zu. »Es wäre ziemlich wundersam, wenn du es wärst. Jetzt bist du natürlich achtzehn, trotzdem möchte ich dich bitten, noch ein paar Jahre zu warten, bevor du mich zur Großmutter machst.«

Ich erröte aufs Neue. Sie weiß genau, warum er mit mir nach New York geflogen ist.

»Ich finde, wir sollten noch über andere Probleme sprechen, insbesondere über die Anschuldigungen, die gegen deinen Vater erhoben werden.«

»Stiefvater«, korrigiere ich sie. Auf der anderen Seite des Tisches rollt Monroe mit den Augen. Mir ist es völlig egal, ob das für sie nur ein unbedeutender Unterschied ist, denn für mich ist er gewaltig.

»Stiefvater«, lässt sich Evelyn von mir belehren. »Ich habe ein paar Fragen an dich.«

Ich muss schlucken und spüre, wie sich in meinem Hals ein Kloß bildet. »Natürlich.«

»Du musst nicht darüber reden, es sei denn, du möchtest es, Herzogin«, ruft Jameson vom anderen Ende des Tisches, doch ich hebe abwehrend die Hand.

»Ich möchte aber. Schließlich ist das hier ein Familientreffen, und anscheinend bin ich offiziell eine West, ob verheiratet oder nicht.«

»Ein paar meiner Fragen könnten dir recht nahegehen«, warnt sie mich, und ich nicke. »Erstens würden sich unsere Anwälte, wenn du einen Moment Zeit hast, gern mit dir über das Filmprojekt unterhalten, mit dem dein Stiefvater beschäftigt war und bei dem es um meinen verstorbenen Ehemann geht.«

»Ich werde Ihnen alles erzählen, was ich darüber weiß«, verspreche ich. *Was nicht viel ist,* füge ich im Stillen hinzu.

»Zweitens hat uns Monroe etwas zu sagen.« Evelyn richtet ihre Aufmerksamkeit auf ihre Tochter.

»Ich habe feststellen müssen, dass ich es einer Schlange erlaubt habe, der Familie allzu nahezukommen. Jetzt hat sie zugeschlagen«, sagt Monroe daraufhin.

»Sprich nicht in Rätseln«, verlangt Jameson.

»Sabine«, erläutert Monroe. »Anscheinend war sie mächtig

in Levi verknallt. Die beiden haben sich seit ein paar Wochen hinter meinem Rücken getroffen.«

»Herrje, Monroe«, stößt Jameson hervor und rauft sich die Haare. Mir braucht sie nicht mehr zu erzählen. Ich weiß genau, was das heißt. Sabine ist stets Monroes rechte Hand und Mitwisserin gewesen, was bedeutet, dass sie mehr über all das weiß, was sich hinter den Türen der Wests zuträgt, als jeder andere, der nicht an diesem Tisch sitzt.

»Ich bitte deshalb um Verzeihung«, fährt Monroe fort. »Ich werde meine Freunde in Zukunft sorgfältiger auswählen.«

Sorgfältiger? Das klingt eher so, als würde sie gerade den Aufnahmetest für die Uni ablegen, aber nicht nach einer Entschuldigung. Doch ich halte die Klappe. Sabine mochte wie ein loyales Schoßhündchen gewirkt haben, doch ihre Freundschaft basierte immer auf Furcht und Kontrolle. Keiner von uns sollte überrascht sein, dass sie die erstbeste Gelegenheit genutzt hat, um Monroe in den Rücken zu fallen. Ungerührt, wie sie sich gibt, scheint Monroe fast ein wenig stolz darauf zu sein.

»Somit wäre das geklärt.« Evelyn dreht sich zu mir um. »Jetzt möchte ich gerne wissen, ob die Vorwürfe zutreffen, dass dich dein Stiefvater belästigt hat.«

»Mutter, das geht dich nichts an«, unterbricht sie Jameson.

»Du hast deine Absichten, was Emma betrifft, deutlich zum Ausdruck gebracht.«

»Willst du sie unbedingt bloßstellen?«, fragt er.

Sie wirft ihm einen Blick zu, der vermutlich Eisen zum Schmelzen bringen könnte. »Bloßstellen? So denkst du also von mir? Ich stehe absolut hinter deiner Freundin, finanziell und emotional.«

»Verlobte«, verbessert er sie, und ich zucke zusammen.

»Du solltest ihr noch Zeit lassen, sich an den Gedanken zu gewöhnen«, schlägt seine Mutter vor. »Ich frage sie aus einem bestimmten Grund, denn wenn es wahr ist, würde ich ihr gerne einen Therapeuten besorgen.«

»Ich glaube, nicht«, fange ich an.

»Das ist nicht deine Aufgabe«, geht Jameson dazwischen.

»Du möchtest diese Frau zu meiner Schwiegertochter machen«, führt sie aus, »und deshalb behandele ich sie so, wie ich meine eigene Tochter behandeln würde. Falls Monroe in so einer Situation wäre, würde ich sie beknien, dasselbe zu tun.«

Ich muss unweigerlich zu Monroe blicken. Hätte Evelyn West auch nur die leiseste Ahnung, wie es bei ihr aussieht, würden wir jetzt ein ganz anderes Gespräch führen. Monroes gespielte Gleichgültigkeit ist dahin, und ich sehe die Angst in ihren Augen. Sie weiß, dass ich sie auffliegen lassen kann, und ich hätte gute Gründe dafür. Insbesondere, nachdem ich erfahren habe, wie sie Jonas jahrelang ausgenutzt hat. Doch dies ist ein Familientreffen, und wenn Evelyn West vorhat, mich wie eine Tochter zu behandeln, muss ich Monroe wie meine Schwester behandeln.

»Ich glaube nicht, dass das nötig ist«, erkläre ich Jamesons Mutter. »Denn er hat mich nicht belästigt.«

Sie atmet tief aus. Eines Tages wird sie die Einzelheiten erfahren – dass Hans von Essen meine Schwester vergewaltigt hat –, doch fürs Erste braucht sie nicht zu wissen, dass ihm sein Verhalten mir gegenüber letzten Endes das Genick gebrochen hat. Nein, um mich braucht sich Evelyn West keine

Sorgen zu machen. Hans von Essen hat mich nicht kleingekriegt.

Ich habe ihn vernichtet.

Nachdem der emotionale Teil abgehakt ist, kommt sie zum geschäftlichen. »Es versteht sich von selbst, dass unsere Anwälte und die Abteilung für Öffentlichkeitsarbeit die Dinge im Auge behalten. Sie stehen dir zur Verfügung, falls du sie brauchst, um mit den Behörden oder mit der Presse umzugehen.«

»Natürlich.« Bei der Vorstellung muss ich schlucken. Wird mein ganzes Leben so sein, wenn ich ein Mitglied dieser sehr speziellen Familie werde? Familientreffen und Strategiesitzungen, die alle nur das Ziel haben zu kontrollieren, wie uns die Welt sieht? Der Gedanke raubt mir den Atem.

»Jameson, könnte ich eine Minute mit dir allein reden?«, fragt seine Mutter. Die beiden gehen ins Arbeitszimmer auf der gegenüberliegenden Seite des Flurs und lassen Monroe und mich allein zurück.

»Du hast mich nicht bloßgestellt«, sagt sie.

»Ich hielt es für unangemessen, weil …« Ich führe meinen Satz nicht zu Ende, weil ich es nicht über mich bringe, es auszusprechen.

»Weil du jetzt eine West bist?«, beendet sie den Satz für mich.

»Glaub schon«, sage ich achselzuckend und hoffe, dabei unbeeindruckt zu wirken, obwohl sich mein Herzschlag beschleunigt.

»Was denkst du wohl, warum ich dir geraten habe, den Sommer über hierzubleiben?«, fragt Monroe. »Du musst noch eine Menge über diese Familie lernen.«

Ich blicke zu den Türen des Arbeitszimmers hinüber, die sich hinter Mutter und Sohn geschlossen haben. »Was du nicht sagst.«

»Nur um das klarzustellen: Wir sind jetzt nicht die besten Freundinnen oder so was«, erklärt Monroe.

»Einverstanden. Wenn du mir versprichst, dass du nicht vorhast, mir bei der nächsten Gelegenheit in den Rücken zu fallen.«

»Glaubst du etwa, ich würde meinen Freunden nicht in den Rücken fallen?« Sie lacht, als sei der Gedanke, sie könnte loyal sein, völlig abwegig.

»Du meintest mir beibringen zu müssen, wie man sich als eine West benimmt, weißt du noch?«, frage ich sie. »Mir scheint, es ist an der Zeit, dass ich dir beibringe, wie man sich als anständiger Mensch benimmt.«

»Der Zug ist abgefahren, kein Interesse.« Falls ich sie getroffen habe, lässt sie es sich jedenfalls nicht anmerken. »Aber du kannst beruhigt sein: Als ein Mitglied meiner Familie kommst du besser weg, als wenn du meine Freundin wärst.«

Ich ziehe die Braue hoch. »Wieso das?«

»Weil man in dieser Familie füreinander einsteht. *Ganz egal, was passiert.*«

»Dann bin ich jetzt also eine von euch?«

»Du hättest mich an meine Mutter verpetzen können. Du hättest ihr auftischen können, was du weißt. Irgendwann wird sie es natürlich sowieso erfahren. Das ist bei dem, was ich vorhabe, unvermeidlich. Doch damit hättest du weder bei ihr noch bei mir Pluspunkte gesammelt. Mit deiner Loyalität hast du dich als eine West erwiesen.«

»Ich weiß noch nicht mal, was das eigentlich bedeutet«, räume ich ein.

»Es bedeutet, dass du ein Geheimnis für dich behalten kannst, und es heißt auch, dass du für uns einstehen wirst, *ganz egal, was du weißt.*«

Kapitel fünfzehn

Dass mein Freund Erbe eines Immobilientycoons ist, schien noch nie wichtiger zu sein als in diesem Moment, in dem Jameson die Tür zu einer Penthouse-Suite aufschließt, die sich in einem Gebäude abseits vom Strip befindet. Die Vorstellung, nirgendwo mehr hingehen zu können, ohne vielleicht erkannt zu werden, schlägt mir schwer auf den Magen, und ich brauche etwas Abstand von den übrigen Wests. Wenn ich gedacht habe, als Hauptverdächtige in einem Mordprozess zu gelten, sei die schlimmste Erinnerung an diese Sommerferien, weiß ich jetzt, dass ich mich geirrt habe.

Als wäre es nicht genug, dass ich damit rechnen muss, von meinen Eltern und Freunden mit unzähligen Fragen bestürmt zu werden, hat Jameson kein einziges Wort mehr mit mir gewechselt, seit wir Mount Charleston verlassen haben. Was er mit seiner Mutter unter vier Augen besprochen hat, steht zwischen uns.

»Hier ist es schön«, bemerke ich höflich, doch er zuckt nur die Schultern. Das Resort, zu dem er uns gebracht hat, ist eine jener Luxusherbergen, die vorgeben, eine Zuflucht vor dem gleißenden Neonlicht und der Geschäftemacherei in Las Vegas zu bieten. Während Jameson Hände schüttelt und sich beim Management beliebt macht, finde ich heraus, dass es sich um Teilzeit-Appartements für Spielsüchtige handelt, die zumindest schlau genug sind, für ein paar Meilen Abstand zwischen ihren Geldbörsen und den Spieltischen zu sorgen.

Die Suite ist in Beigetönen gehalten – perfekt für jeden, der sich hier eine Woche zu Hause fühlen möchte. Es ist unscheinbarer und längst nicht so stylisch wie die anderen West Resorts, die ich gesehen habe, dennoch glänzt die Ledercouch, und die Kissen auf dem riesigen Bett sind aufgeschüttelt.

Ich mustere das Zimmer und realisiere, dass mir in dem Kalten Krieg, den wir beide miteinander austragen, noch eine Waffe bleibt. Als ich mir das Sommerkleid über den Kopf ziehe und Jamesons Reaktion bemerke, wird mir klar, dass ich mich glücklich preisen kann, eine Frau zu sein. Weil die Rückenpartie meines Kleids so tief ausgeschnitten ist und die Träger so schmal sind, kann ich unmöglich einen BH darunter tragen. Ja, ich weiß, es ist absolut unfair, meinen Körper zu benutzen, nur damit mein Freund mit mir redet, und dass ich die Sache der Frauen damit um hundert Jahre zurückwerfe, aber ich war noch nie so glücklich darüber, Brüste zu haben.

»Das wird nicht funktionieren, Herzogin«, ruft er aus dem Wohnzimmer herüber, als ich mich aufs Bett fallen lasse.

Ich werfe mich kunstvoll in Pose, wie das Girl in »Titanic«, und antworte: »Ich kann dich nicht verstehen. Komm näher.«

»Ich habe gesagt, du bist unmöglich«, knurrt er, als er ins Schlafzimmer kommt. Doch auch sein gereizter Tonfall kann nicht verbergen, wie sein Blick an mir klebt.

»Warum hast du so große Augen, Mr. West?«

»Mir ist nicht nach Scherzen zumute.« Er nimmt einen der Bademäntel, die hinter der Tür hängen, und wirft ihn mir hin.

Ärgerlich streife ich ihn über. Wohl doch nicht so wirksam, die Waffen einer Frau. »Mir auch nicht, aber wenn ich dich so zum Reden bekomme, werde ich tun, was nötig ist.«

»Warum versuchst du dann nicht, mit mir zu reden?«, schlägt er vor.

Auf die Idee war ich gar nicht gekommen, doch so einfach lässt sich mein angeschlagenes Ego nicht abspeisen. »Ich habe ja mit dir geredet.«

»Small Talk über die Inneneinrichtung ist kein heißer Gesprächsaufhänger.« Falls er es darauf anlegt, meine Wut noch anzuheizen, leistet er ganze Arbeit. »Ich will mich nicht mit dir streiten«, sagt er mit sanfter Stimme.

»Deine Mom ist sauer, stimmt's?«, rate ich. Als er nickt, wünschte ich, es würde sich vor mir ein Loch im Boden auftun und mich bei lebendigem Leib verschlingen.

»Nicht deinetwegen«, klärt er mich auf, als er meinen Gesichtsausdruck bemerkt.

»Wenn sie böse auf dich ist, dann meinetwegen.«

Er versucht gar nicht erst, meiner Vermutung zu widersprechen. »Ich wusste, dass wir für unsere Verlobung unter Beschuss geraten würden. Das geht vorüber.«

»Vielleicht sollte ich lieber nicht …« Ich schiebe den Ring, den er mir geschenkt hat, bis zum Knöchel, doch er kommt zu mir und schiebt ihn wieder zurück auf den Finger.

»Das ist dein Geburtstagsgeschenk«, erinnert er mich.

»Es ist weitaus mehr als ein Geburtstagsgeschenk.« Ich betrachte den Ring und frage mich, wie es möglich ist, dass so ein kleines Teil so viel bedeuten kann. Dann fällt mir der Preis wieder ein und Monroes verächtlicher Blick, als sie mich geldgierig nannte. »Ich brauche keinen Ring. Eigentlich bin ich gar nicht der Typ für Schmuck.«

Ich erwähne nicht, dass jedes Mädchen, das ich kenne, auf Diamanten steht, selbst wenn es vorher nie mehr als nur ein Freundschaftsbändchen besessen hat.

»Herzogin, ich möchte, dass du ihn trägst.« Er beugt sich über das Bett und hebt mein Kinn mit dem Finger an. »Es ist mir wichtig, und weil du mich jetzt noch nicht heiraten willst, könnten wir es einen Kompromiss nennen.«

Ich sehe ihn aus schmalen Augen an. Er kämpft nicht mit fairen Mitteln. Wie soll ich Nein sagen, wenn diese silbergrauen Augen mich ansehen? Es ist noch nicht einmal eine Diskussion. »Ich dachte, wir nennen es ein Geschenk.«

Jameson lacht, lässt die Hand unter den Kragen meines Bademantels gleiten und schiebt ihn mir zärtlich von der Schulter. Ich lasse die Ärmel hinuntergleiten, und der Stoff fließt um meine Hüften. Unsere Blicke halten aneinander fest, auch wenn sein Kiefer mahlt. »Seit ich ihn gekauft habe,

habe ich davon geträumt, dass du diesen Ring trägst – und sonst nichts.«

»Willst du denn dann gar nicht sehen, wie es aussieht?«, schnurre ich. Ich bin mir nicht sicher, ob ich aus dieser Diskussion als Siegerin oder als Verliererin hervorgegangen bin, aber irgendwie ist es mir auch egal.

Er mustert mich eingehend, und ich bekomme eine Gänsehaut. Ich drapiere den Arm über meiner nackten Hüfte und bringe seinen Ring zur Geltung. Sein Blick bleibt daran haften, und mit jeder weiteren Sekunde beschleunigt sich mein Puls. Schließlich strecke ich den Arm aus, fasse sein Hemd und nötige ihn, zu mir aufs Bett zu kommen. Als ich sein Hemd aufknöpfe, neigt er den Kopf und legt sein Gesicht in meine Halsbeuge.

»Es ist mehr als ein Geschenk«, flüstert er.

Meine Antwort bleibt mir fast in der Kehle stecken. »Ich weiß.«

Er weicht zurück und mustert mich einen Moment. »Du musst ihn nicht tragen.«

Ich lege meine Hand auf seine Wange und lächele schüchtern. »Das möchte ich aber, glaube ich. Ich hätte nur nie damit gerechnet, etwas so …« Extremes? Teures? Unerwartetes? Ich finde nicht das richtige Wort.

»Es ist ein Ring, der zu einer Herzogin passt.« Jameson nimmt mich bei der Hand und legt mich aufs Bett. »Er passt zu *meiner* Herzogin.«

Ich beiße mir auf die Lippe und genieße es, als sich sein Körper an meinem bewegt und langsam alle meine Sorgen vertreibt.

Am nächsten Morgen bin ich allein im Bett. Ich strecke meine Glieder. Ob wohl alle nach dem Sex so einen herrlichen Muskelkater haben? Oder hat Jameson West das Monopol darauf, Mädchen so fertigzumachen? Ich kann mich jedenfalls nicht beschweren. Im Wohnbereich entdecke ich einen Zettel neben einer Kanne frisch gebrühtem Kaffee.

Ich kümmere mich um die Kollateralschäden.
Ruf mich an, wenn du wach bist.
Alles Liebe
Jamie

Stattdessen schicke ich ihm ein gewagtes Selfie. Er reagiert sofort. Ich gehe ans Telefon, sobald es zu vibrieren beginnt.

»Gott sei Dank bist du schon achtzehn«, sagt er schroff.

»Warum flüsterst du?«, frage ich und senke unwillkürlich die Stimme.

»Weil ich mich in einem Konferenzraum mit einem Haufen von Männern in den besten Jahren befinde, denen wegen meiner Verlobten schon der Sabber aus dem Mund läuft. Ich habe wirklich keine Lust, ihnen noch mehr Stoff zu geben, der ihre Fantasie beflügelt.«

»Dann solltest du das Foto besser löschen.« Ich gieße mir eine Tasse Kaffee ein und nehme vorsichtig einen Schluck.

»Das Foto und ich werden später noch Zeit für uns haben«, verspricht er.

»Wie wäre es, wenn du auf die Version aus Fleisch und Blut wartest?«

»Wenn du mir versprichst, für den Rest des Tages so zu

bleiben, haben wir eine Verabredung.« Ich sehe sein durchtriebenes Grinsen vor mir. »Herzogin, ich muss jetzt gehen. Ich liebe dich.«

»Ich liebe dich auch.« Ich lege auf und sehe mich im Zimmer um. Wie schaffe ich es, nicht abzuheben und durch den Raum zu schweben? Noch bevor ich aus meiner Höhe herabsteigen kann, klingelt das Telefon noch einmal, und ich gehe sofort ran.

»Ja, ich bin nackt, aber du wirst dich noch etwas gedulden müssen.«

»Gut zu wissen«, bemerkt Agent Mackey trocken. »Ich nehme an, Sie möchten Ihre Testergebnisse unverzüglich erfahren – oder sind sie Ihnen etwa egal?«

Sofort werde ich wütend und muss meinen Kaffeebecher abstellen, um mich nicht zu bekleckern. Ich ärgere mich mehr über mich selbst als über sie, aber das heißt trotzdem nicht, dass sie sich alles erlauben kann. Diesmal nicht. »Wir haben private Tests machen lassen. Ihrem Labor schienen die Ergebnisse nicht so wichtig zu sein wie uns.«

»Ah, das königliche *Wir*. Wie ist es denn so in der Sänfte, in die er Sie gebettet hat?«, fragt sie.

»Gibt es sonst noch einen Grund, warum Sie angerufen haben?« Ich bringe die Worte kaum heraus, so fest beiße ich die Zähne zusammen.

»Hauptsächlich wollte ich Ihnen die gute Nachricht übermitteln, aber wenn Sie einen Moment Zeit haben, hätte ich gern von Ihnen eine Aussage zu Ihrem Stiefvater.«

Ich schlucke die Galle hinunter, die mir die Kehle hochsteigt. Mackey gönnt mir mein Glück einfach nicht. Immer findet sie etwas, womit sie mein Leben durcheinanderbringen kann. »Über ihn habe ich absolut nichts zu sagen.«

»Das ist interessant. Trotzdem wäre es mir lieber, wenn wir reden würden.« Sie lässt nicht locker.

»Sie können es einfach nicht lassen, oder?«

»Was lassen, Miss Southerly? Oder sind Sie jetzt Mrs. West? Bei den ganzen Klatschgeschichten kommt man ja kaum noch mit.«

Ich lasse mich von ihr nicht provozieren und konzentriere mich auf das, worum es wirklich geht. »Sie haben Ihre DNA-Ergebnisse. Sie wissen, dass ich es nicht war. Sie wissen, dass Jameson es nicht ist. Wann hören Sie endlich mit dieser Hexenjagd auf?«

»Hexenjagd ist ein hartes Wort«, warnt sie mich. »Aus der Sicht des FBI sind Sie entlastet. Es gibt keinen Beweis dafür, dass Sie etwas damit zu tun hatten.«

»Was folgern Sie daraus?«

»Ich werde von der Sache ablassen, sobald ich weiß, wer für den Mord an Nathaniel West verantwortlich ist.«

»Aber wir sind es doch nicht gewesen!« Ich verliere den letzten Rest meiner Coolness.

»Aber irgendjemand ist es gewesen. Vielleicht nicht Sie oder Jameson, aber jemand aus Ihren Kreisen. Jemand, der auf dieser Party war, hat Nathaniel West ermordet und bildet sich ein, er oder sie würde damit davonkommen. Ich sorge dafür, dass niemand seine Probleme mit Geld aus der Welt schaffen kann. Machen Sie sich nichts vor. Es gab eine Menge Leute, die seinen Tod wollten, und jemand, der Ihnen nahesteht, hat dafür gesorgt. Wie gut kennen Sie Ihre neue

Familie, Emma? Wie viel werden die dafür zahlen, dass die Wahrheit unter Verschluss bleibt?«

»Ich habe meine Probleme nie mit Geld aus dem Weg geschafft«, erwidere ich schroff.

»Nein, aber Sie haben Ihre Seele an einen Mann verkauft, der das getan hat.«

✦ ✦ ✦

Was Jameson nicht weiß, macht ihn nicht heiß, und deshalb sage ich ihm auch nicht, dass ich die Suite verlasse. Ich erkaufe mir Maddox' Schweigen mit einem extragroßen White-Chocolate-Mokka – seinem heimlichen Laster. Ich lasse mich sogar von ihm fahren. Angesichts des wachsenden Interesses an meinem Privatleben ist es gar nicht schlecht, einen Leibwächter vom Format von *The Rock* bei sich zu haben. Außerdem lässt sich Maddox ziemlich leicht an der Nase herumführen.

»Ich muss etwas für meinen Dad erledigen«, sage ich. »Dieser Typ hat gestern eine merkwürdige Baseballkarte in den Laden gebracht, und ich muss ihm die unangenehme Nachricht überbringen, dass es sich um eine Fälschung handelt.«

Wenn man seine Lüge mit einer kleinen Prise Wahrheit würzt, lässt sie sich viel besser verkaufen. Niemand soll sagen, er hätte nichts bei mir gelernt.

Maddox hält auf dem Parkplatz vor dem Gebäude, in dem das Büro von Dominic Chamber untergebracht ist, und bevor er überhaupt seinen Sicherheitsgurt ablegen kann, springe ich schon aus dem Wagen.

»Ich bin in einer Minute zurück«, verspreche ich. Richtig überzeugt sieht er nicht aus. Bestimmt weil ich ihn schon mehrmals reingelegt habe. Ich nehme das Handy aus meiner Tasche und werfe es zu ihm auf den Beifahrersitz. »Betrachten Sie das hier als Pfand. Ich bin gleich zurück.«

Als ich eintrete, drückt Chamber sofort seine Zigarette aus. »Tut mir leid wegen dem Rauch, Miss Southerly.«

»Wollen Sie mich gar nicht fragen, ob ich meinen Namen geändert habe?«, frage ich sarkastisch. Dann wäre er der Erste seit meiner Rückkehr nach Las Vegas, der mich nicht darauf anspricht.

»Warum sollte ich das fragen?« Er schiebt die buschigen Augenbrauen zusammen, sodass sie eine pelzige Raupe über seinen Augen bilden.

»Ach nichts. Nur Gerüchte. Die Klatschpresse.« Ich bin überaus dankbar, nichts erklären zu müssen.

»Ach das.« Er winkt ab. »Diesen Blödsinn glaube ich sowieso nicht.«

Ich nicke. Endlich eine vernünftige Reaktion.

»Außerdem habe ich die Register der Standesämter von New York gecheckt. Ich weiß, dass Sie nicht geheiratet haben«, fügt er hinzu.

»Ich glaube, das ist ein Eingriff in meine Privatsphäre«, bemerke ich.

»Ich bin Privatdetektiv«, antwortet er, als entschuldige das seine Schnüffelei.

»Haben Sie den Vorschuss erhalten?« Ich hatte mir erlaubt, ihm via PayPal über seine Website eine größere Summe zu überweisen, weil ich gehofft hatte, ihn damit zu motivieren.

»Das habe ich. Ich bin Ihnen sehr zu Dank verpflichtet.

Außerdem freue ich mich, Ihnen mitteilen zu können, dass ich auch etwas für Sie habe.« Er schiebt mir über den Schreibtisch eine Akte zu.

»Ist das …?«

»Besser als ein paar Fotos, oder?«, sagt er voller Stolz.

Ich hatte Dominic um ein Foto oder ein anderes Dokument gebeten, das nur die Polizei besitzen konnte. Stattdessen hat er mir das volle Paket geliefert.

»Die Polizei von Las Vegas lässt sich überraschend leicht bestechen«, fährt er fort. »Außerdem wollen die offenbar dieser FBI-Agentin eins auswischen, die glaubt, sie hätte hier alles unter Kontrolle.«

»Da sind sie nicht die Einzigen«, murmele ich. Ich blättere durch den Inhalt der Fallakte von Nathaniel West und wende jedes Mal den Blick ab, wenn ich auf ein Tatortfoto stoße.

»Er war ein Mistkerl, aber das hat er nicht verdient«, sagt Chamber nachdenklich.

»Nein, das stimmt«, pflichte ich ihm bei. Ich stehe auf und verspreche, ihm in Kürze den Rest des vereinbarten Honorars zu überweisen. Als ich fast an der Tür bin, hält er mich noch einmal kurz auf.

»Nehmen Sie es mir nicht übel, dass ich danach frage, aber was haben Sie damit vor?«

Mit einem koketten Lächeln erwidere ich: »Das wird mein Köder.«

Kapitel sechzehn

Das West Casino and Resort bietet auch an Werktagen einen köstlichen Nachmittagsbrunch, deshalb entschließe ich mich, dort einen Happen essen zu gehen. Außerdem verschafft es mir die Gelegenheit, jemanden in einer Umgebung zu treffen, in der er sich nicht allzu wohlfühlt. Ich brauche Monroe West, um die Informationen, die ich von Dominic Chamber bekommen habe, zu meinem Vorteil zu nutzen. Als sie eintrifft, sitze ich bereits, und dass ich zu früh bin, gibt mir ein Gefühl der Überlegenheit.

Vielleicht ist das der Grund, warum meine Mutter immer eine halbe Stunde zu früh ins Restaurant kommt.

Monroe wirkt ganz offensichtlich genervt. Auch wenn sie in ihrem spitzenbesetzten Matrosenkleidchen und mit den beigefarbenen, flachen Schuhen aussieht wie die Unschuld in

Person, weiß ich ganz genau, wie ich sie dazu gebracht habe, mich heute zu treffen. Vermutlich durchbohrt sie mich deshalb bereits mit Blicken, als sie den Speisesaal durchquert.

»Musstest du unbedingt meine Agentur anrufen?«, zischt sie, als sie mir gegenüber Platz nimmt.

Ich zucke die Schultern und rühre den Inhalt eines Zuckertütchens in meinen Tee. Wenn ich sie mir so ansehe, bekomme ich langsam die Ahnung, dass man jemanden auch mit einem freundlichen Lächeln fertigmachen kann. »Ich dachte, so kann man dich am leichtesten erreichen.«

»Du hast meine Telefonnummer.« Sie bestellt beim Kellner einen Champagner-Cocktail und richtet ihre Wut dann wieder auf mich.

»Das hatte ich vergessen.«

Sie denkt einen Moment darüber nach, und ich mache keine Anstalten, mich zu entschuldigen. Ungehobelte Menschen reagieren auf Stärke. Darum muss ich ihr zuerst zeigen, aus welchem Holz ich geschnitzt bin, bevor ich versuche, einen Pakt mit meiner zukünftigen Schwägerin zu schließen.

»Also: Hast du mich einfach nur vermisst, oder gibt es einen Anlass für diesen kleinen Nachmittagstee?«, erkundigt sie sich und lümmelt sich in ihren Sitz. Sie macht es sich bequem, was bedeutet, dass sie die erste Runde an mich gehen lässt.

Eins zu null für Emma.

»Ich habe gute Nachrichten erhalten. Ich stehe jetzt offiziell nicht mehr unter dem Verdacht, deinen Vater umgebracht zu haben.«

»Das wissen wir aber schon seit einiger Zeit.«

Es gelingt mir nicht ganz, meine Überraschung zu verbergen. Ich hatte keine Ahnung, dass Jameson dem Rest seiner Familie die Ergebnisse des DNA-Tests mitgeteilt hat.

»Du brauchst gar nicht so schockiert zu gucken«, sagt sie. »Wir können Geheimnisse für uns behalten, schon vergessen? Aber kein Wunder, dass er so aufgeregt war. Es wäre ja ziemlich pervers, wenn du seine Halbschwester wärst.«

Dieser Punkt geht an Monroe.

»Es könnte natürlich auch sein, dass euch das scharfmacht«, fährt sie fort, bestreicht sich ein Brötchen mit Butter und beißt ab.

»Was Perversionen angeht, bist du die Expertin«, schieße ich zurück und trinke einen Schluck.

Das leichte Zucken, das sie zu überspielen versucht, entgeht mir nicht.

Zwei zu eins für Emma.

»Ich finde, das sollte man gebührend feiern«, fange ich an.

»Dass du nicht mit deinem Bruder vögelst? Na klar, warum nicht?« Sie rollt die Augen und legt ihr Brötchen auf den Teller zurück.

»Dass ich frei und unbescholten bin. Es sei denn, wir müssen uns Sorgen machen, dass andere Familienmitglieder in die Sache involviert sein könnten.« Ich gebe mir keine Mühe, die Doppelbödigkeit meiner Worte zu kaschieren. Ich versuche, Monroe aus der Reserve zu locken. Ich bin nicht Nathaniel Wests Tochter, aber sie ist es.

»Jetzt werd nicht pervers«, bügelt sie den Verdacht ab. »Du willst also eine Party veranstalten?«

Ich nicke und versuche, nicht allzu selbstzufrieden darüber zu wirken, dass sie mich unterstützen wird. »Hier.«

»Hier?«, wiederholt Monroe. »Du meinst oben? Ist das nicht ein bisschen geschmacklos?«

»Ich wusste nicht, dass du dir so viel aus der Meinung anderer Leute machst. Vielleicht sollten wir einfach alles abfackeln und neu aufbauen.« Monroe scheint sich überhaupt nicht daran zu stören, dass ihr Vater in diesem Gebäude umgebracht wurde. Sie wohnt weiterhin hier, sie ist hier ihrem Gewerbe nachgegangen, Herrgott, sie hat sogar noch eine Party hier geschmissen.

»Meiner Mutter liegt daran, unser Ansehen nicht aufs Spiel zu setzen«, erinnert sie mich.

»Es geht darum, allen zu beweisen, wie stark wir sind«, gebe ich zurück, und hoffe darauf, dass unsere frisch geknüpften Familienbande stark genug sind, um mein Projekt Wirklichkeit werden zu lassen. »Die Stadt gehört uns, und wir lassen uns nicht kleinkriegen.«

»Du bist noch keine West. Wir schützen dich vielleicht, aber wir sollten trotzdem erst einmal den Ehevertrag abwarten, bevor du herumläufst und behauptest, dass dir der Familienbesitz gehört«, schlägt sie spöttisch vor.

Ich lege die Hand um mein Glas und hebe es so an, dass mein Verlobungsring im Licht der Nachmittagssonne funkelt. »Ach Süße, der gehört mir doch schon.«

Als ich aus dem Fahrstuhl in die Lobby trete, erwartet mich dort das halbe Sicherheitspersonal des Hotels. Unsichtbar zu bleiben muss ich anscheinend noch üben. Zwischen all den Anzugträgern zuckt Maddox die Schultern. Wir wissen beide, dass sich Jameson nicht davon abhalten lässt, eine Szene zu machen, wenn er es darauf anlegt.

»Miss Southerly, ich bin angewiesen, Sie nach oben zu geleiten.« Es fällt mir nicht leicht, den Mann ernstzunehmen, der mir das sagt, zumal er im Inneren des Gebäudes eine Sonnenbrille trägt, aber ich gebe mir Mühe.

Als ich ihm zu den Fahrstühlen folge, die zu den Büroetagen führen, entdecke ich, dass Jameson dort auf mich wartet. Sein Krawattenknoten sitzt stramm am Hals, und sein Anzug ist glatt und frisch. Normalerweise sehe ich ihn erst später am Tag, wenn er nicht mehr ganz so um ein seriöses Auftreten bemüht ist. Der Mann, der jetzt vor mir steht, strahlt viel zu viel Autorität aus, was durchaus nicht ohne Wirkung auf mich bleibt. Er nimmt mich an der Hand und bedankt sich bei dem Mann von der Security.

»Ich dachte, du wolltest zu Hause bleiben«, flüstert er. »Ich muss zugeben, dass ich die Vorstellung, du würdest nackt im Bett auf mich warten, sehr reizvoll fand.«

»Bist du enttäuscht, mich zu sehen?«, frage ich und hauche ihm einen züchtigen Kuss auf die Lippen.

»Nie«, verspricht er und reibt sich über die Bartstoppeln am Kinn. Ohne lange nachzudenken, streiche ich mit dem Finger darüber.

»Du musst dich rasieren«, murmele ich.

»Ich habe mich heute Morgen rasiert.« Ehe ich weiter an

seiner äußeren Erscheinung herummäkeln kann, küsst er mich. Trotz der Anspannung, die sich in meinen Gliedern angesammelt hat, schmelze ich dahin. Als wir uns schließlich wieder voneinander losreißen, muss ich nach Luft schnappen. »Das sorgt nur für etwas Reibung, Herzogin.«

»Darauf stehe ich«, sage ich und grinse wie ein Honigkuchenpferd.

Wortlos nimmt er meine Hand und steuert auf den Fahrstuhl zu.

»Hast du Pause?«, sage ich und versuche, mit der freien Hand das Handy aus meiner Tasche zu angeln.

»Nein.« Er eilt weiter, und zu meiner Überraschung lässt er den Privatfahrstuhl links liegen und steigt in einen anderen, der schon voller Leute ist. Jameson stellt sich hinter mich, damit noch mehr Passagiere einsteigen können, und nutzt die Gelegenheit, mich an den Hüften zu fassen und an sich zu ziehen. Als ich sein Glied an meinem Hintern fühle, stockt mir der Atem. Schon beim Gedanken an das, was gleich geschehen wird, zieht sich mein Magen zusammen. Als wir ein paar Stockwerke höher aus dem Fahrstuhl steigen, blicke ich mich um.

»Wo sind die Hotelzimmer?«, frage ich verwirrt und starre den Korridor hinunter, von dem lauter Konferenzräume und Speisesäle abgehen.

»Wenn ich dich in die Nähe eines Bettes bringe, komme ich heute nicht mehr zur Arbeit, und«, er checkt sein Handy, »ich habe in fünfzehn Minuten ein Meeting.«

»Lass dich von mir nicht aufhalten«, necke ich ihn und schwinge beim Gehen leicht die Hüften.

»Erst musst du mir eine Frage beantworten.« Er fasst mich um die Taille und hält mich fest. Ich stutze. Jameson hat mich nicht zufällig in der Hotellobby entdeckt. Er hat mich suchen lassen.

Er führt mich in einen Konferenzraum, hebt mich hoch und setzt mich auf eine Tischkante. »Was tust du hier?«

»Woher wusstest du, dass ich hier bin?« Ich habe keine Lust, ihn anzulügen, deshalb kontere ich mit einer Gegenfrage.

»Wir überwachen die Einführung eines neuen Sicherheitssystems.« Er lächelt knapp. Der Grund liegt auf der Hand. Seit sein Vater getötet wurde, hat Jameson nach und nach die Sicherheitsmaßnahmen verstärkt: was das Hotel, seine Familie und – zu meinem Verdruss – auch seine Freundin betrifft. »Hattest du gehofft, mir über den Weg zu laufen?«

Er stellt sich zwischen meine Beine, neigt den Kopf und liebkost meinen Hals. Ich lege die Arme um ihn und streiche mit den Fingern durch sein dichtes kastanienbraunes Haar. »Ich hoffe immer, dich zu sehen, aber ich habe mit Monroe zu Mittag gegessen.«

Ich lasse ein paar wichtige Details aus, denn ich weiß nicht, ob er von der Party allzu erbaut sein wird. Ich muss ihm die Idee erst schmackhaft machen.

»Monroe?«, wiederholt er ungläubig.

»Sie möchte, dass ich mich als Teil der Familie fühle.« Als er etwas antworten will, lege ich ihm den Zeigefinger auf die Lippen. »Mach dir keine Sorgen. Ich lasse sie dicht an mich herankommen, aber nicht zu dicht.«

»Kluges Mädchen«, keucht er. Entweder gibt sich Jameson mit meiner Antwort zufrieden, oder er hat anderes im Kopf und ist deshalb ein wenig unaufmerksam. An sein Verhör denkt er jedenfalls nicht mehr. Er schiebt die Hand unter meine Bluse und massiert meine Brust, während er mich aufs Schlüsselbein küsst. Innerhalb weniger Sekunden vibriere ich förmlich von seiner Berührung.

»Du hattest etwas von Reibung gesagt, Herzogin?«, flüstert er an meiner Haut, bevor er mit der Wange an meinem Hals entlangstreicht. Eine Gänsehaut überläuft meinen Körper. Jameson kichert leise. Er reibt sich an mir, ich klammere mich an seine Krawatte und lege mich rücklings auf den Tisch. Ich frage gar nicht erst, ob er die Tür abgeschlossen hat, nicht einmal, nachdem er mich von der Taille an abwärts auszieht. Das ist einer der Vorteile, wenn man mit dem Besitzer eines Resorts zusammen ist – sollte jemand hereinstolpern, wird derjenige mit Sicherheit nicht die Security rufen. Außerdem sorgt die Vorstellung, dabei erwischt zu werden, für einen wohligen Schauer zwischen meinen Beinen.

Jameson streicht mit dem Kinn über die weiche Haut an der Innenseite meines Oberschenkels, Lust durchströmt meinen Körper und entlädt sich in einem Kichern.

»Bist du kitzelig?« Er rührt sich nicht von der Stelle, bis ich, hin- und hergerissen zwischen Schwindel und Erwartung, zugleich lache und keuche. Schließlich taucht sein Kopf auf, er grinst süffisant. »Du klingst wie ein Quietscheentchen.«

Ich werfe ihm einen bösen Blick zu. Er hat mich so erregt, dass mir auf die Schnelle keine Entgegnung einfällt. Dass er mich sprachlos macht, bringt ihn zum Lachen. Er schlingt die Arme um meine Beine und zieht mich an den Rand des

Tisches. »Mach dir keine Sorgen, Herzogin. Ich bin noch nicht fertig mit dir.«

Den letzten Besuch für heute zu organisieren, erfordert etwas mehr Finesse. Als ich Maddox erkläre, dass ich Monroes frischgebackenen Exfreund besuchen will, sieht er mich nur entgeistert an.

»Er ist in eine Schlägerei geraten«, erkläre ich ihm. »Er wurde übel zusammengeschlagen, und ich will nach ihm sehen.«

»Das ist sehr aufmerksam von Ihnen.« Entweder nimmt mir Maddox nicht ab, was ich ihm weiszumachen versuche, oder er ist wirklich mehr Teddybär als Mensch. Trotzdem freue ich mich. Wie sich herausstellt, ist Maddox vergleichsweise leicht zu beschwichtigen. Jonas' Mutter dagegen ist nicht gerade erbaut, mich zu sehen.

Als sie die Tür öffnet, begrüße ich sie mit einem breiten Grinsen. »Ich wollte mal nach Jonas sehen.«

»Er hat mir gesagt, dass Besuch kommt.« Sie schürzt die Lippen, als hätte sie versehentlich an einem Zitronenschnitz gelutscht – anscheinend hat er vergessen zu erwähnen, dass ich die Besucherin bin.

Ich verstehe ihren Satz als Einladung und spaziere ins Haus. Falls sie nicht alles umgestellt haben, weiß ich genau, wo sein Zimmer ist. Und wenn es stimmt, was Jonas uns erzählt hat, wird seine Mutter entzückt sein, dass ein Mädchen ihn in seinem Zimmer besucht.

Das heißt, wäre es ein anderes Mädchen und nicht ausgerechnet ich. Doch da mein Ruf zurzeit verheerend ist, kann ich ihr das nicht verübeln.

Jonas liegt quer über seinem Bett und konzentriert sich auf seine Playstation.

»Ich wusste gar nicht, dass so etwas noch hergestellt wird«, sage ich. Es ist Jahre her, dass ich zum letzten Mal ein Videospiel gespielt habe, aber derzeit kann ich gut nachvollziehen, dass es reizvoll sein kann, das Erwachsenwerden hinauszuzögern.

Jonas blickt auf und grinst. Wenn ich ihm erst gesagt habe, warum ich hier bin, wird ihm das Grinsen vergehen. Ich umklammere meine Handtasche noch etwas fester. Sie fühlt sich bleischwer an mit der Polizeiakte darin.

»Wie geht es dir?«, frage ich und betrachte die großen lila Blutergüsse auf seinen Wangen. Ein paar davon sind schon etwas verblichen und werden an den Rändern grün.

»Prima«, versichert er mir. »Ich glaube, Hugo hat tatsächlich meinem Renommee genützt. Mein Dad sagt, ich sehe aus wie ein echter Mann.« Jonas' Mundwinkel sacken nach unten, und er zwingt sich erneut zu einem Lächeln, das allerdings nicht seine Augen erreicht. Wir wissen beide, dass sein Vater nicht so stolz wäre, wenn er die Wahrheit wüsste.

»Nur noch ein Jahr«, erinnere ich ihn, »dann können wir uns vom Acker machen.«

»Du willst nicht hierbleiben?« Jonas erinnert sich natürlich an meinen Plan, in der Stadt zu bleiben und den Laden meines Dads zu führen. Denn trotz der Fehler, die er gemacht hat, ist er ein guter und aufmerksamer Kerl. Ich zähle auf seinen Anstand und seine Hilfe.

»Ich glaube, ich ziehe es jetzt doch vor, aus der Stadt zu verschwinden«, antworte ich lachend.

»Ich bin froh, dass du nicht hierbleibst«, sagt er verschwörerisch. In seinen schokoladenbraunen Augen liegt Besorgnis. »Diese Stadt würde dich vergiften und in jemanden verwandeln, der du nicht sein willst.«

Zum Beispiel in jemanden, der bereit ist, alles und jeden zu benutzen, um zu bekommen, was er will? Ich versuche, den Abscheu vor mir selbst zu verdrängen angesichts dessen, was ich vorhabe, doch es hat keinen Zweck. Falls ich nicht herausfinde, wer Nathaniel West ermordet hat, wird mir das Verbrechen für den Rest meiner Tage das Leben vergällen. Ich sage mir, dass es keine Selbstsucht ist, wenn ich mit allen mir zur Verfügung stehenden Mitteln versuche, die Wahrheit aufzudecken, sondern schlicht und einfach mein Selbsterhaltungstrieb.

»Du musst mir helfen.« Ich bringe es nicht über mich, hier herumzusitzen und so zu tun, als wäre ich nur eine besorgte Freundin.

Jonas seufzt und lehnt sich gegen sein Bett. Er deutet auf seinen Schreibtischstuhl, und ich setze mich. »Ich hatte schon befürchtet, dass du so etwas sagen würdest.«

»Bin ich so leicht zu durchschauen?«, frage ich.

»Im Grunde nicht. Aber nach dem, was ich dir angetan habe, habe ich keinen Krankenbesuch verdient. Das hat dich verraten.« Er zwinkert mir zu, doch ich sehe die Sorge in seinem Blick.

»Gut erkannt, auch wenn ich dir längst vergeben habe.« Ich ziehe die Akte aus der Tasche und halte sie hoch. »Aber du hast recht. Ich bin aus einem bestimmten Grund hier.«

»Was ist das?«, fragt er, versucht aber gar nicht erst aufzustehen. In dieser Stadt würde ich auch nicht ohne Weiteres eine unbeschriftete Akte entgegennehmen.

»Die Akte über den Mord an Nathaniel West.« Wenn die Sache funktionieren soll, muss ich absolut ehrlich mit ihm sein. Es gehört einiges an Vertrauen dazu, jemanden in meine Pläne einzuweihen, doch schließlich musste ich mir gerade erst anhören, dass ich den Menschen mehr Vertrauen entgegenbringen sollte. Ich habe Jonas geglaubt, als er sagte, dass er mit dem Mord nichts zu tun hat, doch das ist nicht der Grund, warum ich zu ihm gekommen bin.

»Und wieso hast du sie?«

»Ich habe dafür bezahlt.« Ich werfe sie aufs Bett. »Die Fotos würde ich mir an deiner Stelle nicht ansehen. Man bekommt sie nur schwer wieder aus dem Kopf.«

Jonas greift nicht danach. »Warum erzählst du mir das, Emma?«

»Weil wir beide wissen, dass der, der das getan hat, deinem Account folgt.«

»Ich poste nichts mehr«, wehrt er ab.

»Hör mal, du hast den *Dealer* erfunden, um in Belle Mère für so etwas wie ausgleichende Gerechtigkeit zu sorgen.«

»Aber es hat die Leute nur verletzt, mehr ist nicht dabei herausgekommen«, unterbricht er mich.

»Dann ist dies deine Chance, das wiedergutzumachen.«

»Aber wie?«, fragt er.

»Indem du die Person, die Nathaniel West umgebracht hat, ein für alle Mal hinter Schloss und Riegel bringst.« Ich schiebe ein paar Dokumente wieder zurück, die aus der Akte herausgerutscht sind. »Ich werde bei den Wests eine Party schmeißen. Du brauchst nur ein Foto aus dem Büro zu posten, auf dem diese Akte zu sehen ist.«

»Von dort, wo er umgebracht wurde?« Jonas' Gesicht ist aschfahl.

»Der Täter wird wissen, dass es eine Botschaft ist. Er wird ins Büro gehen und nach der Akte suchen.«

»Und du schnappst ihn auf frischer Tat.« Jonas überlegt einen Moment, dann schüttelt er den Kopf. »Man kann nicht wissen, ob er dem Account immer noch folgt.«

»Das tut er«, sage ich mit Bestimmtheit.

»Aber woher willst du das wissen?« Er ist nicht so überzeugt wie ich, doch das spielt keine Rolle.

»Ich weiß, dass es einen ganz bestimmten Grund gibt, warum er kommen und danach suchen wird: weil man ihn noch nicht erwischt hat.«

* * *

»Sie sind nicht so clever, wie Sie denken«, sagt Maddox, als wir Jonas' Haus hinter uns lassen, und lenkt mich mit der Bemerkung von meinem Handy ab.

»Wie bitte?«

»In der Stadt herumrennen und alle aufscheuchen. Ich weiß, dass Sie etwas im Schilde führen.« Er hält den Blick auf die Straße gerichtet und sieht nur ab und zu in den Rückspiegel. Maddox hat immer alles im Blick. Klar, dass er meine Aktivitäten durchschaut.

Ich habe die Wahl: Ich kann versuchen, ihn weiter anzulügen, oder ich bringe ihn auf meine Seite. Angesichts der Tatsache, dass er sein Gehalt nicht von mir bezieht, gibt es für ihn keinen Grund, die Klappe zu halten – es sei denn, ich liefere ihm einen.

»Na schön«, gebe ich zu. »Ich habe einen Plan, ich habe einen Weg gefunden, unsere Namen reinzuwaschen.«

»Und was passiert, wenn Sie den Täter erwischen? Was ist, wenn es einer von Ihnen ist?«, fragt er unumwunden.

Es ist heute schon das zweite Mal, dass ich mit dieser Möglichkeit konfrontiert werde, doch das tut meiner Entschlossenheit keinen Abbruch. »Ich war es nicht und Jameson auch nicht.«

Er grinst. »Und alle anderen müssen selbst zusehen, wie sie da herauskommen?«

Vor meinem inneren Auge blitzen die Tatortfotos auf. So hat Jameson seinen Vater gefunden. Ganz gleich, was zwischen den beiden vorgefallen war – er muss mit dieser schrecklichen Entdeckung leben. Jemand hat seinen Vater so für ihn zurückgelassen, und dieser Mensch muss dafür bezahlen.

Kapitel siebzehn

✦ ✦ ✦

Pawnographys neueste Verkäuferin winkt mir vom Tresen aus zu. Es hat etwas Beruhigendes zu wissen, dass sie hier ist, um das Geschäft am Laufen zu halten. Der Laden ist voller Kundschaft, was zum Normalzustand geworden ist, seit sich die Medien auf mein Leben gestürzt haben. Die Idee, die venezianische Maske aufzusetzen, die ich vor Ewigkeiten für den Laden angekauft habe, kommt mir auf einmal reizvoll vor.

Ich löse meinen Pferdeschwanz und lasse mein Haar wie einen Vorhang über das Gesicht fallen. Falls das so weitergeht, werde ich in eine Auswahl übergroßer Sonnenbrillen und breitkrempiger Hüte investieren müssen. Wie ein Ninja schleiche ich mich durch die Menge und vermeide tunlichst jeden Blickkontakt mit den Besuchern. Ihre Aufmerksamkeit gilt vorrangig den Objekten in den Vitrinen und dem Mädchen hinter dem Tresen.

Da ich mich unauffällig unter die Kunden mische, nimmt niemand Notiz von mir. Als sich eine Frau an den Tresen zu Josie durchkämpft, bleibe ich jedoch wie angewurzelt stehen. Sie trägt ein Las-Vegas-T-Shirt, das sie unschwer als Touristin ausweist. Ihrer Mom-Jeans nach zu urteilen, stammt sie aus dem Mittleren Westen. Meiner Erfahrung nach lieben Leute aus Kansas Souvenirshirts und Hochwasserhosen. Wenn sie sich umdreht, kommt vermutlich eine Gürteltasche zum Vorschein, die sie um die üppige Taille geschnallt hat.

»Wo ist das Mädchen?«, will sie wissen.

Josie blinzelt überrascht, meine durchtriebene Freundin gibt die Unschuld vom Lande ziemlich überzeugend. »Wie bitte?«

»Das Mädchen, über das ständig im Fernsehen und im Internet geredet wird.« Dabei wedelt die Kundin ungeduldig mit der Hand, als würden nichtssagende Gesten helfen, ihr Anliegen zu verdeutlichen.

»Sie arbeitet nicht hier.« Josie lächelt, und ich würde ihr am liebsten um den Hals fallen.

»Im Fernsehen haben sie aber gesagt, dass sie hier arbeitet.« Die Frau zieht ihr Handy heraus, und ich stöhne innerlich. »Sehen Sie hier, dieser Artikel. Das ist doch der Laden.«

»Ja, das ist er«, bestätigt Josie.

»Also, wo ist sie?«

»Es tut mir leid, aber wenn Sie etwas kaufen möchten …«

»Ich bin extra aus Nebraska gekommen …«

Nebraska. Kansas. Was macht das für einen Unterschied?

Als die Frau ihre Tirade fortsetzt, verliere ich das Interesse. Nach ein paar Minuten wird sie von einem erschöpft aussehenden Mann abgeholt, der Josie einen entschuldigenden Blick zuwirft.

»Im Internet stand aber, dass sie hier arbeitet«, beharrt die Frau.

»Ich weiß«, sagt er.

»Sie muss ihre Sünden bereuen. Ich bin hergekommen …«

Es bleibt mir erspart, mir anzuhören, warum genau sie hergekommen ist, weil das Paar den Laden unverrichteter Dinge wieder verlässt.

»Hattest du keine Lust, ihnen ein Autogramm zu geben?«, flüstert Josie verschwörerisch. Neckisch zupft sie am Saum ihres grünen Trägerhemdchens, und ich gebe mir Mühe, nicht ihren Bauch zu taxieren. »O Mann. Du bist nicht sehr subtil.«

»Wie bitte?« Ich schaue hoffentlich, als wüsste ich nicht, wovon sie redet.

»Wie du meinen Babybauch abgecheckt hast. Man sieht nichts. Das Shirt hier ist meiner Mom eingelaufen«, erklärt Josie. »Ich bin total dünn.«

»Ich habe nicht geguckt.« Aber ich sehe ihr an, dass sie mir nicht glaubt.

»Ich habe einen Termin.« Josie spricht leise, damit niemand uns hören kann. »Ich kann es gar nicht erwarten.«

Mit ihren gestylten schwarzen Locken und dem fuchsiaroten Lippenstift gibt sich Josie wie eine erwachsene Frau, doch ich spüre die Angst, die sie zu überspielen versucht. Ich kann es ihr nicht verübeln. Ich an ihrer Stelle würde ausflippen. Ich zögere, weil ich nicht weiß, wie sie auf meine nächste Frage reagieren wird. »Soll ich dich begleiten?«

»Wenn du willst.« Sie zuckt die Schultern, doch mir entgeht nicht, dass ihre Unterlippe zittert. Das bedeutet auf jeden Fall Ja.

»Also … kommst du zu meiner Party?« Ich halte einen Themenwechsel jetzt für angebracht. Ich bin noch nicht dazu gekommen, ihr meinen Plan darzulegen, Nathaniel Wests Mörder bei meiner Geburtstagsparty zu schnappen. Nun nutze ich diese Information, um sie auf andere Gedanken zu bringen.

»Ja, aber erklär mir doch mal, warum wir die Party dort machen müssen? Ist das nicht der letzte Ort, an dem man seinen Geburtstag feiern möchte?«

»Sollte es denn ein Mädchen an ihrem achtzehnten Geburtstag nicht ordentlich krachen lassen? Ich darf jetzt wählen. Das ist ein Grund zum Feiern.« Ich schiebe mich an der Glasvitrine entlang und suche das, weshalb ich gekommen bin. Als ich die Maske entdecke, klopfe ich auf die Stelle. »Die da werde ich brauchen.«

Josie nimmt sie aus der Vitrine und hebt eine Braue. »Was hast du denn vor?«

Die Frage ist berechtigt, doch um sie zu beantworten, bräuchte ich viel mehr Zeit und vermutlich auch etwas Anschauungsmaterial. »Wenn du mir versprichst, dass du kommst, verspreche ich dir, dass du es bei der Gelegenheit erfährst.«

»Du gibst dich ja sehr geheimnisvoll.« Sie schlägt die Maske in Papier ein und reicht sie mir.

»Ach, übrigens, du wirst auch so eine brauchen.«

»Wird das so etwas wie ein Kostümfest?«

Bevor ich ihr noch mehr erklären kann, platzt ein Kunde dazwischen. Ich bin erleichtert, als er sich nur eine signierte Baseballkarte aus der Vitrine ansehen und kein Selfie mit mir machen möchte. Je länger ich im Laden bleibe, desto größer wird die Wahrscheinlichkeit, dass man mich erkennt.

»Ich schick dir eine SMS«, verspreche ich und winke zum Abschied.

Ich stoße die Tür aus Sicherheitsglas auf, flüchte aus diesem Leben und kehre in jenes zurück, das ich mir selbst ausgesucht habe. Für Außenstehende könnte meine Entscheidung, anlässlich meines achtzehnten Geburtstags einen Maskenball zu veranstalten, ein Zeichen dafür sein, dass ich mich in eine dieser protzigen Neureichen verwandele. Trotzdem halte ich es für eine brillante Idee. Wie könnte man einen Mörder besser in Sicherheit wiegen, auf dessen Besuch man hofft?

* * *

Als das Wochenende naht, hat Monroe jede Flasche guten Champagners erworben, die es in Las Vegas zu kaufen gab. Ich starre auf die Flaschenbatterien, die auf der Bar aufgebaut sind. Als ich das letzte Mal uneingeladen zu einer wilden Party aufgekreuzt war, hatte man sich an den privaten Alkoholvorräten der Wests bedient.

»Wofür brauchen wir so viel Champagner?«, frage ich.

»Wegen des Mottos«, antwortet sie, als wäre das total logisch. »Ich will mich als Neureiche verkleiden. So à la: ›Der große Gatsby‹ trifft auf Ballonseide.« Dabei schwenkt sie die Arme durch die Luft. Gatsby-Gesten hat sie schon mal drauf.

»Habe ich dir heute schon gesagt, dass du eine Zicke bist?«, frage ich und verschränke die Arme.

»Heute noch nicht.« Sie klappert mit den Wimpern, als hätte ich ihr ein Kompliment gemacht. Aber wie ich Monroe kenne, versteht sie es genau so.

»Du bist eine Zicke.«

Sie geht darüber hinweg und fängt an, sich über ein paar Details auszulassen, die mir völlig egal sind. Ich nicke, wenn es angebracht ist, doch das überzeugt sie nicht. »Diese Party war deine Idee.«

Ich zucke die Schultern. Von mir aus könnte sie alles allein entscheiden. Damit habe ich ohnehin gerechnet, als ich ihr meine Idee unterbreitet habe. Monroe muss für mich die Gastgeberin spielen, weil sie es auch bei der Party zu Beginn der Sommerferien war. Das ist mir wichtig. Die Getränke oder die Dekorationen sind dabei völlig egal.

»Deine Klamotten sind in Jamesons Zimmer«, sagt sie. Anscheinend will sie mich loswerden. »Geh dich umziehen.«

»Ich trage das hier.« Ich deute auf das fließende gelbe Maxikleid, das ich heute Morgen angezogen habe. Es ist einfach, aber bequem, und heute Abend wird man mich auch so hinreichend beachten, ganz egal, was ich trage.

»Keine Widerrede«, knurrt sie. »Wenn du eine West sein willst, musst du dich auch wie eine anziehen.«

»Aber würde ich in dem hier nicht noch neureicher aussehen?«, frage ich sie.

»Jameson wird einen Frack tragen, dagegen würdest du

underdressed wirken«, klärt sie mich auf. Mit dieser Taktik kann sie bei mir punkten. Es ist auch so schon schwer genug, neben ihm eine gute Figur zu machen. Falls die richtige Kleidung hilft, die Minderwertigkeitsgefühle zu lindern, die mich manchmal überkommen, sollte ich ihren Rat beherzigen.

»Wie findet deine Mom die Idee mit der Party?«, frage ich Monroe, die gerade einen Lieferschein unterschreibt.

»Sie ist nicht gerade begeistert«, gibt Monroe zu, »aber sie wird es verkraften.«

»Ich möchte, dass sie mich mag.« Sofort bereue ich mein Geständnis. So, wie Monroe gestrickt ist, bedeutet jede Information Macht.

»Das tut sie doch«, sagt sie jedoch zu meiner Überraschung. »Ich habe ihr erzählt, dass die Party meine Idee war.«

»Wie bist du denn darauf gekommen?« Ich hatte in diesem Sommer beobachtet, dass Evelyn West Entscheidungen ihrer Tochter äußerst kritisch beurteilte. Ihre Mutter glauben zu lassen, dass es ihre Idee war, ausgerechnet dort eine Party zu veranstalten, wo ihr Vater ermordet wurde, erscheint mir nicht besonders schlau.

»Strategie. Mom will, dass wir beide gut miteinander auskommen, deshalb habe ich erzählt, dass ich total Lust hätte, eine Geburtstagsparty für dich zu veranstalten.«

»Mit anderen Worten, du hast gelogen?«, frage ich.

»Ja. Meine Mutter schluckt jede Lüge, wenn sie zu dem passt, was sie gerne glauben möchte. Sie will unbedingt, dass wir beide uns gut verstehen, und macht deshalb keinen Ärger.«

»Sie mag mich also?« Obwohl Jamesons Mutter freundlich

zu mir war, hatte ich mich gefragt, ob sie ihre Meinung über mich nach unserer »Verlobung« geändert hatte.

»Ja, du süßer Fratz«, bestätigt Monroe sarkastisch. »Sie fährt total auf dich ab.«

Ermutigt von diesen guten Neuigkeiten gebe ich Monroes Drängen nach und verschwinde, um mich umzuziehen. Außerdem kann ich mich auf diese Weise vor den Partyvorbereitungen drücken. Das Kostüm, das sie für mich ausgesucht hat und mit dem ich mich ver- beziehungsweise bekleiden soll, liegt auf Jamesons Bett für mich bereit. Ein paar Heftpflaster würden meinen Körper mehr verhüllen als dieses Fähnchen – von dem dazugehörigen Spitzenstring ganz zu schweigen. Das winzige Kleidchen ist mit Goldpailletten besetzt, die im Licht glitzern. Als ich es vom Bett hebe, entdecke ich eine wunderschöne Maske, die sich darunter verbirgt. Ursprünglich hatte ich vor, die Maske von Pawnography zu tragen, aber die, die Monroe für mich ausgesucht hat, ist einfach hinreißend. Die eigentliche Maske besteht aus cremefarbenem Porzellan, auf das mit Gold in feinen Strichen die Konturen eines Gesichts gezeichnet sind. Die Vergoldung rings um die Augen sieht aus wie lange Federn. Ich halte die Maske vor mein Gesicht und linse durch die Augenschlitze.

Sie beschlägt innen von meinem warmen Atem, trotzdem hat es etwas Beruhigendes, sie zu tragen. Dahinter kann ich wieder Emma Southerly sein anstatt Jamesons Freundin, eine Mordverdächtige oder ein geldgeiles Luder. Mit dieser Maske scheine ich in keine dieser Schubladen zu passen. Es kann befreiend sein, sich in jemand anderen zu verwandeln.

Vorsichtig lege ich die Maske auf den Nachttisch und fange

an, mich auszuziehen. Ich werde etwas mit meinem Haar machen müssen, aber das Make-up ist nebensächlich, wenn mein Gesicht die ganze Nacht hinter der Maske verborgen ist. An diesen Vorteil der Maskenparty hatte ich noch gar nicht gedacht. Ich winde mich in das Kleid und stelle fest, dass es nicht zur Unterwäsche passt, die ich gerade trage. Mein Blick wandert zu dem String-Tanga, den ich auf dem Bett liegen gelassen habe.

»Im Ernst?«, frage ich mich selbst.

Als ich ein leises Lachen höre, zucke ich zusammen, drehe mich um und sehe Jameson in der Tür stehen.

»Kannst du nicht anklopfen?«, frage ich und versuche, den eingeklemmten Reißverschluss hochzuziehen.

»Das ist mein Zimmer«, erinnert er mich. Er zieht die Tür hinter sich ins Schloss.

»Dann werde *ich* das nächste Mal klopfen.« Ich gebe auf, lasse von dem Reißverschluss ab und verschränke die Arme über der Brust.

»Du bist genervt«, stellt er fest, als er näher kommt. Er streicht mir mit dem Handrücken über den Arm. Seine Berührung beruhigt und erregt mich zugleich.

»Diese Party war eine furchtbare Idee«, gebe ich zu. »Ist es zu spät, um sie noch abzublasen?«

»Und all die Leute zu enttäuschen, die sich jetzt mit dir anfreunden wollen?«

Jameson hat nicht die leiseste Ahnung von dem wahren Grund, aus dem ich das heutige Fest geplant habe. Je mehr Leute Bescheid wissen, desto geringer ist die Chance, den Mörder zu schnappen. Doch so kurz vor der Party frage ich mich, ob es wirklich eine gute Idee war. Wenn ich nun falschliege? Vielleicht mache ich mich und Jonas dadurch in den Augen der Polizei nur noch verdächtiger.

Es gibt sogar noch eine schlimmere Möglichkeit, wie mir jetzt erst bewusst wird. Bei dem Gedanken, dass ich vielleicht gar nicht wissen will, wer Nathaniel West umgebracht hat, schwindelt mir.

»Bei den Gästen heute Abend kommt es nicht darauf an«, fährt er fort, weil er mein Schweigen als ein Zögern fehlinterpretiert. »Wenn du die Sache abblasen willst, dann können wir das tun. Obwohl ich dich darum bitten würde, das Kleid heute Abend trotzdem zu tragen.«

»Ich glaube nicht, dass ich in diesem Kleid gehen kann«, sage ich geistesabwesend und hebe die paar Bändchen hoch, die offenbar einen Slip darstellen sollen. »Ich meine, sieh dir das doch mal an! Dann kann man auch gleich ganz darauf verzichten, oder?«

Jameson richtet mit einer Hand seinen Kragen. »Du solltest es wenigstens einmal anprobieren.«

»Ach ja?«

Er nimmt mir das Teil ab und lässt es an seinem Zeigefinger baumeln. »Du solltest ihm auf jeden Fall eine Chance geben.«

»Macht es dir gar nichts aus, dass mein Hintern zu sehen sein wird?«, erkundige ich mich.

»Ich werde zusehen, dass ich mich den ganzen Abend über hinter dir aufhalte, dann bleibt der Anblick mir vorbehalten.«

Es ist zu spät, die Party abzublasen, und es hat keinen Zweck, mich noch lange aufzuregen, deshalb leiste ich keinen

Widerstand, als mich Jameson an die Wand seines Zimmers drängt. Ich spüre seinen heißen Atem an meinem Hals, als er sich mit den Lippen an meiner Schulter entlangarbeitet.

»Wann geht die Party los?«, flüstert er.

»Völlig egal«, stöhne ich.

Jameson schiebt mit der Hand den glänzenden Stoff über meine Hüfte und presst seinen Körper an mich. »Das ist die richtige Antwort, Herzogin.«

* * *

Als Josie eine Stunde später eintrifft, hat sich meine Laune stark verbessert. Es dauert immer noch eine Stunde, bis die Party anfängt, doch sie trägt schon ein verführerisches rotes Wickelkleid. Die Maske, die sie sich ausgesucht hat, leuchtet in demselben Rot.

»Ta-daa!«, kreische ich, als sie sich in der Küche präsentiert. Monroe hat deutlich zum Ausdruck gebracht, dass ich nichts anzufassen brauche. Ich bin komplett von den Partyvorbereitungen ausgeschlossen. Stattdessen stibitze ich kleine Häppchen von den Tabletts.

Josie neigt den Kopf, damit ich die beiden kleinen Hörnchen sehen kann, die oben hervorstehen. »Ich gehe als Teufelin.«

»Und siehst fantastisch aus«, bekräftige ich und biete ihr ein winziges Sandwich von einem schicken Silbertablett an.

Sie nimmt es und lässt es gleich komplett in ihrem Mund verschwinden. Dann streckt sie den Daumen nach oben. »Du hast mir nicht erzählt, dass diese Party so …«

»Übertrieben, exzentrisch und luxuriös sein wird?«, schlage ich vor.

»Eigentlich meinte ich eher ›seriös‹. Mit Horsd'œuvres und Champagner. Es ist etwas anders als …« Sie führt den Satz nicht zu Ende, und in ihrem Gesicht zeichnet sich Entsetzen ab.

»Wir dachten, wir versuchen es einmal mit etwas Neuem.« Ich zucke die Schultern, um ihr zu signalisieren, dass sie mir mit dem Hinweis auf die Party in der Mordnacht nicht den Abend verdorben hat. Es ist die einzige andere Party, auf der Josie hier gewesen ist. Ich selbst war, allerdings versehentlich, ein paar Wochen später noch in eine andere Party hineingeplatzt. Jene Partys waren so etwas wie Freibiergelage für neureiche Kids gewesen. Im Gegensatz dazu hatten wir für heute ein stilvolles Ereignis geplant, bei dem auch die Garderobe eine Rolle spielte. Vielleicht hatte der Verkleidungsaspekt Monroe überzeugt, jedenfalls hat sie sich selbst übertroffen, um einen unvergesslichen Abend zu gestalten, und wenn es nach mir ginge, würde er noch viel denkwürdiger werden. »Zumindest hat Monroe das gedacht.«

Kaum ist ihr Name gefallen, rast die Blondine auch schon herbei wie ein geölter Höllenblitz. »Habt ihr die Menükarten gesehen?«

Josie und ich helfen bei der Suche. Monroe nimmt kaum Notiz von Josie, nicht einmal, als meine beste Freundin die Karten entdeckt.

»Sie ist noch exzentrischer als sonst.« Josie schürzt nachdenklich die Lippen, und ich muss ihr recht geben. Monroe benimmt sich eigenartig.

»Fairerweise sollte ich erwähnen, dass ich sie erpresst habe, damit sie diese Party schmeißt«, gebe ich zu.

Josie hakt sich bei mir unter. »Erzähl.«

Ich will zwar Stillschweigen bewahren, aber die Geschichte ist zu gut, um sie meiner besten Freundin nicht zu erzählen. Ich habe Monroes Doppelleben ihrer Familie und ihren Freunden gegenüber mit keiner Silbe erwähnt. Doch Josie zählt weder zu ihrer Familie noch zu ihren Freunden. Sie gehört zu mir, und ich vertraue ihr.

»Versprich mir, dass du niemandem davon erzählst«, verlange ich von ihr.

»Supergroßes Ehrenwort mit drei Kreuzen. Nur über meine Leiche.« Josie bekreuzigt sich, um ihre Worte zu unterstreichen.

Ich flüstere ihr alle schmutzigen Einzelheiten ins Ohr, und Josies Augen werden immer größer, bis ich fürchte, sie könnten ihr gleich aus dem Kopf fallen. Als ich fertig bin, schüttelt sie den Kopf. »Du musst ihr ganz schön Angst eingejagt haben.«

»Wie kommst du denn darauf?« Ich finde die Unterstellung ein bisschen verletzend.

»Weil sie sich benimmt, als hinge ihr Leben davon ab. Sie muss ganz schön Angst davor haben, dass du sie verpfeifst.«

Es gibt keinen Anlass, warum Monroe so etwas glauben sollte. Was ich wusste, habe ich als Druckmittel gegen sie benutzt, aber wenn ich vorgehabt hätte zu petzen, dann hätte ich es längst getan. Ich beschließe, Monroe heute Abend für alle Fälle etwas genauer im Auge zu behalten. Schließlich ist sie nicht die Einzige, für die eine Menge auf dem Spiel steht.

Kapitel achtzehn

✦✦✦

Alle erscheinen pünktlich zur Party. Als die Türen um 20:30 Uhr feierlich geöffnet werden, warten draußen sämtliche Schüler der Belle Mère Prep. Die Security-Leute haben sich Mühe gegeben, getarnte Reporter herauszufischen, doch als ich die Gruppe betrachte, beschleunigt sich mein Herzschlag. Mit ihren Masken kann ich keinen von ihnen erkennen, und mir wird klar, dass ich die meisten von ihnen auch ohne Masken nicht kennen würde. Das oberste Stockwerk des West Casino hat sich in einen goldenen Spielplatz verwandelt. Funkelnde Lichterketten hängen von der Decke und verbreiten einen warmen Glanz, der in diesem modernen Ambiente irgendwie unpassend wirkt. An strategisch wichtigen Stellen im Raum stehen Dutzende weißer Rosen mit vergoldeten Blättern.

»Es ist herrlich«, schwärmt Josie, als sie zu mir tritt.

»Es ist protzig«, korrigiere ich sie. »Eigentlich ist es neureich.«

Alles kündet von Wohlstand und Überfluss. Monroe hat deutlich zum Ausdruck gebracht, was von mir erwartet wird. Wenn ich mich in Zukunft anzupassen versuche, werde ich mir Mühe geben, nicht ganz so theatralisch zu werden. Ich habe es noch nicht über mich gebracht, Josie zu erzählen, wie viel Geld Hans in meinen Treuhandfonds eingezahlt hat, bevor er aufgeflogen ist. Meine Beziehung zu Jameson und das, was in Josies Leben gerade passiert, ist auch so schon ein heftiger Gegensatz – ich will den Abstand zwischen uns nicht noch weiter vergrößern.

»Wann ist das denn passiert?«, kreischt sie plötzlich. Mein Blick folgt ihrem Finger, und ich sehe Hugo und Leighton Hand in Hand hereinkommen.

Er ist der einzige Mensch, der zu spät zur Party des Jahrhunderts kommt. Hinter meiner Maske beobachte ich genau, wie Hugo nicht von Leightons Seite weicht. Ich kann nur erahnen, was nötig war, um ihn zu überreden, seine Liebste hierher zurückkehren zu lassen. Hierher, wo sie fast gestorben wäre. Als ich hinübersehe, stelle ich fest, dass ich nicht einmal mehr sagen kann, durch welches Fenster wir gestürzt sind. Man hat die Scheibe ersetzt, und so sieht es aus, als sei nichts geschehen.

»Habe ich dir das nicht erzählt? Die beiden waren zusammen, als ich ins Krankenhaus kam. Er war bei ihr, seit sie aufgewacht ist.«

»Das habe ich gar nicht mitbekommen«, sagt Josie und

schiebt sich die Hand unter die Maske. »Schluss mit dem Versteckspiel.« Sie zieht sich die Maske vom Gesicht und lächelt angestrengt.

»Zu heiß?«, erkundige ich mich.

»Ja. Außerdem kennt mich hier sowieso niemand. Mein Gesicht ist so gut wie eine Maske«, sagt sie lachend.

Ich lese den Schmerz in ihren Augen. Josie hatte nie das Gefühl, hier dazuzugehören. Ich kann nur ahnen, was sie in diesem Moment empfindet.

»Komm, wir holen dir ein Glas Wasser«, schlage ich vor, doch bevor ich mit ihr in die Küche verschwinden kann, stellt sich uns ein Mann in den Weg. »Entschuldigen Sie bitte.«

Als ich an ihm vorbeizuhuschen versuche, umfängt er meine Taille. Dann neigt er mir sein maskiertes Gesicht entgegen und flüstert: »Erkennst du mich nicht, Herzogin?«

»Doch, natürlich.« Ich streiche über seine breiten Schultern, die unter dem dunklen Kaschmir der Smokingjacke hervorragend zur Geltung kommen. »Du solltest eigentlich auf meinen Hintern aufpassen.«

Buchstäblich und im übertragenen Sinn.

»Ein West kommt immer einen Tick zu spät, so wie es sich gehört«, eröffnet er mir und schiebt seine Maske hoch. Er deutet auf den Korridor, der zu den Privatgemächern der Familie führt. »Da hast du ein typisches Beispiel.«

Monroe trifft als Letzte ein, obwohl sie so unermüdlich an den Vorbereitungen gearbeitet hat. Sie rauscht in einem langen schwarzen Kleid ins Zimmer, das so tief ausgeschnitten ist, dass das Tal zwischen ihren Brüsten freiliegt. Ihre Maske ist anders als jene, die sie für mich ausgesucht hat. Es ist nur ein einfacher Streifen aus Spitze, den sie sich um die Augen gebunden hat. Monroe West zeigt sich uns allen – doch wie viele Menschen gibt es, die hinter ihre Fassade blicken dürfen?

Josie räuspert sich, um uns daran zu erinnern, dass sie auch noch da ist. »Ich glaube, ich lass euch beide mal allein.«

Noch bevor ich mich von Jameson losreißen kann, um mich ihr anzuschließen, kommt Monroe zu uns herüber.

»Wie sind die beiden an der Security vorbeigekommen?«, zischt sie und deutet auf Sabine, ihre ehemalige beste Freundin, und Levi, Jamesons ehemaligen Zimmergenossen. Sie ist nicht die Einzige, die zu spät zur Party kommt.

»Standen sie auf der Liste?«, fragt Jameson unbeeindruckt. Er ist viel gefasster als bei seiner letzten Begegnung mit Levi. Inzwischen hatte er genug Zeit, sich mit dem Verrat abzufinden.

»Wie kannst du nur so ruhig bleiben?«, will Monroe von ihm wissen, und ich gebe ihr unwillkürlich recht.

»Der Film wird nie gedreht werden, und Levi bleibt ein zweitrangiger Schauspieler, dessen Schicksal von seinem Aussehen abhängt. Für ausgleichende Gerechtigkeit ist bereits gesorgt, finde ich.«

»Deine Größe habe ich nicht.« Monroe rauscht quer durch den Raum hinter den beiden her.

Ich zupfe Jameson am Arm, weil ich will, dass er ihr folgt.

»Meine Schwester kommt allein zurecht«, versichert er mir, aber das lasse ich nicht gelten.

»Das hier hat auch mit dir zu tun.«

»Ich habe keine Ahnung, wie Sabine und Levi reingekommen sind«, knurrt er. »Die Security hatte Anweisung, die beiden nicht mal aus dem Auto aussteigen zu lassen.«

»Und trotzdem sind sie hier.« Monroes Reaktion nach zu urteilen, jedoch nicht mehr lange. Als wir ihr folgen, kommt mir ein Gedanke, bei dem es mir eiskalt den Rücken hinunterläuft. Wenn es für die beiden trotz der seit Nathaniels Tod verschärften Sicherheitsvorkehrungen so leicht war, unangemeldet auf dieser Party zu erscheinen, wie vielen anderen mochte es dann gelungen sein, an den Überwachungskameras und der Security vorbeizukommen – heute und in der Mordnacht?

Als wir uns den dreien nähern, kommen Hugo und Leighton dazu. Mein Puls beschleunigt sich, und ich klammere mich an Jamesons Hand. Einst habe ich Belle Mères Achse des Bösen in ihnen gesehen. Die Ereignisse dieses Sommers haben sie auseinandergebracht, was bedeutet, dass man unmöglich voraussehen kann, wie hässlich dieser Streit werden wird.

»Ihr seid nicht eingeladen«, verkündet Monroe den Rausschmiss mit leiser Stimme, doch Sabine lacht ihr ins Gesicht.

»Ich kenne jeden, der hier im Hotel arbeitet. Ich bin immer eingeladen.« Sabine hat heute auf das übliche Rosa verzichtet, ohne das man sie sonst niemals sieht. Stattdessen trägt sie ein ultramarinblaues Fähnchen und eine silberne venezianische Karnevalsmaske. Neben ihr drückt Levi die Brust raus.

Jameson macht sich gar nicht erst die Mühe, seinem früheren Freund zu sagen, dass er nicht willkommen ist. Das hatte er ihm bereits kategorisch verkündet, nachdem er erfahren hat, dass Levi beabsichtigte, ihn in einem miesen biografischen Spielfilm darzustellen beziehungsweise bloßzustellen. Die Rolle hätte Levis Karriere beflügelt. Jetzt waren der Film und die Freundschaft Schnee von gestern.

Jameson nickt kaum merklich mit dem Kopf, und nur wenige Augenblicke später erscheint Maddox hinter unserer kleinen Gruppe.

»Mister Stone, bitte folgen Sie mir.«

Levi wirft Jameson einen flehenden Blick zu, doch dafür ist es etwas zu spät. Sabine bleibt wie angewurzelt stehen, selbst als ihr Freund unserem bulligen Leibwächter zum Fahrstuhl folgt.

»Monroe«, fleht Sabine, doch Monroe hebt abwehrend die Hand.

»Verschwinde«, befiehlt sie.

»Was ist denn mit euch beiden los?«, geht Leighton dazwischen. Sie bemüht sich nicht, leise zu sprechen, und alle Köpfe drehen sich in unsere Richtung. Anscheinend ist sie noch nicht ganz auf dem Laufenden über die Entwicklungen während ihrer Abwesenheit. Ich werfe Hugo einen vorwurfsvollen Blick zu. Er hat sie hergebracht, obwohl er ganz genau wusste, dass ihr kleiner Freundeskreis endgültig auseinandergebrochen ist.

»Sag es ihr«, sagt Sabine zu Monroe und stampft mit dem Absatz auf. Inzwischen sind alle Partygäste aufmerksam geworden. »Sag ihr, was mit uns los ist, Monroe.«

»Es ist besser, du verschwindest jetzt.« Monroe will sich zum Gehen wenden, doch Sabine tritt dichter vor sie.

»Sag ihr, wer sie aus dem Fenster gestoßen hat.«

Ringsum erhebt sich Gemurmel, als den Leuten klar wird, was sie gerade gesagt hat.

»Werft sie raus«, ruft Monroe den Security-Leuten zu, die unschlüssig herumstehen.

»Nein.« Hugo geht dazwischen. »Ich will hören, was sie zu sagen hat.«

»Erzähl es ihnen«, höhnt Sabine. Sie mag den Krieg verlieren, doch aus dieser Schlacht wird sie siegreich hervorgehen, und es sieht ganz danach aus, als würde es Opfer geben.

»Es war ein Missverständnis«, fängt Monroe an und blickt jedem von uns kurz in die Augen. Zweifellos hofft sie, dass einer von uns sie erlöst. Das Problem ist nur, dass keiner von uns einen Grund dazu hat.

»*Du* hast sie durch das Fenster gestoßen«, schreit Hugo, und ich erinnere mich, wie er erst kürzlich unvermittelt auf jemanden losgegangen ist, den er zuvor noch für seinen besten Freund gehalten hatte. Es spielt keine Rolle, ob Monroe es wirklich getan hat, es reicht, dass Hugo es glaubt.

Bevor ich Jameson auffordern kann dazwischenzugehen, tritt Jonas aus der Menge hervor. Er schuldet Monroe weniger als jeder andere von uns, doch als Hugo drohend auf sie zugeht, hält Jonas ihn von hinten fest.

»Nur die Ruhe«, beschwört er seinen besten Freund.

»Warum? Weil man ein Mädchen nicht schlägt?«, fragt Hugo. »Sie ist keine Lady, sondern eine eiskalte Schlampe.«

»Lass gut sein«, fordert Jonas und bemüht sich mit aller Kraft, Hugo zurückzuhalten. Sie ringen miteinander, aber nach ein paar Augenblicken erschlafft Hugo. Doch bevor wir alle tief durchatmen können, wirft er Monroe einen hasserfüllten Blick zu. »Körperverletzung. Prostitution. Was hast du sonst noch auf Lager, Madame West?«

Die Anschuldigung schlägt ein wie eine Bombe, und das Murmeln verstummt, weil alle die Ohren spitzen, um Monroes Antwort zu hören. Ich blicke mich um und stelle fest, dass nicht wenige die Konfrontation gefilmt haben. In ein paar Stunden wird Monroe Wests Privatleben online durch den Schmutz gezogen werden.

Monroe streckt trotzig das Kinn vor und tut dann, womit wir alle am wenigsten gerechnet haben: Sie zuckt die Schultern.

»Erwischt«, sagt sie mit durchtriebenem Grinsen. Jameson steht wie erstarrt neben mir. Ich habe mich schon gefragt, ob er weiß, was sie treibt. Jetzt kenne ich die Antwort: Er hatte keine Ahnung.

Endlich macht sich die Security an die Arbeit und eskortiert Sabine zum Fahrstuhl. Hugo will ihr hinterhergehen, doch Leighton steht nur da und macht große Augen. Monroe würdigt die ihr ergebene Freundin keines Blickes, bis Leighton mit leiser Stimme ihre Aufmerksamkeit beansprucht.

»Du warst es. Emma hat mir erzählt, dass ich in jener Nacht jemanden gesehen und ihn angelächelt habe, bevor wir durchs Fenster gefallen sind.« Sie wiederholt die Geschichte, die ich ihr erzählt habe, als würde sie sich endlich erinnern. »Du hast versucht, mich umzubringen.«

»Ich habe überreagiert«, antwortet Monroe, woraufhin von allen Seiten Buhrufe ertönen. Wenn sich das erst herumspricht, ist sie in zehn Minuten Stadtgespräch. Die Frage ist nur, ob auch in der Nacht, in der ihr Vater umgebracht wurde, ihr Temperament so dramatisch mit ihr durchgegangen ist – und ich bin bestimmt nicht die Einzige, die sich das gerade fragt.

Doch auch wenn sie unter Beweis gestellt hat, wozu sie fähig ist, weiß ich irgendwie, dass sie es nicht war. Monroe und Jameson haben ihren Vater trotz seiner Fehler nicht gehasst. Ob es rational war oder nicht – Monroe hatte ein Motiv, uns in jener Nacht aus dem Fenster zu stoßen. Welchen Grund konnte sie haben, ihren Vater anzugreifen? Sämtliche Leute, die gerade um uns herumstanden, waren auch dort. Der Raum ist voller Verdächtiger, doch ich kann immer noch kein Motiv erkennen.

Monroe scheint zu begreifen, dass nichts mehr zu retten ist, weil sich die Menge gegen sie stellt, also macht sie kehrt und schreitet würdevoll aus dem Raum.

»Ich muss mit meiner Schwester sprechen«, sagt Jameson mit so eiskalter Stimme, dass mir ein Schauer den Rücken hinunterläuft. Er folgt ihr durch die Menge, und ich überlege, ob ich dazwischengehen soll. Monroe schuldet mir eine Entschuldigung, aber ihre Erklärungen kann sie sich im Grunde sparen. Die Beweggründe für ihr Verhalten sind mir ziemlich klar. Am Ende bleibe ich, wo ich bin, und sehe zu, wie die meisten meiner Hauptverdächtigen in den Fahrstuhl steigen. Sie alle hatten etwas zu verbergen, doch wenn keiner von ihnen für den Mord verantwortlich ist – wer ist es dann?

Als sich die Menge zu zerstreuen beginnt und auf die nächste Überraschungseinlage wartet, kommt Jonas zu mir.

»Wir haben ein Problem.«

Das ist das Letzte, was ich hören möchte. Er bedeutet mir, ihm zu folgen. Sobald wir im leeren Flur sind, bringt er mich auf den neuesten Stand.

»Sie ist weg«, sagt er.

»Wer ist weg?«, hake ich nach und merke, wie Panik in mir aufsteigt. Ich warte gar nicht erst ab, dass er es mir sagt, sondern laufe den Korridor hinunter zu Nathaniel Wests Büro.

Das FBI hat das versiegelte Zimmer schon vor Wochen wieder freigegeben, doch ich habe es nicht über mich gebracht, noch einmal hineinzugehen. Auch nicht, als ich heute Morgen gekommen bin, um die Party vorzubereiten. Das hier war Jonas' Job gewesen. Ich hatte es als Wiedergutmachung für den emotionalen Stress angesehen, den er mir bereitet hatte, als er Fotos von mir im Internet postete.

Das Büro ist so spartanisch eingerichtet, wie ich es in Erinnerung habe, dennoch wühle ich die Schubladen durch. »Vielleicht war ein Zimmermädchen da und hat sie weggelegt.«

»Emma, sie ist nicht hier«, bekräftigt er noch einmal. »Ich habe alles gecheckt.«

»Wo könnte sie denn geblieben sein?« Mir wird vor Aufregung ganz mulmig, und ich fühle mich, als hätte mich jemand im Schwitzkasten. Ohne diese Akte stehen wir mit leeren Händen da.

»Als ich gekommen bin, habe ich mich davon überzeugt, dass sie noch an der vereinbarten Stelle liegt«, erklärt er. »Aber als ich vor ein paar Minuten zurückkam, war sie weg.«

»Hast du das Foto bekommen? Hast du es gepostet?«

Er schüttelt den Kopf, und ich verliere jeden Mut und alle Hoffnung. »Ohne den Köder …«

»Emma«, sagt Jonas langsam. Seine braunen Augen sehen in der Dunkelheit fast schwarz aus. »Könnte jemand gewusst haben, dass sie hier war?«

»Nein. Ich habe es niemandem erzählt.« Mich überkommt Panik, und ich trete gegen den Schreibtischstuhl. Die meisten meiner Verdächtigen sind gerade durch die Lobby nach draußen gegangen, und ob es mir nun gefällt oder nicht, keiner von ihnen schien imstande zu sein, einen Mord zu begehen. Alle waren viel zu sehr mit ihrer Sensationsgier beschäftigt. »Wir übersehen etwas.«

Ich denke einen Moment nach, dann strecke ich den Arm aus: »Zeig mir mal dein Handy.«

Jonas gibt das Passwort ein und reicht es mir. Er hat den Account vom *Dealer* geöffnet. Mein toller Plan hat nichts gebracht. Ich scrolle mich durch die Liste und betrachte jedes einzelne Foto.

»Warum gerade diese Personen?«, frage ich ihn. In der Nacht, in der Nathaniel ermordet wurde, waren Dutzende von Partygästen hier, doch Jonas hatte sich nur auf eine Handvoll von ihnen konzentriert.

»Bauchgefühl, seltsames Verhalten, Vorurteile«, gibt er zu.

Als ich mir die Fotoserie ansehe, bemerke ich etwas, das mir vorher nicht aufgefallen war. Natürlich hatte ich mich vor allem auf Fotos von Jameson und mir konzentriert. Menschen, denen ich nicht vertraue, schienen mir von vornherein verdächtig. Somit blieb nur eine einzige Person übrig, über deren Auftauchen in der Serie ich mir keine Gedanken gemacht hatte.

»Du sagtest, du wolltest so etwas wie ausgleichende Gerechtigkeit herstellen.« Dieses Bedürfnis konnte ich gut nachvollziehen. Ich war Opfer der Nachstellungen durch Monroe und ihre Gang geworden und auf Hugo Roths Playboyallüren hereingefallen. Aber das erklärte nicht jeden, den der *Dealer* anvisiert hatte. »Womit hat Josie sich eine so prominente Rolle in deinem Thread verdient?«

»Es ging mir nicht nur um ausgleichende Gerechtigkeit«, sagt er zögernd. »Ich glaube, ich wollte zeigen, was Leute zu verbergen versuchen.«

Also kannte er Josies Geheimnisse oder zumindest eines davon. Er hatte Fotos gepostet, auf denen sie mit älteren Männern zu sehen war. Weil er ihr zur Abtreibungsklinik gefolgt war, hatte sich Jonas vermutlich denken können, was Josie außerdem für sich behalten wollte.

»Dazu hattest du kein Recht«, sage ich mit zusammengebissenen Zähnen. »Josie hat Probleme …«

Ich fühle mich wie eine Verräterin, weil ich es ausgesprochen habe, doch es entspricht der Wahrheit. Ich verstehe nicht, weshalb Jonas das nicht sieht. Seine eigenen Eltern haben ihn doch für das, was er ist, abgelehnt. Josie hat nicht einmal einen Vater, der sie ablehnen kann.

»Ich wollte herausfinden, wer Nathaniel West ermordet hat, also konnte ich sie nicht ignorieren.«

»Sie war nur ganz kurz auf der Party.« Langsam verliere ich die Nerven.

Warum?, fragt die Stimme in meinem Hinterkopf leise, doch ich tue, als würde ich sie nicht hören.

»Ich habe sie noch spät in jener Nacht gesehen«, korrigiert er mich. »Fast alle waren schon nach Hause gegangen oder nicht mehr zu gebrauchen, aber sie ist gerannt. Und sie sah total fertig aus. Ich wollte ihr hinterherlaufen, aber dann ist Monroe gekommen. Ich wusste, dass ihr beide nicht eingeladen wart, deshalb lenkte ich Monroe ab, um eine Szene zu vermeiden.«

Als mir klar wird, was er da sagt, bleibt mir fast das Herz stehen. »Willst du damit sagen, dass Josie …«

»… weiß, wer Nathaniel West ermordet hat?«, bringt er meinen Gedanken zu Ende. »Davon bin ich überzeugt.«

Kapitel neunzehn

✦ ✦ ✦

Während ich aus dem Büro stürze, schießen mir Fragen durch den Kopf wie Flipperkugeln. Doch obwohl ich mir sage, dass es bestimmt eine vernünftige Erklärung gibt, muss ich mich gleichzeitig fragen, wie ich so blind sein konnte. Ich mische mich wieder unter das Partyvolk und halte in der Menge Ausschau nach Josies roter Maske. Nach Monroes Abgang ist jetzt ein richtiges Besäufnis im Gange. Jede Menge leere Champagnerflaschen liegen herum. Als neben mir die nächsten Korken knallen, mache ich erschrocken einen Satz zur Seite. Die Profikellner haben angesichts der gierigen Meute die Flinte ins Korn geworfen.

Sie feiern Monroes Sturz. Es entbehrt nicht einer gewissen Ironie, dass sie den Champagner zur Verfügung gestellt hat, mit dem auf ihren Rückzug angestoßen wird. Um dieses Chaos wieder aufzuräumen, wird alles Personal der Wests vonnöten sein. Ich vermute, dass Jameson noch damit beschäftigt ist, das Debakel unter vier Augen zu besprechen, doch ich brauche ihn jetzt an meiner Seite.

Ich habe gewaltigen Mist gebaut, und er ist der einzige Mensch, dem ich zutraue, mir zu sagen, wie es weitergehen soll.

Als sich Jonas bei mir einfindet, würde ich ihm am liebsten an die Gurgel gehen. Warum hat er mir nicht gesagt, dass er Josie auf der Party gesehen hat? Warum hat er es überhaupt niemandem erzählt? Weil er damals so viel Angst hatte wie sie jetzt. Er hatte diese Angst fehlinterpretiert. Mir war es nicht anders gegangen.

Solange ich nicht weiß, wo Jameson ist, muss ich mit ihm vorliebnehmen – wenn auch nur als Notlösung.

»Ich muss Josie finden. Sie trägt ein rotes Kleid und eine rote Maske.« Ich überlasse es ihm, die Menge nach ihr zu durchkämmen, und versuche währenddessen, Jameson aufzuspüren. Als ich bereits die Hälfte der West'schen Privatgemächer durchsucht habe, höre ich laute Stimmen. Ich halte inne. Der Lärm kommt aus einem Raum gegenüber von Jamesons Zimmer.

Das Anklopfen erspare ich mir.

Als ich eintrete, blickt Monroe tränenüberströmt und mit verschmierter Wimperntusche auf. Sie öffnet den Mund, um mich hinauszuwerfen, doch ich lasse sie nicht zu Wort kommen.

»Ich brauche dich jetzt«, sage ich zu Jameson.

»Kann das nicht warten?«, fragt er mich, als wir in den Flur treten. »Ich war gerade dabei, meine Schwester ans Kreuz zu nageln.«

»Das kannst du auch morgen früh noch tun. Ich brauche dich. Ich habe Mist gebaut.«

Jameson setzt eine finstere Miene auf und sagt kein Wort, was vermutlich das Beste ist, denn jetzt sprudelt alles aus mir heraus.

»Ich habe einen Fehler gemacht. Ich dachte, ich könnte den Mörder aus der Deckung locken, aber das war falsch. Und jetzt kann ich es nicht mehr rückgängig machen.«

Jameson packt mich an den Schultern und blickt mir entsetzt in die Augen. »Was ist los?«

»Wir haben uns geirrt«, fahre ich fort, und ein hysterischer Schluchzer steigt in mir auf. »Es war kein Mord. Das ist ausgeschlossen.«

»Emma, was redest du da?«

Ich kriege keine Luft mehr und muss mich zwingen, ruhig und tief durchzuatmen. Als ich wieder etwas sage, mache ich es kurz. »Wir müssen Josie finden.«

Er stellt keine Fragen, obwohl ich sicher bin, dass er so viele hat wie ich. Vielleicht reagiert er damit auf meine Panik, vielleicht hat er aber auch nur in den Notfallmodus geschaltet. Er nimmt mich an der Hand, und wir mischen uns unter die Feiernden. Als wir uns durch die Menge schlängeln, lässt er meine Hand nicht mehr los. Wann immer ich eine rote Maske entdecke, reiße ich sie herunter, ohne zuvor genauer hinzusehen. Doch keine der roten Masken gehört zu ihr. Als wir die Menge durchquert haben, stecken wir die Köpfe zusammen.

»Hast du sie gesehen?«, fragt er.

Ich schüttele den Kopf und fange schon wieder an zu japsen.

»Beruhige dich«, verlangt er. »Was ist los?«

»Das kann ich dir jetzt nicht erklären!«

»Die Kurzversion«, bittet er.

»Es könnte sein, dass ich die Polizeiakte über die Ermordung deines Vaters in die Finger bekommen habe.« Ich warte gar nicht erst ab, wie er auf diese Information reagiert. »Ich habe Jonas dazu überredet, den *Dealer* zu benutzen, um den Mörder anzulocken.«

»Was hast du getan?«

»Es war naiv, das ist mir jetzt klar, aber ich dachte, es geht nicht anders.« Mein Rechtfertigungsversuch ist jämmerlich, aber es kümmert mich nicht, denn die möglichen Konsequenzen meines Verhaltens beschäftigen mich viel zu sehr.

»Was hat das mit Josie zu tun?«

»Ich glaube, sie hat die Akte.« Warum sie sie meiner Meinung nach genommen hat, mag ich gar nicht aussprechen.

Jameson scheint mich aber auch so zu verstehen. »Wir werden sie finden. Alles wird gut.«

Wie kann er das sagen? Wie kann jemals wieder etwas gut sein? Doch ich erinnere mich an die Inschrift in dem Ring, den ich trage. Wenn es je einen Moment gab, in dem ich die Hoffnung nicht aufgeben durfte, dann jetzt. Jameson führt mich an der Bar und an einem der Aufpasser vorbei, die hier postiert wurden, um ungebetene Gäste vom Betreten des Privatbereichs abzuhalten. Der Wachmann flirtet mit ein paar betrunkenen Mädchen, die ich kenne und von denen ich weiß, dass sie ein Jahr jünger sind als ich.

»Ist hier jemand durchgekommen?«, will Jameson von dem Wachmann wissen, der sofort aufspringt.

»Nur Leute von uns.«

»Wer?«, hake ich nach. Ich weiß gar nicht mehr, wer zu unseren Leuten zählt. Freund und Feind zu unterscheiden fällt mir gerade so schwer wie noch nie.

»Steve und Ihr Leibwächter, Maddox. Aber die sind schon wieder weg.« Ich sehe, wie in seinem Kopf die Zahnräder arbeiten, als er sich zu erinnern versucht. »Und Ihre Freundin.«

Mir gefriert das Blut in den Adern, und ich muss mich für meine Antwort brutal zusammenreißen: »Die mit dem roten Kleid?«

Er nickt.

Sie war schon vor Beginn der Party gekommen und in Jamesons Zimmer gewesen. Wir hatten in der Küche zusammen eine Kleinigkeit gegessen. Die Wachen sahen in ihr natürlich eine Freundin der Familie, die berechtigt war, diesen Bereich zu betreten.

»Wo ist sie hin?«

Sobald er in Richtung Küche zeigt, laufe ich los. Jameson bleibt mir auf den Fersen. Ein paar Leute vom Servicepersonal machen große Augen, als wir um die Ecke biegen. Sie ist nicht da. Ich sehe mich um und überlege, wohin sie verschwunden sein könnte.

»Wenn sie wegen der Akte gekommen ist, wäre sie danach dann nicht gegangen?«, fragt Jameson.

»Ich weiß es nicht.« Die Beweise, die die Akte enthält, wären nicht aus der Welt geschafft, indem sie diese an sich nimmt. Schließlich ist es nur eine Kopie. Doch sie war gekommen. Als ich Jonas vorhin sagte, dass niemand sonst in unseren Plan eingeweiht war, hatte ich mich geirrt. Josie wusste davon.

Weil ich es ihr erzählt hatte.

Sie wusste, dass es eine Falle war, und ist trotzdem hineingetappt. Ich bin fassungslos, als mir das klar wird. Jameson hält mich fest, weil ich ins Taumeln gerate, und in diesem Moment sehe ich das Schwarz-Weiß-Foto auf der Laufschiene der Schiebetür liegen.

Ich zwinge mich weiterzugehen, öffne die Tür und trete auf die Dachterrasse hinaus. Die Nacht ist ungewöhnlich ruhig. In dieser Höhe könnte man eigentlich eine Brise erwarten, doch nichts stört die Szene, die sich mir bietet. Überall auf dem Zement liegen, wie bei einer Schnitzeljagd, Fotografien und Schriftstücke verteilt.

Sie führen mich direkt zu ihr. Ich sehe etwas Rotes im Pool und renne zum Wasser. Bevor ich ihn erreiche, stürze ich und schürfe mir die Knie auf.

Jameson kommt zwar bis zum Rand des Schwimmbeckens, bleibt dort jedoch stehen. »Es ist nur eine Maske.«

Ich schreie erleichtert auf und zwinge mich dann, wieder aufzustehen. Ich muss sie finden. Als ich sie entdecke, erstarre ich. Sie hockt mit dem Rücken zu uns auf der Brüstung, so als würde sie auf den Strip schauen, der tief unter ihr verläuft.

»Josie«, rufe ich zaghaft.

Sie blickt über ihre Schulter zu mir und lächelt mich traurig an. Das gibt mir den Mut, weiter auf sie zuzugehen.

»Du bist gekommen«, sagt sie. »Ich wusste, dass du kommen würdest.«

»Ganz egal, was passiert ist, das kommt schon wieder in Ordnung.«

Ihr Lachen klingt wie ein heiseres Bellen. »Sag mal, Jameson…« Sie dreht sich auf der rutschigen Metallbrüstung um, bis sie uns zugewandt ist. Mir bleibt das Herz stehen vor Angst, sie könnte abstürzen. »Ist es in Ordnung? Ich habe deinen Vater umgebracht. Ist das okay?«

Ich bringe es nicht über mich, ihn anzusehen. Hier stehe ich, zwischen den beiden Menschen, die mir am meisten auf der Welt bedeuten, während die Wahrheit uns zerreißt.

»Ich glaube, ich verstehe dich. Er war auch dein Vater, oder?« Jamesons Stimme ist gefasst und voller Mitgefühl, und zum ersten Mal, seit mir die furchtbare Wahrheit aufgegangen ist, bilde ich mir ein, dass alles tatsächlich wieder in Ordnung kommen könnte.

»Ihr müsst mir glauben… Ich wusste das nicht«, sagt sie, und eine Träne läuft ihre Wange hinunter. »Ich hatte das nicht geplant.«

»Das wissen wir doch«, sage ich. »Wir können darüber reden.« Ich mache eine Geste, mit der ich sie bitte herunterzukommen, doch sie krallt sich am Geländer fest.

»Außer uns weiß niemand, was passiert ist. So kann es auch bleiben«, verspricht ihr Jameson.

»Du bist wirklich der Bruder, den ich nie hatte.« Sie schnieft und zögert einen Moment, als würde sie über sein Angebot nachdenken. »Aber ihr kennt die Wahrheit nicht.«

»Ich kenne sie«, sage ich. Ich kann es mir halbwegs zusammenreimen.

»Ich habe dich gesucht.« Sie richtet ihre Aufmerksamkeit

auf mich. »Wir hatten uns verloren und… Ich wollte gar nicht in seinem Büro landen. Aber als es dann passiert ist, war es anders, als ich es mir vorgestellt habe. Er wollte, dass ich bleibe. Ich wusste, warum. Es gab genug ältere Männer, die versucht haben, mich mit nach Hause zu nehmen.«

Ich nicke ihr aufmunternd zu. Sie soll sich jetzt alles von der Seele reden, damit wir das Kapitel abschließen können.

»Weißt du, ich habe nie mit einem von diesen Kerlen geschlafen«, gibt sie zu. »Ich habe mich von ihnen zum Abendessen einladen und verwöhnen lassen.«

Ich gehe einen Schritt weiter auf sie zu. Wenn ich den Arm ausstrecke, könnte ich sie zu fassen kriegen. »Du warst noch Jungfrau.«

Das ist keine Frage, sondern eine Feststellung.

»Ich hatte stets nur die große Klappe. Aber nach all den Jahren gibt es immer noch Leute, die die Gerüchte über mich nicht kennen.« Sie legt den Kopf in den Nacken, als würde sie in den Himmel sehen. »Ich hatte es satt, immer nur zu reden. Und ich hatte es auch satt, wie Dreck behandelt zu werden. Wir waren zu der Party nicht eingeladen. Hat sie dir das erzählt?«

»Ja«, antwortet Jameson. Er rührt sich nicht vom Fleck. Zweifellos will er sie nicht erschrecken. Er muss ihr die Absolution erteilen, die sie braucht, nicht ich.

»Wir beide sind Männern begegnet, die unser Leben verändert haben.« Eine unerwartete Windböe peitscht den Rock um ihre Beine, und ich springe vor, weil ich fürchte, sie könnte vom Dach geweht werden. Sie hebt die Hand, um mich zu stoppen.

»Josie, bitte komm da runter«, flehe ich sie an.

Sie ignoriert mich. »Ich habe mich nicht gewehrt. Ich wollte es. Ich wollte Monroe West in die Augen sehen und erklären, dass ich ihren Vater gevögelt habe. Ich habe mir gesagt, dass sie nichts davon verdient hat und dass ich nur mal eine Kostprobe davon wollte.«

»Er hat mir wehgetan.« Ihr Blick schweift in die Ferne, als sie sich die Ereignisse der schicksalhaften Nacht wieder ins Gedächtnis ruft. »Aber ich habe nicht geweint. Er sagte, dass ich darauf stehe … und dass ich ein braves Mädchen bin.«

»Warum?«, fragt Jameson schließlich. »Was hat er dir angetan?«

»Er hat nach meinem Namen gefragt. Er wollte mich anrufen, und mir war in dem Moment alles egal. Ich dachte, vielleicht kümmert sich mal jemand um mich, also habe ich ihm gesagt, wie ich heiße. Josie Deckard. Ich werde nie seinen Gesichtsausdruck vergessen, als er mich fragte, ob Marion Deckard meine Mutter sei. Als ich Ja sagte, ist er ausgerastet. Er hat mich gepackt und gefragt, warum ich gekommen bin. Er wollte wissen, was ich vorhabe. Und wie ich es herausgefunden hätte. Ich glaube, er hat gar nicht gemerkt, dass er mir wehtat«, sagt sie leise. »Ich habe gar nicht richtig mitbekommen, wie ich den Brieföffner gegriffen habe. Als er mir vorwarf, gekommen zu sein, um mit ihm zu vögeln, damit ich ihm noch mehr Geld aus dem Kreuz leiern könne, habe ich es zuerst gar nicht kapiert. Erst als er mich fragte, wie pervers ein Mädchen sein muss, um mit ihrem Vater zu vögeln.«

Ich schlage mir die Hand vor den Mund, um nicht laut loszuschreien. Jetzt begreife ich plötzlich, warum sie sich in den letzten Monaten so seltsam verhalten hat. Ihr ganzes Leben lang wollte Josie ihren Vater kennenlernen. Mit so etwas hätte niemand rechnen können.

»Ich kann mich nicht an viel erinnern, nur noch daran, wie es sich anhörte, als seine Haut aufgeplatzt ist und die Klinge in ihn eingedrungen ist. Ich höre es ständig. Ich spüre immer noch, wie meine Haut jedes Mal vibriert hat, wenn ich zugestochen habe. Und dann bin ich losgerannt und hab darauf gewartet, dass jemand kommt, um mich zu verhaften.«

»Niemand ist hinter dir her«, sage ich in der Hoffnung, sie damit zu beruhigen.

»Sollten sie aber. Ich stand daneben und habe zugesehen, wie sie dich beschuldigt haben. Ich hatte viel zu viel Angst, mich zu rühren. Selbst als ich herausfand, dass ich schwanger bin, und mir über das, was geschehen war, nichts mehr vormachen konnte, war ich wie gelähmt.«

Ihr Geständnis schockt Jameson. Ich habe ihm nichts von ihrer Schwangerschaft erzählt, weil es ihn nichts anging. Und nun erfährt er im denkbar schlechtesten Moment davon.

»Was denkst du jetzt von mir?«, fragt sie ihn. »Ist es immer noch so leicht, mir zu vergeben?«

Ich halte den Atem an und warte auf seine Antwort.

»Ja«, sagt er. »Ich vergebe dir.«

»Wir stehen das zusammen durch.« Ich strecke ihr den Arm entgegen, doch sie hebt langsam die Hand und schüttelt den Kopf. Tränen laufen über ihre Wangen. »Wir kümmern uns um alles«, beschwichtige ich sie.

»Nein, das werdet ihr nicht.« Sie schüttelt den Kopf. Ihre Hand ist zum Greifen nah. »Meine Mama hat immer gesagt, dass jeder für sein Schicksal selbst verantwortlich ist. Bei mir ist nur Chaos, Em.«

»Das ist bei uns nicht anders«, versichere ich ihr.

»Ich muss reinen Tisch machen. Das verstehst du doch, oder?«

Ich nicke und bewege mich ganz langsam in ihre Richtung. »Ich werde dir helfen.«

Sie lacht verloren auf, ihr Lachen gellt durch die stille Nacht. »Die Deckard-Mädels lassen sich von niemandem helfen, schon vergessen?«

»Josie!«

Sie lächelt noch ein letztes Mal, dann lässt sie sich fallen.

Kapitel zwanzig

Eine dicke Decke ist um meine Schultern gewickelt. Ich blinzele, als ich Jameson verschwommen in mein Blickfeld kommen sehe. Die Nacht spannt sich schwarz über uns, kein Stern funkelt am Himmel, als sei über uns ebenfalls alles erloschen.

»Du zitterst«, sagt Jameson.

»Ja?« Ich hatte es nicht bemerkt.

Er reibt mir die Schultern, signalisiert, dass er für mich da ist und lässt mich ruhig inmitten des Chaos sitzen. Dass alles voller Polizisten und FBI-Agenten ist, die den Tatort sichern, ist mir bewusst. Als ein Blitzlicht aufflammt, zucke ich zwar zusammen, rühre mich jedoch nicht vom Fleck.

Kurz nachdem es passiert ist, bin ich an Ort und Stelle zusammengebrochen, und ich schaffe es immer noch nicht, wieder aufzustehen. Nicht, solange noch wildfremde Menschen versuchen, die letzten Momente im Leben meiner besten Freundin zu rekonstruieren.

Ein Sanitäter kommt zu mir und erklärt, dass ich wahrscheinlich unter Schock stehe. Ich nicke, ohne zu sagen, dass mir das völlig egal ist. Als er vorschlägt, dass ich mich auf eine Trage lege, geht Jameson dazwischen.

»Es geht ihr gut«, sagt er bestimmt.

»Es wäre das Beste, wenn …«

Jameson lässt den Mann nicht ausreden. »Ich weiß, was am besten für sie ist.«

Ich blicke ihn an und strecke ihm dann langsam meine Hand entgegen. Er muss mir Halt geben, während alles unkontrolliert auf mich einstürmt. Später können wir über das Geschehene reden. Später werden wir uns damit beschäftigen. Später werde ich auch mehr spüren als nur diese Benommenheit.

Absätze klicken gnadenlos über den Beton. Ich höre, wie die entschlossenen Schritte näher kommen. Jameson strafft den Rücken, doch ich bringe es nicht einmal fertig aufzusehen.

»Emma.« Agent Mackeys Stimme klingt ungewöhnlich sanft. Es wäre mir lieber, wenn sie schreien würde. »Wir haben ein paar Fragen an Sie.«

»Ich werde mich gerne später mit Ihnen unterhalten«, unterbricht Jameson sie.

»Wir benötigen dringend die Aussagen von Ihnen beiden.« Sie gibt sich Mühe, leise zu reden. Am liebsten würde sie schreien. Das kann ich ihr nicht zum Vorwurf machen.

»Wir können dafür sorgen, dass sie in ein paar Tagen eine Aussage macht.«

»Unter den gegebenen Umständen hatte ich angenommen, dass Sie die Sache gern schnell hinter sich bringen würden«, zischt Mackey.

»Wir haben es schon hinter uns«, antwortet Jameson unvermindert geduldig. »Und deshalb werden sich meine Anwälte in ein paar Tagen mit Ihnen in Verbindung setzen.«

»Mister West«, hebt sie an.

»Sie können sich mit meinen Anwälten unterhalten.« Er beugt sich hinunter, sodass nur ich ihn hören kann. »Ich will dich jetzt nach Hause bringen.«

»Ich habe kein Zuhause«, murmele ich. Wenn überhaupt, dann hatte ich Menschen, die mir Halt gegeben haben. Und jetzt fehlt schon wieder einer von ihnen, und ich kann nicht mehr aus eigener Kraft stehen.

»Ich bin dein Zuhause«, erinnert er mich. »Soll ich dich tragen?«

Als ich nicht antworte, trägt er mich auf seinen Armen aus diesem Albtraum. Er fährt uns in die Berge, weil wir uns beide dort noch am ehesten zu Hause fühlen.

In dieser Nacht hält er mich fest in den Armen. Wir sagen kein Wort, obwohl wir beide nicht schlafen. Die Uhr auf dem Nachttisch zählt langsam die Minuten, und ich sehe zu, wie eine nach der anderen vergeht. Ein Augenblick, der sich endlos auszudehnen scheint. Selbst als das erste Licht der Morgendämmerung über den Horizont kriecht, scheint es mir völlig unvorstellbar, dass die Sonne jemals wieder aufgeht.

Dennoch tut sie es.

Später

Doktor O'Donnell fragt mich nie, wie es mir geht. Das ist der einzige Grund, warum ich noch zu ihr gehe.

In ihrem Büro hängen gerahmte Rohrschachtests an der Wand. Ich kann mich nach wie vor nicht entscheiden, ob das Bild, das über ihrem Schreibtisch hängt, einen Hund oder einen Elefanten darstellt. Sie will mir nicht verraten, was das zu bedeuten hat.

Sie setzt sich in ihren Sessel gegenüber der Couch und schlägt die Beine übereinander. Sie macht sich keine Notizen, und ich lege mich nicht hin. Meistens reden wir.

»Hast du geweint?«, fragt sie mitfühlend.

Ich schüttele den Kopf. Auf der Beerdigung habe ich geweint. Zuzusehen, wie Marion ihre Tochter unter die Erde brachte, hat mich so erschüttert, dass ich keine Tränen mehr habe.

»Was hast du wegen morgen für ein Gefühl?«

»Eigentlich gar keins«, gebe ich zu. Einer der Gründe, weshalb ich meine Zustimmung zu der Therapie gegeben habe, ist die Taubheit, die seit der Nacht von Josies Tod nicht nachgelassen hat.

»Eines der Probleme, mit denen du fertigwerden musst, ist das Gefühl, dass alles sowieso keinen Zweck hat«, erklärt sie. »Dass alles unausweichlich ist.«

»Ist es denn nicht so?«, frage ich. Leben. Tod. Steuern. Davor gibt es kein Entkommen für mich.

»Hast du mit deiner Mom geredet?«

»Sie kommt allmählich mit meiner Pseudo-Verlobung klar.« Nachdem all das passiert war, erlitt meine Mom einen plötzlichen Ausbruch von mütterlicher Überfürsorglichkeit. Sie weigerte sich anzuerkennen, wie ernst es mir mit meiner Beziehung zu Jameson war, doch inzwischen verlangt sie nicht mehr, dass ich bei ihr einziehe. »Und sie hat endlich den ganzen Kram von Hans zusammengepackt.«

Den Namen meines Stiefvaters auszusprechen macht mir nichts aus. Und was er getan hat, berührt mich ebenso wenig.

»Wie geht es Jameson?« Damit schneidet sie das einzige Thema an, mit dem sie jedes Mal eine emotionale Reaktion in mir hervorrufen kann.

Gegen meinen Willen lächele ich. »Perfekt.«

Sie weiß das natürlich. Auch er war in den letzten Wochen bei ihr in Behandlung. Doch während meine Therapie aus offenen Fragen und Ermutigung bestand, hatte er sich für einen proaktiven Weg entschieden.

»Ich muss dich das fragen, Emma. Bist du sicher, dass du morgen wieder auf die Belle Mère Prep gehen willst?«

O'Donnell ist eigentlich nicht der ängstliche Typ, doch jetzt klingt sie besorgt. In Anbetracht der Tatsache, dass ich eine wandelnde Zeitbombe bin, kann ich ihr das nicht verdenken.

»Ja.« Ich hätte auch andere Möglichkeiten, aber ich will nicht kneifen und davonlaufen. »Es ist nicht das erste Mal, dass ich zurückkehre, ohne …«

»Hast du mit Monroe geredet? Sie wird auch wieder zur Schule gehen.«

Meine Mundwinkel zucken bei der Vorstellung, dass Jamesons Schwester so etwas wie eine Verbündete sein könnte. Aber das behalte ich für mich. Trotz der Nachwirkungen ihres nächtlichen Geständnisses war Monroe zur Stelle gewesen, um mich zu stützen. Es stimmt wirklich: Die Wests halten zusammen.

»Nun, du hast meine Telefonnummer. Wenn du ein bisschen reden willst, bin ich für dich da.«

Bei ihrem Stundensatz würde es mich nicht wundern, wenn sie mich morgen begleiten und meine Hand halten würde.

Vor ihrem Sprechzimmer erwartet mich ein beruhigender Anblick: Jameson, der in einer Zeitschrift blättert. Als die Tür aufgeht, blickt er auf, und auf seinem Gesicht breitet sich ein strahlendes Lächeln aus. Seine Therapie scheint besser zu verlaufen, sonst würde er mich nicht so oft so ansehen. »Fertig?«

»Ja, klar.« Ich strecke meine Hand aus, und er nimmt sie.

Es ist ihm in letzter Zeit schwerer gefallen, mich aus den Augen zu lassen. Das ist eines der Themen, an denen er mit Doktor O'Donnell arbeitet. Ich hoffe, dass sie Fortschritte machen, denn morgen kehre ich für mein letztes Schuljahr in die Schule zurück.

Die Wahrheit ist: Mit ihm zusammen zu sein ist offenbar

die einzige Medizin, die wirkt. Mit ihm an meiner Seite kann ich an die Zukunft denken, ohne von der Trauer übermannt zu werden. Er bringt mich zum Lachen. Nachts fliehen wir vorübergehend für ein paar heiße Stunden in die Arme des anderen, und wenn er neben mir einschläft, habe ich keine Albträume.

Trotz meiner Einwände ist unser neues Haus mit einem Tor gesichert. Als ich mich weigerte, auf mein letztes Schuljahr auf der Belle Mère Prep zu verzichten, musste ich mich auf einen Kompromiss einlassen. Wenn wir hindurchfahren, erinnern mich die vor dem Tor kampierenden Reporter daran, warum er darauf bestanden hat.

»Der Verkauf ist abgeschlossen«, sagt er und beobachtet aufmerksam meine Reaktion.

»Gut.« Mehr brauche ich wohl nicht zu sagen. Als er mir zum ersten Mal erzählte, dass er das West Casino verkaufen wollte, hatte ich erwidert, dass er sich die Mühe sparen könne. Auch wenn der Käufer einen anderen Namen an der Fassade anbringt, würde es doch weiterhin in der Skyline von Las Vegas aufragen und schlechte Erinnerungen wachrufen. Als er mich darauf aufmerksam machte, dass sich der Käufer verpflichten müsse, das Gebäude abzureißen, hatte er mich überzeugt. Seitdem hat er fast den gesamten Immobilienbesitz der Wests verkauft.

Sein Handy klingelt, als ich den Milchkarton aus dem Kühlschrank hole. Er sieht aufs Display und seufzt.

»Deine Mom oder Monroe?«, frage ich.

»Meine Mom.« Er nimmt das Gespräch entgegen und marschiert in sein Büro.

Nachdem er das Casino losgeworden ist, hat er Zeit, um zwischen seiner Mutter und seiner Schwester zu vermitteln. Monroe hatte uns alle überrascht, als sie eine Realityshow aus der skandalösen Enthüllung ihres geheimen Lebens machte. Einen Tag später nahm mich Jameson zum Hauskauf mit.

Meine Mutter hatte sich dafür entschieden, ihr Haus in Palm Springs zu behalten, auch nachdem ich das Angebot ausgeschlagen hatte, bei ihr einzuziehen. Sie und Dad hatten nach etwas Druck von meiner Seite schließlich ihren Segen dazu gegeben, dass ich mit Jameson zusammenzog. Ich hatte mich dazu gezwungen gesehen, meinen Diamantring funkeln zu lassen und sie zu fragen, ob sie ihre Enkelkinder lieber jetzt oder erst später haben wollten. So fanden wir schnell zu einer Einigung.

»Es ist so krass, dass es schon fast wieder gut ist«, sagt Jameson angewidert, als er zurückkommt. »Eine Puffmutter, die auf die Highschool geht. Was für Shows wollen die sich denn noch ausdenken?«

Ich bekomme Zustände, wenn ich nur daran denke. »Sie wird erst damit aufhören, wenn wir die Kardashians sind.«

»Ich werde nicht zulassen, dass eine Kardashian aus dir wird«, gelobt Jameson und verdient sich damit ein herzliches Lächeln.

»Das ist wahre Liebe.«

»Da wir gerade von Liebe reden.« Jameson bückt sich, hebt mich aus meinem Stuhl und wartet auf Anweisungen.

»Bring mich ins Bett«, lautet mein Befehl.

Wir vertreiben uns die Zeit unter der Decke und genießen den letzten Nachmittag, der nur uns beiden gehört, bevor das Leben unseren persönlichen Heilungsprozess unterbricht. So verstehen wir uns am besten. Jede Berührung schenkt uns Kraft und Zuversicht, die wir nirgendwo sonst finden können. Wir unterhalten uns seufzend und flüsternd mit zitternden Mündern und gierigen Händen. Als wir schließlich ermattet beieinander liegen, haben wir immer noch Worte, um die Zeit bis zum nächsten Akt zu überbrücken.

»Was geschieht, wenn alles weg ist?«, frage ich mit leiser Stimme.

»Wenn *was* weg ist?«, flüstert er in mein Ohr.

»Die Hotels, die Immobilien und die Firmen. Wie soll es weitergehen? Was bleibt dann noch übrig?«

»Du und ich«, antwortet er nur.

»Das ist nicht viel.«

»Das ist alles.«

* * *

Der nächste Morgen rückt unerbittlich näher. Ich habe widerwillig zugestimmt, dass James mich am ersten Schultag fährt, aber als er anbietet, mir ein Lunchpaket zu machen, lehne ich entschieden ab.

Als wir auf dem Parkplatz eintreffen, grüßen mich ein paar Leute mit hochgerecktem Daumen, was mir ziemlich auf die Nerven geht.

»Die halten mich für eine verdammte Heilige.« Ich verdrehe hinter meiner Sonnenbrille die Augen. Ich habe mich schließlich in mein Schicksal gefügt und mir ein paar extragroße Brillen zugelegt.

»Dann mach ihnen die Hölle heiß, Herzogin.«

Was das angeht, bin ich sowieso fest entschlossen. Der Schulrat hatte in seiner unendlichen Weisheit entschieden, dass das neue Schuljahr etwas später beginnen sollte. Verlängerte Sommerferien sollten den Schülern Zeit zum Trauern geben und Zeit, die tragischen Ereignisse zu verarbeiten.

So etwas kann man sich nicht ausdenken.

Für die meisten meiner Altersgenossen bedeutete das höchstens spontane Last-Minute-Urlaube.

Neben uns fährt schwungvoll ein Wagen in die Parklücke und hupt. Monroe hat ihr goldenes Cabriolet gegen einen Porsche in einer Farbe getauscht, die sie als »Nuttenrot« bezeichnet. Das eine muss ich ihr lassen: Sie hat kein Problem damit, eine Marke aus sich zu machen.

Sie wartet, dass ich aussteige, und ich seufze. Dann drehe ich mich um, blicke durchs Heckfenster und frage Jameson noch einmal: »Bist du sicher, dass ich Maddox wirklich brauche?«

»Du würdest ihn vermissen, wenn Monroes Filmteam aufkreuzt«, bemerkt er trocken.

Da mag er recht haben.

»Es ist noch nicht zu spät kehrtzumachen.«

Jamesons Vorschlag klingt verlockend, doch ich schüttele den Kopf. »Ich soll doch nicht weglaufen, hast du das schon vergessen?«

»Vor mir sollst du nicht weglaufen. Aus der Highschool zu flüchten wäre nachvollziehbar und in Ordnung.«

Er küsst mich so lange und leidenschaftlich, dass meine Lippen sich geschwollen anfühlen, als wir uns voneinander lösen. Dieses Gefühl wird mich den Tag über begleiten.

»Endlich!«, ruft Monroe und knallt ihre Autotür zu. »Es ist ein bisschen seltsam, dass er dich zur Schule bringt.«

»Du bist ein Callgirl. Das ist ja wohl noch ein bisschen seltsamer«, erinnere ich sie.

»Touché.« Sie wirft sich die Tasche über die Schulter und quasselt irgendetwas von Wettbewerbsverboten und Verzichtserklärungen. Auf jeden Fall scheint sie es als ihre Pflicht anzusehen, mich mit Details über ihre neue Sendung zu langweilen. Ich interpretiere das als ein Zeichen ihrer Sympathie.

Kurz vorm Eingang bleiben wir beide stehen.

»Das wird das letzte Mal sein, dass wir an einem ersten Schultag durch diese Türen gehen.« Es ist ein unerwartet sentimentaler Moment, bis sie hinzufügt: »Zum Glück.«

Doch ich weiß, dass sie sich genauso fremd fühlt wie ich. Wir blicken in ein Meer aus unbekannten Gesichtern. Monroe spricht es nicht aus, doch ich weiß, wenn in diesem Schuljahr überhaupt noch jemand da ist, den sie mehr oder weniger als Freundin betrachten kann, dann bin ich es. Auch wenn sie sich wieder mit Sabine und Leighton verträgt – die beiden sind an neue Schulen gewechselt. Jonas hat sich entschieden, mit seiner Schwester zu tauschen. Er hat die Stadt verlassen, um eine andere Schule zu besuchen, und sie kam nach Hause. Zu guter Letzt erfuhr ich, dass Hugo Roth dem Schuldirektor erklärt hat, er wolle eine »Auszeit« nehmen.

Monroe verabschiedet sich an der Tür zu dem Raum, in dem der Leistungskurs Wirtschaft stattfindet. Ich könnte wetten, dass sie denen das eine oder andere beibringen wird. Ich gebe mir unterdessen alle Mühe, die Aufmerksamkeit zu ignorieren, die mir entgegengebracht wird, als ich zum Leistungskurs Literatur eile.

Mr. Hunter blickt von der Tafel auf, und ich trete ein.

»Miss Southerly«, sagt er freundlich. »Die Literaturliste für die Sommerferien haben Sie doch bestimmt abgearbeitet, oder?«

Die Selbstverständlichkeit, mit der er mir diese Frage stellt, verblüfft mich.

»Ich hinke ein wenig hinterher«, gebe ich zu.

»Sie sollten versuchen, das nachzuholen«, rät er mir und teilt den Stoffplan aus. Es ist eine beruhigend alltägliche Geste.

Nach den Ferien sind wir an der Belle Mère Prep zurück. Manche haben den Sommer in Europa verbracht, andere ein paar neue sexuelle Eroberungen gemacht. Ich bringe einen Leibwächter mit. Das ist doch besser als nichts.

Sollen sie mich in den Fluren ruhig anstarren. Wer kann es ihnen verdenken? Schließlich habe ich den Großteil des Sommers als Hauptverdächtige in einer Mordermittlung zugebracht. Meine Mitschüler glotzen mich an, als ich mich hinsetze. Zweifellos versuchen sie zu erkennen, ob sich schon ein Babybäuchlein abzeichnet. Das würde das Ganze noch toppen.

Das habe ich dem *TMZ* zu verdanken, diesem Klatschblatt.

Doch während sie gaffen, muss ich immerzu an jene denken, die heute Morgen nicht da sind, um ihr letztes Schuljahr zu beginnen. Ihre Abwesenheit beunruhigt mich genauso wie ein unerklärlicher Schatten in einem leeren Zimmer. Manche sind weg. Eine hat das Ende des Sommers nicht mehr erlebt.

Lebendig oder tot – jetzt sind sie Gespenster, und ich bin es ihnen schuldig, aus ganzem Herzen zu leben.

Dank

Von diesem supergeheimen Projekt wussten bis zu seiner Fertigstellung nur sehr wenige Menschen, die überaus geduldig mit mir waren, während ich über den Drehungen und Wendungen der Geschichte brütete. Ihnen gilt mein ganzer Dank.

Ohne sie würde ich keinen einzigen Tag überstehen. Sie ist meine Komplizin, meine Schwester und meine Managerin: Elise Lee.

Rebecca Yarros, du bist mein Cheerleader und meine Seelenverwandte – eine Bessere als dich gibt es nicht. S. L. Scott, nach jedem Gespräch mit dir fühle ich mich von Neuem inspiriert. Deine Begeisterung ist über alle Maßen mitreißend. Shayla – deinen Nachnamen gebe ich nicht preis, doch hab Dank für all die nächtlichen Gespräche und Schreibsprints. Was für ein Segen, euch alle zu kennen.

Louise Fury – dein Name passt zu dir. Ich kann kaum glauben, dass du meine Literaturagentin bist. Ich danke dir für deine Unterstützung und deinen Rat. Dies ist der Beginn einer wunderbaren Freundschaft.

Becca Mysoor, als ich dich und deinen fantastischen Lippenstift kennengelernt habe, wusste ich gleich, dass wir Freundinnen werden. Du bist der süßeste Lippenstift-Guru, den ich kenne, und eine großartige Herausgeberin. Danke, dass du es mit mir versucht hast.

Janet Wallace, du stellst meine Welt auf den Kopf und überraschst mich jeden Tag aufs Neue. Ich bin so froh, dich in meinem Team zu haben!

Mein Dank gilt den Autoren, die mich jeden Tag von Neuem inspirieren, ich selbst zu sein, weiterzuschreiben und Geschichten zu erzählen. Danke, Meredith Wild, dass du die Kneipen- und Limo-Touren organisierst. Audrey Carlan, dein wacher Geist ist täglich neuer Ansporn für mich. Ich könnte noch so viele andere aufzählen, doch dazu würde ich ein ganzes Buch benötigen. Ich fühle mich über die Maßen geehrt, mit euch in dieser Branche arbeiten zu dürfen.

Jackie, danke, dass du mir zur Seite stehst, wenn es auf den Abgabetermin zugeht.

Und ich danke dem ganzen Team von Ivy Estate. Ihr lasst meine Träume wahr werden.

Auch meinem großartigen Team bei Blanvalet und der Agentur Meller kann ich gar nicht genug danken. Vielen Dank für all eure harte Arbeit, eure Unterstützung und Begeisterung.

All ihr Lieben, ich weiß gar nicht, wo ich anfangen soll. Nur für euch möchte ich jeden Tag schreiben, ich danke euch, dass ich euch Geschichten erzählen darf. Kein Buch lebt ohne seine Leser. Ich danke euch, dass ihr dieses Buch lest. Ihr seid der Grund, warum ich das alles tue.

Meinen deutschen Lesern gebührt ein besonderer Dank. Ihr seid mein Fels in der Brandung und inspiriert mich jeden Tag aufs Neue. Vielen Dank für eure Nachrichten und Fotos. Ihr weckt in mir den Wunsch, weiter Bücher für euch zu schreiben – ich kann es kaum erwarten, meine Geschichten mit euch zu teilen.

Und Josh: Ich bin so froh, dass wir den ganzen Tag lang miteinander reden oder schweigen können. Du lässt mich an die wahre Liebe glauben.

Leseprobe

Now and Forever

Weil ich dich liebe

von Geneva Lee

Jillian Nichols weiß, dass sie nicht wie andere Mädchen ist. Dass sie nie eine Zukunft, nie ein normales Leben haben wird. Doch sie will kein Mitleid und tut alles, um ihr Geheimnis vor allen zu verbergen. Darum gibt es für sie klare Regeln, wenn es um Jungs geht – einen Tanz, einen Drink, eine Nacht und niemals mehr. Das geht so lange gut, bis sie Liam trifft. Der schottische Austauschstudent ist nicht nur superhot und supernett, sondern auch superstur. Liam will nicht nur eine Kerbe an Jillians Bettpfosten sein und ihre Regeln sind ihm völlig egal. Er ist wild entschlossen, an Jillians Seite zu bleiben. Doch wird sie ihm jemals vertrauen?

Prolog

Montagnacht wurde geangelt. Diese Tradition hatten wir etwa zwei Wochen nach Beginn unseres ersten Semesters eingeführt. Und heute war die erste Angelnacht seit Beginn des Herbstsemesters an der Olympic State. Allerdings war ich heute allein, also trug ich diesen herrlichen korallenfarbenen Lippenstift auf, der *Trouble* hieß, und verfluchte dabei im Stillen Cassie, die vorhin mit einer fadenscheinigen Ausrede über irgendein Paper für ihr Kommunikationsseminar abgesagt hatte. Mir war klar, dass Trevor wollte, dass sie zu Hause blieb. Ich hatte sie sowieso schon abgehakt, es macht nun mal keinen Spaß, mit jemandem auf Männerfang zu gehen, der bereits erlegt worden ist. Trotzdem war es ätzend.

Ich verscheuchte die Enttäuschung und zwängte meine Füße in die unpraktischsten Sieben-Zentimeter Wedges, die ich besaß. Diese Bindung – zu meinen Schuhen – war die engste, die ich einging. Sobald ich sie für den Abend ausgewählt hatte, war ich praktisch mit ihnen verheiratet. Das war eine unserer Regeln. Wir würden keins dieser Mädchen sein, das barfuß von einer Bar nach Hause lief. Weil: Igitt! Ich hatte genug Frischlinge auf die Bürgersteige kotzen und Jungs in den Gassen nahe der Pine Street eine Runde pinkeln gehen sehen, um zu wissen, durch was genau ich da lief. Es war immer noch warm an der Küste Washingtons, also streifte ich ein Nichts von einem Kleid über und forderte im Geiste Jessica heraus, mir auch noch abzusagen.

Diese Nacht würde so oder so episch werden.

Ich hatte keine Ahnung, wie recht ich damit haben sollte.

Kapitel 1

Der Geruch nach Vanille weckte mich, was ziemlich unmöglich war, da ich nichts Vanilliges besaß – keine Kerzen, keine Creme und ganz bestimmt keinen Vanilleextrakt. Welcher Student hat so was schon? In die Küchenzeile im Wohnzimmer passten gerade mal ein Topf und ein paar Pappbecher, und außerdem lag ich im Bett. Jessica hatte sich früh von unseren üblichen Mittwochabendplänen verabschiedet, um sich mit Brett zu treffen, und das bedeutete, dass ich allein in unserer Wohnung sein sollte.

Ich drehte mich um und stellte fest, dass die andere Seite meines Bettes von jemandem zerwühlt worden war. Ich ging die Erinnerungen an die letzte Nacht durch, bis er mir wieder einfiel. Süß, aber sonst ziemlich unscheinbar, obwohl das auch das Ergebnis von zu vielen Drinks und zu wenig Nachdenken sein konnte. Allerdings erinnerte ich mich jetzt, als immer mehr Erinnerungen an die Aktivitäten der letzten Nacht in meinem Gedächtnis aufblitzten, dass er ein wirklich sensationelles Sixpack hatte. Würde Bier mir so gut schmecken, wie diese Bauchmuskeln aussahen, wäre ich für den Rest meines Lebens besoffen.

Die schiefe Darbietung eines Songs von Mumford & Sons erklärte den Duft, der durch mein Zimmer schwebte.

Das durfte nicht wahr sein.

Ich kämpfte mich aus dem Bett, schnappte mir ein zerknäultes Shirt und zog es mir über den Kopf. Ich band meine Haare zu einem unordentlichen Knoten und beschloss, das Bad auszulassen und stattdessen gleich in die Küche zu gehen, um den Unfug in Augenschein zu nehmen, der sich da anscheinend abspielte.

Ich bog einmal um die Ecke in unserer kleinen Wohnung und blieb abrupt stehen. In meiner Küche stand ein gut eins achtzig großer, unfassbar heißer Typ, und zwar splitterfasernackt. Ich hatte mich ja daran erinnert, dass er süß war, und bei Gott, das war er. Er hatte ein ansprechendes Gesicht. Nicht die Art, die man auf einem Kinoplakat sehen würde, aber symmetrisch, mit schön geformter Nase und einer kantigen Kieferpartie. Seine Augen waren himmelblau, und das dunkelblonde Haar war gerade so verwuschelt, dass es sexy aussah. Sein Körper allerdings, der war eine Sache für sich, und zwar bis hinunter zu seinen absolut perfekt geformten Waden.

»Hallo, Schönheit.«

Er hatte einen Akzent. Wie hatte ich vergessen können, dass er einen Akzent hatte? Glücklicherweise fiel mir sein Name ein. Liam. Das erklärte dann wohl den Akzent. Selbst wenn ich es letzte Nacht nicht darauf angelegt hätte, mir einen Typen zu angeln, diesem Hauch von Schottland auf seiner Zunge hätte ich in keinem Fall widerstehen können.

Ich lehnte mich gegen den Küchentresen und sah, dass das gesamte Geschirr, das wir besaßen, dort in wildem Durcheinander herumlag.

»Das ist ein Fleischklopfer«, sagte ich und streckte die Hand nach dem merkwürdigen Ding aus, das meine Mutter mir geschenkt hatte. Eins der besonderen Talente meiner Mutter bestand darin, mir die Haushaltswaren zu vermachen, die sie niemals benutzte, und ich fühlte mich dann genötigt, sie zu behalten.

»Sorry, ich räume nachher auf. Aber die hier sind das Chaos wert«, sagte er und hielt eine Rührschüssel hoch.

»Du weißt schon, dass der Anstand es eigentlich gebietet, dass du dich am Morgen still und heimlich rausschleichst, ohne vorher das Haus eines Mädchens zu verwüsten?«

»Meine Mutter hat mich dazu erzogen, immer höflich zu sein.«

»Das hier ist höflich?«, fragte ich.

»Einer wunderschönen Frau Frühstück zu machen nach einer ausschweifenden Nacht ist quasi die Definition von Höflichkeit.«

»Du musst das wirklich nicht machen«, sagte ich, dann seufzte ich, als er einen Karton Eier aus dem Kühlschrank nahm. Ich war selbst schuld, ich sollte es wirklich besser wissen und keinen Typen mit nach Hause nehmen, wenn wir einen vollen Kühlschrank hatten. Ich machte mir im Geist eine Notiz, dass ich nächste Woche den Kühlschrank vorher leeren sollte.

»Man darf Waffeln niemals ohne Eier machen«, teilte Liam mir mit, während er eines aufschlug und in die Schüssel gleiten ließ.

»Moment mal. Wir haben ein Waffeleisen?«, fragte ich. Ich sah mich in der Küche um, weil ich mir plötzlich nicht mehr ganz sicher war, ob ich im richtigen Haus war. Das hier sah zwar wie meine Küche aus, bis hin zu den gehäkelten Topflappen von meiner Großmutter, die die Hipster-mäßige Küchenzeile säumten und so halbwegs cool wirkten. Doch erst als mein Blick auf die Packung Kaugummis fiel, entspannte ich mich wieder.

»Genau genommen habt ihr zwei Waffeleisen«, sagte er und deutete mit einem Nicken auf eine Edelstahlschüssel, deren glänzende Oberfläche seine strammen Bauchmuskeln widerspiegelte.

»Das ist ja so was von meta.« Verzweifelt hoffte ich, dass er mich nicht dabei ertappt hatte, wie ich das Spiegelbild seiner Muskeln in der Rührschüssel anstarrte. Das hektische Fiepen eines Timers lenkte mich endlich von ihnen … äh, ihm … ab, aber das war nicht der Klang der Ofenuhr.

»Ich hab keine Ahnung, was das ist. Das piept schon seit einer Stunde oder so«, sagte Liam und schaute sich um.

»Shit!«, rief ich, sprang auf und lief zum Schrank, während mein Gehirn Berechnungen anstellte. Eine Stunde zu spät bedeutete …

Liam unterbrach diese Gedanken, als er mich jetzt an sich zog, und zugegebenermaßen lenkte mich sein sehr nackter Körper ziemlich ab. Was machten schon weitere fünf Minuten? Oder zehn, dachte ich, während seine Lippen über meinen Hals wanderten. Sein Dreitagebart kitzelte sanft über meine Haut, und ich bebte vor freudiger Erwartung. Es ging viel zu schnell und dauerte gleichzeitig viel zu lange, bis sein

Mund sich auf meine Lippen senkte, aber als er es endlich tat, presste ich meinen Körper gegen seinen, sodass unsere Hüften genauso begierig aufeinandertrafen wie unsere Lippen. Liams Hände strichen über meinen Rücken und umfassten dann meine Hüften. Seine Hände waren kräftig und sehr warm auf meiner nackten Haut, und sie glitten jetzt weiter hinab, packten meinen Po und hoben mich hoch. Ich schlang meine Beine um seine Taille, als er mich auf die Theke setzte.

Genau auf den Fleischklopfer.

»Au!«, schrie ich und warf mich ihm entgegen, weg von dem Stein des Anstoßes. Er fing mich auf, stolperte rückwärts gegen die Anrichte, und wir brachen vor Lachen förmlich zusammen.

»Vielleicht ist die Küche nicht der beste Ort, um …« Er hob die Augenbrauen – eine eindeutige Einladung, die Sache im Schlafzimmer weiter zu vertiefen.

»Die Waffeln«, rief ich.

»Welche Waffeln?«, erklang eine verschlafene Stimme hinter uns im Flur. »Du hast Waffeln gemacht?«

Liam riss die Augen auf, und wir blickten gleichzeitig hinunter auf die Herrlichkeit, die sich mir dort bot.

»Mist, Jess ist daheim«, sagte ich und versuchte, das Kichern zu unterdrücken, das mir in der Kehle aufstieg.

»Ich kann es gar nicht erwarten, sie kennenzulernen«, sagte Liam.

»Gut, denn genau das wird gleich passieren.« Ich warf ihm einen der Topflappen meiner Großmutter entgegen. »Hier. Halte dir das vor.«

Liam bedeckte sich damit, aber dank unserer Aktion am

Küchentresen sah es aus, als hätte er ein kleines Häkelzelt auf den Beinen.

»Das wird nicht hinhauen«, sagte er und grinste mich an. Mein Magen machte einen Satz, als er meine Hand packte und mich vor sich zog. Keine drei Sekunden später stolperte Jess herein. Sie rieb sich die Augen, die sie gleich darauf weit aufriss, als sie mich erblickte, die jetzt Liams Feigenblatt mimte.

»Guten Morgen«, sagte sie fröhlich.

»Ich dachte, du wärst bei Brett«, sagte ich und bemühte mich sehr, mich nicht von dem nackten Schotten hinter mir ablenken zu lassen oder von den Gedanken an die Topflappen meiner armen Oma.

»Nope.« Sie lächelte uns schelmisch an. Irgendwie hatte ich es seit Jahren zu verhindern gewusst, dass ein Typ über Nacht geblieben war. Der Junge, mit dem ich im ersten Semester zusammen gewesen war, war wahrscheinlich der letzte gewesen, und die Beziehung hatte auch nur zwei oder drei Wochen gehalten. Jess hatte ganz offensichtlich Spaß an meiner derzeitigen kleinen Verlegenheit, vor allem, da ich sie erst vor Kurzem mit Brett auf der Couch erwischt hatte. Und dort hatten sie nicht gelernt.

»Ich habe gar nicht gehört, dass du nach Hause gekommen bist«, sagte ich mit schwacher Stimme. Sie würde bestimmt nicht so nett sein und sich verkrümeln, also würde ich einen Weg finden müssen, sie aus dem Zimmer zu lotsen, damit Liam sich anziehen konnte.

Der dann hoffentlich gehen würde.

»Ich kann mir vorstellen, dass du nichts gehört hast«, sagte sie vielsagend. »Du schienst ziemlich … vertieft in gewisse Aktivitäten.«

»Jess …«, begann ich und wappnete mich dafür, ihr einfach zu sagen, dass sie rausgehen sollte, selbst wenn sie mir dann den Rest der Woche böse war.

»Möchtest du Frühstück?«, meldete sich da Liam zu Wort. »Ich mache Waffeln.«

»Ich hätte gerne Waffeln«, sagte sie und sah dabei weiterhin mich an. Ihre Augen glitzerten vor Erheiterung, auf diese Ich-koste-das-aus-so-lange-es-irgend-geht-Art, die nur eine beste Freundin drauf hat.

»Fantastisch«, sagte ich. »Die Toilette ist schon wieder undicht, kannst du mir damit mal helfen?«

Das war die lahmste Ausrede überhaupt, und wir alle drei wussten das. Jess bedeutete mir trotzdem mit einer Geste, ihr ins Bad zu folgen, und ich lief ihr eilig hinterher. Nur kurz sah ich mich noch einmal nach Liam um und flüsterte lautlos »sorry«. Er winkte ab, aber ich ging kurz in mein Zimmer, holte seine Jeans und warf sie auf den Küchentresen, bevor ich Jess ins Bad folgte.

Jess kreuzte die Arme vor der Brust und wartete, während ich mich im Spiegel musterte. Es war absolut unfair, dass Jess' blonde Haare am Morgen so perfekt glatt waren, während meine unordentlichen dunklen Wellen wirkten, als wäre ich in einen Hurrikan geraten. Alles an meiner besten Freundin war akkurat und wohlgeraten, bis hin zu ihrer Größe-38-Figur und ihren Aussichten im Medizinstudium. Meine Kurven waren unterdessen genauso außer Kontrolle wie mein Haar, und um meine Noten war es nicht viel besser bestellt.

»Ich hasse meine Haare«, meckerte ich.

»Du siehst super aus«, sagte Jess. »Dein Haar ist so schön zerzaust, sehr sexy, außerdem leuchtest du wie frisch gevögelt.«

Ich zwinkerte ihr im Spiegel zu, froh, dass sie es bemerkte.

»Sag mir nur, dass dieses Nachglühen nicht der Küchenzeile zu verdanken ist«, flehte sie mich an.

Ich hob mein Shirt, um ihr das Muster auf meiner Arschbacke zu zeigen. »Vom Fleischklopfer gerettet.«

»Oh! Das macht man also damit?« Wir gackerten beide los, und ich schnappte mir eine Bürste, um meine Haare zur Räson zu bringen. Doch ich ließ versehentlich die Bürste fallen und fluchte. Der vertraute Frust über meinen Körper stieg in mir auf, meine Haut wurde vor Wut heiß, und Flecken bildeten sich auf meinem Hals.

»Ist in Ordnung«, sagte Jess leise. Sie hob die Bürste auf und begann, damit durch meine wirren Strähnen zu fahren, aber ich machte einen Schritt von ihr weg.

»Kannst du ihn loswerden?«, bat ich sie, und sie nickte. Sie stellte keine Fragen. Jess verstand mich immer.

»Nimm deine …«

»Ich weiß«, unterbrach ich sie. »Wichtiger ist aber gerade, dass da ein nackter Schotte in unserer Küche steht.«

»Der Waffeln macht«, erwiderte sie.

Ich rollte die Augen, um ihr zu zeigen, dass mich weder Liam noch seine Waffeln interessierten oder wie sein Atem sich in meinem Nacken anfühlte oder meine Beine, die sich um seine Taille schlangen. Das war mir alles total egal.

»In Ordnung«, sagte Jess. »Ich werde ihn für dich los. Aber um es mal erwähnt zu haben: Er scheint nett zu sein.«

»Das sagst du über alle Jungs.«

»Das stimmt nicht!« Jess fuhr zu mir herum. »Die meisten sind…«

Ich schob sie hinaus in den Flur und schloss dann die Tür vor ihrer Nase. Ich brauchte heute keine Standpauke von Jess. Ich wusste ja schon, dass sie recht hatte, wenn es um Jungs und die Schule und alles andere ging, denn Jess hatte ihr Leben im Griff. Sie hatte eine Zukunft. So sehr sie sich auch Mühe gab, wie hätte sie die graue Leere sehen sollen, von der mein Leben verschlungen wurde. Doch bei einer Sache hatte sie unrecht: Ein netter Junge würde mich und mein Leben nicht in Ordnung bringen.

Abgesehen davon hatte ich kein Interesse daran, mir einen Typen zu angeln, mit dem es ernst wurde, doch als ich jetzt an Liams schiefes Grinsen dachte und seinen himmlischen Körper, hätte ich meine Meinung fast geändert.

Kapitel 2

Jess saß am Tresen, als ich ein paar Minuten später in den Wohnbereich kam. Meine Haare hatte ich mit Erfolg gezähmt, aber ich war immer noch nicht angezogen, hatte meine Medikamente noch nicht genommen und noch nichts gegessen. Unglücklicherweise war da auch noch ein hemdloser Schotte, der Jess einen Teller mit Waffeln reichte. Ich blitzte quer durch das Zimmer böse ihren Rücken an und versuchte mit ganzer Kraft zu erreichen, dass sie sich zu mir umdrehen und mich ansehen würde.

»Ich habe ein Studentenvisum. Es gilt nur für ein Jahr, aber ich hätte nichts dagegen, länger zu bleiben«, erzählte er ihr gerade.

»Und du kommst aus Edinburgh?«, fragte Jess, und er lachte los. »Ich spreche das total falsch aus, oder?«

»Es heißt Ed-in-burr-ah«, sagte er und sprach dabei sehr langsam und mit sehr viel Betonung. »Das ist die Hauptstadt von Schottland. Wir haben die besten Künstler und Geschäfte.«

»Abgesehen von denen in Amerika?«, zog Jess ihn auf.

»Hat dir mal jemand gesagt, dass ihr Amerikaner einen Überlegenheitskomplex habt?«, fragte er, aber sein verdammter Akzent ließ es sexy statt wie eine Beleidigung klingen. Liam legte die Hände auf den Tresen und stemmte sich hoch, sodass er darauf saß. Den Fleischklopfer musste er weggeräumt haben.

»Du sagtest, ihr hättet die besten«, stellte sie klar.

»Ich meinte, sie sind gut. Ich bin an dieses ganze amerikanische Konkurrenzdenken nicht gewöhnt.« Liam zwinkerte ihr zu, und ich meine, er zwinkerte ihr zu wie der charmante Typ in einer miesen romantischen Komödie.

Ich schüttelte den Kopf, um die atemberaubende Wirkung loszuwerden, die sein Akzent auf mich hatte. Ich wollte keine Unterrichtsstunden in Aussprache und Geografie von Liam, ich wollte, dass er endlich ging. Aber je länger Jess mit ihm redete, desto weniger wahrscheinlich wurde das.

Verräterin. Verräterin. Verräterin. Ich schleuderte ihr das Wort in Gedanken an den Hinterkopf.

Sie drehte sich jedoch nicht um, also war ich gezwungen, zu ihnen zu gehen. Ich machte eine finstere Miene, damit sie gleich sah, in welchen Schwierigkeiten sie steckte.

»Hi, Chick.« Liam zwinkerte wieder, aber da es dieses Mal für mich bestimmt war, fand ich es deutlich weniger nervig.

»Hast du mich gerade Hühnchen genannt?«, fragte ich.

Liam grinste mich verlegen an. »Tut mir leid. Das ist für mich wie das, was ihr Amerikaner sagt – Baby?«

Ich schnalzte zweimal mit der Zunge. »Grab dir nur weiter dein Loch.«

»Komm, ich hol dir einen Teller mit Waffeln«, sagte er.

»Ich sollte wirklich nicht…«, rief ich und versuchte, ihn aufzuhalten, aber er holte bereits eine frische Waffel aus dem rätselhaften Waffeleisen, das er irgendwo in den Tiefen unserer Küchenzeile entdeckt hatte. »In einer Stunde habe ich ein Seminar.«

»Bis dahin ist genug Zeit«, sagte er. »Und ein Mädchen im Wachstum braucht Frühstück.«

Jess streckte unauffällig die Hand aus und drückte meine, damit ich ruhig blieb.

»Wachstum?«, wiederholte ich. Sobald man zwanzig geworden ist, wächst man nur noch in eine Richtung.

»Mist. Ich trete immer wieder ins Fettnäpfchen, oder?«

Mir fielen ein paar andere Orte zum Hintreten ein. Solche Gedanken nannte Jess »Grenzen für gesunde Beziehungen aufbauen«. Sie war Expertin in so was, nach zwei Semestern mit Psychoseminaren.

»Bitte, setz dich«, bat Liam mich. Sein Blick wurde weich, und er sah aus wie ein trauriger Welpe.

Ich seufzte und zog mir den Hocker heran.

»Tut mir leid«, formten Jess' Lippen lautlos, als ich mich setzte.

Ich ignorierte sie. Wenn ich nicht auf ihre Hilfe zählen konnte, würde ich ihr vielleicht den Beste-Freundinnen-Ausweis wieder abnehmen müssen. Es war nämlich nicht so, dass ich sie oft in diese Situation brachte. Für gewöhnlich erkenne ich die Klammeraffen ziemlich gut – die, die dich zum Abendessen ausführen oder sich mit dir ernsthaft über dein Hauptfach unterhalten wollen. Diese Typen habe ich nie mit nach Hause genommen. Ich hatte ehrlich gedacht, dass Liam auf der Suche nach einer amerikanischen Eroberung war, und warum sollte ich mir keinen Schotten angeln, mit dem ich dann nachher angeben konnte?

Ein Summen zeigte an, dass sie eine Nachricht bekam, und ich sah zu ihr hinüber. Ich versuchte zu erkennen, wer ihr schrieb, aber der Tresen war im Weg. Ich streckte die Hand aus und tat, als wollte ich ihr das Handy wegnehmen.

»Hey!« Jess stieß mir den Ellbogen in die Seite, aber ich fing ihren Arm ab und benutzte die andere Hand, um sie im Nacken zu kitzeln. Das funktionierte immer. Jess ließ das Handy fallen, genau wie ich erwartet hatte, und ich stürzte mich darauf. Liam bekam davon nichts mit, da er zu beschäftigt war mit der Suche nach einer sauberen Gabel.

Cassie: OMG, und jetzt macht er Frühstück?!?! Sorg dafür, dass sie es nicht versaut.

Über der Nachricht war ein verschwommenes Bild von Liam, das aufgenommen worden war, als er nicht hingesehen hatte. Ich wedelte mit dem Handy vor ihrer Nase herum und steckte es dann in meine Tasche. Ich wollte vielleicht, dass Liam ging, aber ich würde ihm nicht verraten, dass meine verrückte Mitbewohnerin und bald-Ex-Beste-Freundin Fotos von ihm machte, wie er da halbnackt in unserer Küche stand.

»Gib mir das zurück«, heulte Jess auf.

»Wenn du brav bist«, sagte ich und setzte mich wieder auf den Hocker.

Liam stellte eine Waffel vor mir auf den Tresen. Und es sah

sehr verdächtig danach aus, als wären Butter und Sirup darauf.

»Hast du eingekauft?«, fragte ich Jess.

»Ich bin zum Markt gegangen«, antwortete Liam und machte dabei eine Geste mit der Hand. »Ihr hattet kein Essen daheim.«

»Weil wir nicht kochen«, sagte ich. Er war heute Morgen also nicht nur nicht weggelaufen, er war zurückgekommen, und das auch noch mit Lebensmitteln!

»Wir kochen, Jills«, sagte Jess, aber ich warf ihr einen warnenden Blick zu, damit sie ihn nicht weiter ermutigte.

Ich piekte in die Waffel und nahm einen Bissen. Butter. Sirup. Vanille. Ich konnte mir ein Aufstöhnen nicht verkneifen.

»Da mag jemand deine Waffeln«, sagte Jess und grinste mich unverschämt an.

»Ich habe viel Erfahrung darin, jemanden zum Stöhnen zu bringen«, antwortete Liam, ohne zu zögern.

Jess riss die Augen auf, und ich klopfte ihr auf den Rücken. »Erstick nicht gleich.«

»Dabei warst du es, die gestöhnt hat.«

Der geistreiche Schlagabtausch wurde von Taylor Swift unterbrochen, die einen Song übers Schlussmachen schmetterte. Liam schnappte sich mein Handy vom Tresen. »Da steht ›Tara‹.«

»Meine Mutter. Achte nicht darauf. Ich rufe sie später zurück«, antwortete ich und drückte auf das rote Symbol. Das Letzte, was ich jetzt brauchte, war ein Schwatz mit Tara.

»Jillian.« Die vertraute Mahnung klang scharf in Jess'

Stimme mit. Sie wusste, dass das Ablehnen eines Anrufs von Tara gleichkam mit dem Anheben der Nationalen Sicherheitsstufe. Natürlich war Jess auch dabei gewesen, als die Campus-Polizei in meinem zweiten Jahr hier an die Tür geklopft hatte, um einer Vermisstenmeldung nachzugehen. Diese vermisste Person saß allerdings zu Hause und ignorierte die Anrufe ihrer Mutter. Meine Mutter neigt dazu, einen Hauch zu viel Drama zu erzeugen.

»Ich ruf sie später an«, wiederholte ich. Ich hielt das Display meines Handys hoch. »Musst du nicht mal los?«

»Verdammt.« Jess schob sich den letzten Bissen Waffel in den Mund und sprang vom Hocker. »Es war schön, dich kennenzulernen, Liam. Komm unbedingt wieder, um uns zu füttern.«

»Sehr gerne.« Liams Lippen verzogen sich wieder zu dem schiefen Grinsen.

Verdammt, er war wirklich heiß.

Sobald Jess in ihr Zimmer gegangen war, nahm ich meinen Teller und wagte mich in den Küchenbereich.

»Sicher, dass du keinen Nachschlag willst?«, fragte Liam. Wie er das sagte, war ich nicht sicher, ob wir über Waffeln oder etwas anderes sprachen.

»Ich nehme nie Nachschlag«, sagte ich und stellte den Teller in die Spüle.

»Nicht mal eine weitere Waffel?«, fragte er. »Ich habe gehört, die sind wirklich lecker.«

»Wenn dein Studentenvisum abläuft, solltest du dir einen Job in einem Waffelladen suchen.«

»Ein großes Lob von der Schneekönigin!«, rief Liam, holte eine Waffel aus dem Waffeleisen und strich Butter darauf.

»Ich bin nicht die Schneekönigin.« Liam kannte mich gerade mal seit fünf Minuten. Das konnte er nicht wissen. Anscheinend gab man jetzt schon seine geheimsten Gedanken preis, wenn man mit jemandem Sex hatte. »Warum bist du noch hier?«

»Bin noch nicht mit dem Frühstück fertig.«

»Und dann gehst du?«, fragte ich.

»Ich habe andere Pläne für nach dem Frühstück.« Er ließ die leicht angebrannte Waffel fallen und stürzte sich auf mich. Ich machte einen Schritt zurück, und er stützte seine Hände rechts und links von mir auf den Tresen, hielt mich so gefangen und versperrte mir den Weg in die Freiheit. Er war mir so nah, dass er mich hätte berühren können, aber er hielt ein wenig Abstand.

»Und die wären?«, flüsterte ich.

»Ich will die Schneekönigin aufwärmen.«

»Ich bin nicht die Schnee…« Seine Lippen lagen auf meinen, bevor ich den Satz beenden konnte. Es war sowieso egal, da seine Arme mich umfingen und ich gegen ihn sank, für den Moment zu abgelenkt von seinem Mund, um einen logischen Gedanken zu fassen. Einzig mein dünnes Shirt befand sich zwischen mir und seinen straffen Muskeln, und als ich mit den Fingern daran hinabfuhr, spürte ich jeden einzelnen wohldefinierten Bauchmuskel. Das hier meinten die Leute also, wenn sie von einem Waschbrettbauch sprachen.

»Was wolltest du gerade wegen Nachschlag sagen?«, flüsterte er mir ins Ohr und biss dann leicht in mein Ohrläppchen.

»Ich nehme nie welchen.«

»Bist du da sicher?«, fragte er.

Seine Bartstoppeln kitzelten mich direkt hinter dem Ohrläppchen, und Gänsehaut überzog meinen Körper. Ich schlang ihm die Arme um den Hals und strich mit meinen Lippen über seine. »Ich schätze, es gibt für alles ein erstes Mal.«

Aber bevor er mich noch einmal küssen konnte, duckte ich mich unter seinem Arm hindurch.

»Das ist nicht fair«, sagte Liam.

»Tut mir leid.« Ich warf ihm sein T-Shirt entgegen. »Ich muss zum Seminar.«

Ich sah zu, wie er sich das T-Shirt über den Kopf zog und sich dabei sein helles Haar verwuschelte. Ich stellte mir vor, wie ich mit den Fingern hindurchfuhr, dachte an Haut und Schweiß und … *Seminar*, rief ich mich zur Ordnung.

»Warum schwänzt du heute nicht?«, schlug er vor und lehnte sich gegen den Tresen. Das eng anliegende Shirt betonte seinen wohlgeformten Oberkörper. Es war kaum möglich, aber mit dem Shirt sah er vielleicht noch besser aus als ohne. »Wir müssen diese Waffeln wieder abtrainieren, und wenn du brav bist, zeige ich dir, wie ich Naked Lunch mache.«

»Das ist ein Buch von William S. Burroughs«, sagte ich, froh, das Thema wechseln zu können, und zwang mich dazu, ihm ins Gesicht zu sehen.

»Ich weiß.«

Himmel, hoffentlich versuchte er nicht, sich mit mir darüber zu unterhalten. Ich hatte einen Online-Studienführer benutzt und den Test gerade so geschafft.

»Ich habe es nie gelesen«, gab er zu und grinste verlegen.

Sein Geständnis war irgendwie unglaublich sexy. Auf dem Campus gab es jede Menge Kerle, die mit ihrem Wissen geprahlt hatten, um mich ins Bett zu kriegen. Liam dagegen schien klug zu sein, ohne dass er es raushängen lassen musste, und genau aus diesem Grund wollte ich ihn nur noch mehr. Sämtliche Alarmglocken schrillten in meinem Kopf los.

»Was sagst du dazu?«

Ich schüttelte den Kopf. »Ich kann nicht.«

»Vergiss das mit dem Sport. Wir könnten einfach abhängen.«

Das war ein süßes Angebot, und daran, wie seine blauen Augen sich hoffnungsvoll weiteten, erkannte ich, dass er es ernst meinte. Nichts war verlockender, als mit ihm noch mal im Bett zu landen, bevor ich ihm für den Rest des Studienjahrs aus dem Weg gehen würde, aber diesmal sagte ich die Wahrheit. Ich konnte das Seminar nicht ausfallen lassen. »Geht leider wirklich nicht. Ich muss einen bestimmten Notendurchschnitt halten, sonst war's das hier für mich.«

»Stipendium?«, fragte er. Er klang eindeutig viel zu interessiert.

»So was in der Art.« Ich umging die Frage, um die zwanzig weiteren abzuwehren, die sonst folgen würden. Ich hatte vor langer Zeit gelernt, dass es leichter war, die Leute glauben zu lassen, dass ich auf finanzielle Hilfe angewiesen war, als den seltsamen Deal zu erklären, den ich mit meiner Mutter ausgehandelt hatte. »Also, ich komme zu spät, und ich hasse es, zu spät zu kommen.«

»Dann verschwinde ich jetzt mal.« Er beugte sich vor und gab mir einen zahmen Kuss auf die Wange, was ich als Zeichen für meinen Sieg nahm. Ich stolzierte förmlich zur Wohnungstür, um ihn hinauszulassen. In letzter Sekunde drehte er sich um, und wollte etwas sagen, aber ich schnitt ihm das Wort mit einem bestimmten »Tschüss« ab und machte dann die Tür direkt vor seiner Nase zu.

Als ich hinter ihm abschloss, konnte ich nicht anders, als mich zu fragen, was er hatte sagen wollen. Wahrscheinlich irgendetwas Kitschiges wie »Danke«, oder noch schlimmer, »Ich will dich wiedersehen«. Das hätte er sicher sogar so gemeint.

In diesem Moment.

»Du musst erst in drei Stunden los«, schreckte Jess mich aus meinen Gedanken auf.

»Das weiß er nicht«, sagte ich und ging an ihr vorbei zu meinem Zimmer.

»Er ist nett.« Jess folgte mir, obwohl sie um neun im Labor sein musste. Anders als ich mit meinem reduzierten Stundenplan, belegte Jess mehr Seminare als zwei vernünftige Menschen zusammen.

»Genau deshalb wollte ich, dass er geht«, sagte ich. Er war nett. *Zu nett.*

Jess öffnete den Mund und schloss ihn dann wieder. Sie hatte schon vor langer Zeit gelernt, dass ich in diesem Punkt nicht nachgeben würde. Sich zu binden führte zu einem gebrochenen Herzen. Da war es eindeutig besser, sich ein einziges Mal fesseln zu lassen, und dann gute Nacht. »Ruf deine Mutter an«, sagte sie schließlich. »Ich muss zur Anatomie.«

»Viel Spaß!«, rief ich ihr hinterher. Jess antwortete nicht, sie war also sauer. Heute Abend würde ich mir ihr Anatomiebuch schnappen und lauter Post-its mit versauten Bezeichnungen für die Körperteile reinkleben. Sie hatte ohne mich schon genug Stress im Leben, aber nichts konnte eine Frau besser aufheitern als einige wohlplatzierte Kommentare über Bienen und Blümchen in ihrem Anatomiebuch.

Als die Wohnungstür ins Schloss fiel, nahm ich mein Telefon und tat das Letzte, worauf ich Lust hatte. Ich rief meine Mutter an. Die ganz blöden Sachen erledigte man am besten vor neun. Außerdem hatte sie ja vielleicht noch mehr nutzlosen Küchenkram für mich. Zum Glück ging sie nicht ran.

Kapitel 3

Ich kam früh genug zu meinem ersten Seminar zu Zwischenmenschlicher Kommunikation, um einen Platz hinten zu ergattern. Das war der perfekte Ort, damit der Professor mich garantiert nicht zu Kapiteln befragte, die ich sowieso nicht lesen würde. Ich packte meinen Laptop aus und loggte mich bei Facebook ein. Jess hatte das Seminar empfohlen, aber Cassie, die als Hauptfach Öffentlichkeitsarbeit hatte, hatte mir versichert, dass es ein Spaziergang wäre und ich genug Zeit haben würde, um herumzusurfen. Ich war bereits voll dabei, die Status-Updates meiner Freunde zu lesen, die ich zum Teil seit dem Ende der Sommerferien nicht mehr gesehen hatte, als der Professor hereinkam.

»Guten Tag, oder sollte ich sagen, guten Morgen? Ich bin Professor Markson«, sagte er und holte einen Stapel zusammengehefteter Bögen aus seiner Kuriertasche. Er war Ende zwanzig, aber trug einen Pullunder in dem Versuch, den Respekt der Studenten zu gewinnen, die nicht viel jünger waren als er, und um die Tatsache zu kaschieren, dass er ansonsten einfach umwerfend war. Vielleicht ein Lateinamerikaner, da war ich nicht ganz sicher, weil mich der grässliche Pullunder ablenkte. Unabhängig davon verstand ich aber, warum Jess das Seminar so spannend fand.

Ein paar Studenten lachten anerkennend auf. Es war allgemein bekannt an der Olympic State, dass man lieber keinen Unterricht am Donnerstagmorgen planen sollte. Jeder ging mittwochabends aus, also war der früheste tolerierbare Zeitpunkt für ein Seminar ab Mittag, für Leute wie mich besser noch später. In diesem Semester ging es jedoch nicht anders, also musste ich mit zwölf Uhr klarkommen.

»Ich bin sicher, viele von euch hoffen darauf, leicht an eine Eins zu kommen, und die gebe ich euch gerne«, fuhr der Professor fort. Das waren wirklich gute Neuigkeiten.

»Aber …«

Verdammt, immer war da ein Aber.

»Ich lasse euch für die Eins arbeiten, wenn wir schon einmal hier sind.« Er lächelte, als mehrere Leute losstöhnten. »Sie haben uns einen wirklich großen Raum zugewiesen, also bitte ich jetzt alle, die sich da hinten zusammengefunden haben, sich nach vorn zu setzen, zum Rest von uns.«

Diesmal stöhnte ich auf, nahm aber meinen Laptop und suchte mir einen Platz weiter vorne.

»Ihr arbeitet dieses Semester mit einem Partner zusammen, also schaut nach rechts oder links und sucht euch euren neuen besten Freund oder eure neue beste Freundin.«

Ich tat, wie mir geheißen, doch als ich meinen Kopf drehte, sah ich mich Liam gegenüber. Er grinste und hatte die Arme hinter dem Kopf verschränkt, dabei schaute er ziemlich triumphierend drein. Er hatte seine Haare ein wenig gebändigt, aber einzelne Strähnen standen hoch, und ich mochte den Gedanken, dass ich ihm vielleicht unheilbares Bedhead verpasst hatte.

»Hey, Chick«, sagte er.

Ich blickte zur anderen Seite und stellte fest, dass der Platz dort leer war.

»Ich heiße Jillian«, sagte ich und wandte mich ihm wieder zu.

»Ich weiß. Tut mir leid. Ich werde dich nicht mehr so nennen.« Er sah ein wenig verletzt aus, was dafür sorgte, dass er ein wenig sexy aussah. *Fantastisch.*

Ich begann sofort darüber nachzudenken, auf welche Art und Weise ich Jess umbringen würde, weil sie mir dieses Seminar vorgeschlagen hatte. Erwürgen? Zu nett. Überfahren? Zu viel Arbeit. Ich war gerade dabei, mit dem Löffel die Eingeweide herauszukratzen, als ein Stapel Blätter auf dem Tisch vor mir landete.

»Ihr beide seid Partner«, sagte Markson.

Ich hätte ihm ja für die Erinnerung gedankt, aber ich war zu sehr damit beschäftigt, Augenkontakt mit Liam zu meiden.

»Wie ihr seht, gibt es vielfältige Aufgaben, die ihr in diesem Seminar mit eurem Partner durcharbeiten werdet. Wenn ihr Glück habt, seid ihr bei jemandem gelandet, der alle geforderten Bücher liest, aber die Statistik dafür sieht nicht gerade gut aus. Also schlage ich vor, dass ihr einfach selbst lest.«

Ich studierte die Liste und erkannte mit Schrecken, dass die Abschlussarbeit kein Test, sondern eine Unterhaltung vor der gesamten Klasse mit meinem Partner sein würde. Sie wären bestimmt erfreut, Liam und mir zuzuhören, wie wir unseren One-Night-Stand diskutierten. Ich stellte mir vor, wie das ankommen würde. In meinem Kopf bündelte sich die gesamte Unterhaltung im Fleischklopfer. Oder auch in dem rätselhaften Waffeleisen.

»Das sieht nicht schlecht aus«, sagte Liam und schob seinen Tisch ein wenig näher an meinen heran.

»Ich lasse das Seminar sausen«, verkündete ich.

»So weit würdest du gehen, nur um nicht mit mir reden zu müssen?«, fragte Liam. »Du solltest mir nicht unnötig Komplexe verpassen. Bin ich so schlecht im Bett?«

Die Antwort war definitiv Nein, aber das behielt ich für mich.

»Mir wurde gesagt, das Seminar wäre einfach«, sagte ich. Ich wollte seine Gefühle nicht verletzen, aber ich wollte ihn auch nicht ermuntern.

»Sieht doch wirklich einfach aus. Wir lernen, besser zu kommunizieren.«

»Ich kann schon reden, danke«, sagte ich.

»Aber wenn du mit mir redest, könnte ich dich davon überzeugen, dass es eine kluge Lebensentscheidung ist, mit meinen Waffeln geweckt zu werden«, sagte Liam.

Jemand hustete, und wir blickten auf und sahen, dass Professor Markson uns anschaute.

»Ja?«, fragte ich. Wenn ich das Seminar schmiss, brauchte ich auch nicht höflich und nett zu sein. Immerhin hatte er meine Chance auf ein gemütliches, einfaches Seminar in diesem Semester zunichtegemacht. Der Rest meines Stundenplans sah hart aus, und ich stand bereits unter Beschuss, weil ich noch kein Hauptfach gewählt hatte. Jetzt war es also auch schon egal.

»Ich hätte da ein paar Anmerkungen zu eurer Konversation«, sagte Markson. »Mir scheint, sie ist nicht besonders offen für deine Annäherungsversuche.«

Ich verschluckte mich bei dieser dreisten Feststellung fast an meiner eigenen Spucke. Mittlerweile hatten sich alle uns zugewandt und starrten uns an.

»Mann, dabei ist sie wirklich süß«, erwiderte Liam mit einem Grinsen. »Ich hätte gern ein paar Tipps.«

»Du verwendest immerzu *Du*-Botschaften, wenn du versuchst, sie davon zu überzeugen, dir eine Chance zu geben«, legte Markson dar. »Mir ist aufgefallen, dass du Wendungen benutzt wie ›du solltest‹.«

»Und?«, fragte ich ihn. Ich konnte nicht glauben, dass er sich tatsächlich vor zwanzig weiteren Studenten in mein Liebesleben einmischte.

»Das bringt Sie in die Defensive. Sehen Sie nur, wie Sie auf meine Kritik reagieren«, sagte er.

»Sie bringen mich in Verlegenheit«, sagte ich. »Deshalb reagiere ich auf Ihre Kritik.«

»Das ist eine weitere Du-Botschaft.«

»Was genau ist eine Du-Botschaft?«, fragte Liam. Er beugte sich vor, und ich erhaschte einen Blick auf seine wunderbaren Arme. Ich fragte mich, ob sein Ego eventuell noch größer war als sein Bizeps.

»Statt zu formulieren, wie du dich fühlst, stellst du eine Vermutung darüber an, was eine andere Person tut oder warum sie es tut. Meistens macht man das, wenn man jemanden beschuldigt, sich auf eine bestimmte Art zu verhalten.«

»Also so, wie ich Sie gerade beschuldigt habe, sich in meinen Kram einzumischen?«, fragte ich.

Professor Markson lachte auf und zupfte an seinem Pullunder. »Schon gut. Aber ich versuche hier, an dir ein Beispiel aufzuzeigen.«

»Ich bin Studentin. Keine Laborratte«, murmelte ich.

»Sie könnten kommunizieren, wie die Handlungen eines anderen Sie beeinflussen, zum Beispiel: ›Es fühlt sich für mich an, als würden Sie mich vor der Gruppe in Verlegenheit bringen‹, dann klingt das weniger nach einer Anschuldigung, oder? Und Sie«, – er zeigte auf Liam – »könnten sagen: ›Es fühlt sich an, als würdest du vermeiden, mit mir zu reden.‹ Das eröffnet eine direkte Leitung für die Kommunikation, durch die Sie effektiver kommunizieren und Probleme lösen können.«

Er würde das Thema wirklich nicht fallen lassen. Ich sah, dass mehr als nur ein paar meiner Mitstudenten ihr Grinsen hinter ihren Lektürelisten versteckten. Fein, dieses Spiel konnten auch zwei spielen.

»In Ordnung, ich glaube, ich hab's verstanden«, sagte ich. »Für mich fühlt sich das hier an, als wäre es sinnlos.«

Markson legte den Kopf schief. »Finden Sie? Das ist schade. Es ist für Ihre Karriere und Ihr Privatleben äußerst wichtig, dass Sie Ihre Bedürfnisse ausdrücken können.«

Liam hob die Hand. »Ich möchte feststellen, dass ich sehr gerne effektiv mit Jillian kommunizieren möchte.«

»Warum versuchen Sie es dann nicht noch mal?«, fragte Markson.

Ich verbarg das Gesicht in den Händen, als Liam sich auf seinem Stuhl umdrehte, sodass er mir zugewandt saß. Ich spürte, wie die Blicke aller auf uns ruhten.

»Ich fühle, dass ich dir gerne Waffeln am Morgen danach machen würde und vielleicht auch am Morgen nach dem Morgen danach. Und ich spüre sehr deutlich, dass ich davon überzeugt werden könnte, für einen sehr langen Zeitraum in der vorhersehbaren Zukunft Waffeln für dich zu machen«, sagte er.

Die Gruppe brach in Applaus aus. Mehr als ein paar Leute jauchzten in Anerkennung seiner ›Ich‹-Botschaft auf. Ein Mädchen rief sogar: »Mir kannst du jederzeit Waffeln machen!«

»Und wie möchten Sie darauf antworten, Miss …?«

»Nichols«, sagte ich. »Okay. Ich fühle, dass ich dieses Seminar verlassen werde.« Ich raffte meine Sachen zusammen und lief schnurstracks zur Tür. Das zog Buhrufe nach sich, aber ein paar nette Leute riefen mir auch hinterher, ich sollte zurückkommen.

Auf gar keinen Fall würde ich bleiben und mich im Namen der zwischenmenschlichen Kommunikation demütigen lassen. Ich knallte die Tür hinter mir zu, rannte förmlich über den Flur und stellte fest, dass ich am Eingang angekommen war, als prompt mein Telefon losklingelte. Ich fischte es aus meiner Tasche und sah, dass *Tara* auf dem Display stand. Ich beschloss, dass meine Stimmung genau richtig war, um die Unterhaltung mit meiner Mutter abzuhaken.

Ich ging ran. »Hi, Tara«, sagte ich. Ich konnte fast hören, wie sie am anderen Ende der Leitung das Gesicht verzog, als ich sie mit Vornamen ansprach.

»Jillian«, sagte meine Mutter, wobei sie meinen Namen in die Länge zog. Ich fragte mich oft, ob sie sich tatsächlich erst dann den Kopf darüber zerbrach, warum sie anrief, wenn sie meinen Namen sagte. »Wie ist der erste Tag?«

»Verdammt fantastisch«, blaffte ich.

»Jillian!«

Ich musste sie bei jedem Anruf mindestens vier Mal enttäuschen, also durfte ich jetzt einmal im Geiste abhaken.

Warum um alles in der Welt wollte sie wissen, wie mein Tag war? Tara hatte kein Interesse daran zu sehen, wie ich den Abschluss am College machte, das hatte sie bei vielen Gelegenheiten kundgetan.

Sie schaltete sofort in Geschäftsmodus. »Dein Vater hat eine Rechnung für die Studiengebühr erhalten. Du hast nur zwölf Vorlesungen, die dir Punkte bringen.«

»Für jemanden, der mir ständig rät, das Studium abzubrechen, müsstest du es doch super finden, wenn ich mir in diesem Semester weniger aufhalse«, sagte ich und klemmte mir das Handy zwischen Schulter und Ohr, um meinen Laptop in die Tasche zu stopfen.

»Dein Vater und ich möchten sicher sein, dass das keine Zeitverschwendung ist«, sagte sie.

»Ihr wollt sicher sein, dass es keine Geldverschwendung ist«, korrigierte ich sie.

»Du weißt, was man über Zeit und Geld sagt«, erwiderte sie. Ein typischer Versuch meiner Mutter, einen Scherz zu machen, aber keine von uns lachte.

»Wenn du möchtest, nehme ich einfach ein Darlehen auf«, sagte ich. Es ging hier nicht wirklich ums Geld, denn meine

Eltern waren echt reich. Das war nur ein weiteres Beispiel dafür, wie Tara versuchte, die Kontrolle über mein Leben zu übernehmen.

»Sei nicht so dramatisch«, sagte sie.

»Du bist diejenige, die mich am ersten Unitag angerufen hat, um mich zu kritisieren!« Gerade bekam ich es wirklich von allen Seiten ab. Ich konnte mir sehr gut vorstellen, wie Markson jede Menge über die zwischenmenschliche Kommunikation zwischen meiner Mutter und mir zu sagen hätte.

»Ich möchte, dass du auf dich aufpasst. Wenn du das Gefühl hast, nur zwölf Veranstaltungen zu schaffen, dann solltest du vielleicht darüber nachdenken …«

»Mutter«, unterbrach ich sie. »Ich muss zur Vorlesung. Ich schreib dir später eine Mail.«

»Prima.« Und schon hatte sie aufgelegt. Der Anruf war ohne ein ›Ich liebe dich‹ oder ›Wir reden später‹ beendet. So wie jede andere Konversation, die ich jemals mit Tara geführt hatte.

Jemand tippte mir auf die Schulter, und ich fuhr herum. Vor mir stand Liam.

»Es tut mir leid, was da eben passiert ist«, sagte er. »Ich verspreche, wenn du zurückkommst, werde ich deine Ehre verteidigen und Markson sagen, dass er ein Arsch ist.«

Trotz meiner miesen Laune musste ich darüber grinsen, wie gekonnt er seinen UK-Slang einsetzte.

»Ein Lächeln!« Seine Miene hellte sich auf, und sogar seine blauen Augen leuchteten. »Heißt das, du nimmst meine Entschuldigung an?«

»Übertreib es nicht«, murmelte ich.

»Wenn du nicht zurückkommst, werde ich gezwungen sein, mit Markson an meinen Kommunikationsfähigkeiten zu arbeiten«, sagte er.

»Das wäre eine passende Bestrafung, weil du da mitgemacht hast«, sagte ich und warf mir die Tasche über die Schulter.

»Oder noch schlimmer«, fuhr Liam fort, »ich könnte ohne Partner dastehen und gezwungen sein, multiple Persönlichkeiten zu kultivieren, um effektiv kommunizieren zu lernen, und dann stehe ich alleine da und rede mit mir selbst.«

»Ich bin sicher, eins der anderen Mädchen würde dich gerne vor diesem furchtbaren Schicksal retten«, sagte ich. »Hör mal, ich werde auf keinen Fall da wieder reingehen. Das war demütigend.«

Ich hasste es, das vor ihm zuzugeben, aber es war die Wahrheit, und da ich Liam eh nicht wiedersehen würde, war es schon okay, wenn ich ihm das sagte. Ich machte mir nicht die Mühe hinzuzufügen, dass ich meinen gerechten Anteil an peinlichen Erfahrungen in den Räumen der Olympic State bereits gehabt hatte. Es war wirklich nicht nötig, dass ein Professor noch weitere Demütigungen hinzufügte.

»Du hast deinen Standpunkt klargemacht. Ich denke, du hast den armen Markson beschämt. Er hat es kaum fertiggebracht, die Lektüreliste durchzugehen, bevor er uns gehen ließ«, sagte Liam.

Gut, dachte ich. Gleichzeitig schüttelte ich entschieden den Kopf. »Das wird kein Deal.«

»Okay, lass uns einen Kompromiss machen«, sagte Liam. »Wenn du zurückkommst, werde ich dich nicht noch einmal fragen, ob du mit mir ausgehst. Unsere Beziehung wird rein akademisch sein.«

Ich sah mir sein schiefes Grinsen an und fragte mich, ob er sein Versprechen würde halten können.

»Ich denke darüber nach«, sagte ich.

Liam beugte sich vor, um mir ins Ohr zu flüstern: »Hier ist der Haken an der Sache. Wenn du nicht zurückkommst, werde ich gezwungen sein, vor deinem Fenster zu singen und miese Gedichte zu verfassen, bis du es tust.«

Ich blickte in sein Gesicht und begriff, dass er das mehr oder weniger ernst meinte.

»Du musst wirklich an deiner Kommunikation arbeiten«, sagte ich. »Wenn du mir mit miesen Gedichten drohst.«

»Der Albtraum eines jeden Mädchens?«, fragte er.

Ich schätzte, dass es eher der Traum von so einigen Mädchen war. Aber nicht meiner.

»Ich sehe dich am Donnerstag«, sagte ich endlich.

Wenn zweimal die Woche Liam zu sehen bedeutete, dass er in die Freunde-Kategorie wechselte, war ich bereit, es mit Markson aufzunehmen.

»Oh, noch ein Rat!«, rief er mir hinterher, als ich zum Ausgang lief. »Verwende mehr Ich-Botschaften bei deiner Mutter.«

Ich warf mir die Haare über die Schulter und beschloss, ihn nicht zu beachten, aber ich konnte nicht anders und wandte mich im Hinausgehen um. Er zwinkerte mir zu.

Wenn Sie wissen möchten,
wie es weitergeht, lesen Sie

GENEVA LEE

NOW AND FOREVER

Weil ich dich liebe

Erscheint im September 2018
Auch als E-Book erhältlich

blanvalet